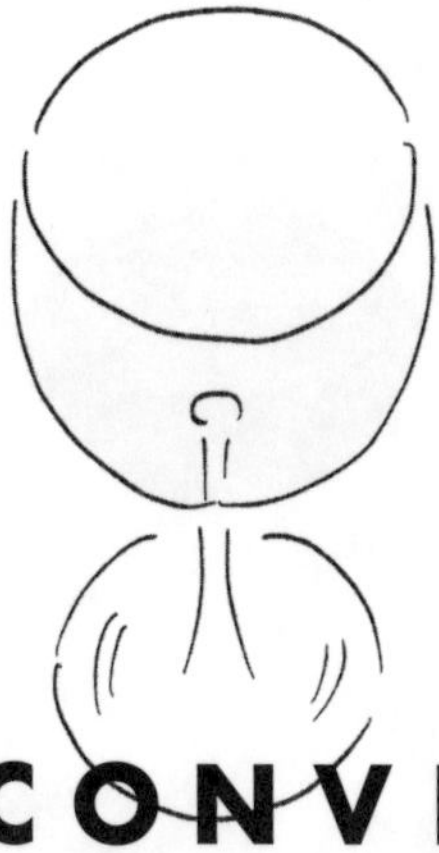

サリー・ルーニー

山崎まどか訳

CONVERSATIONS WITH FRIENDS

カンバセーションズ・ウィズ・フレンズ

早川書房

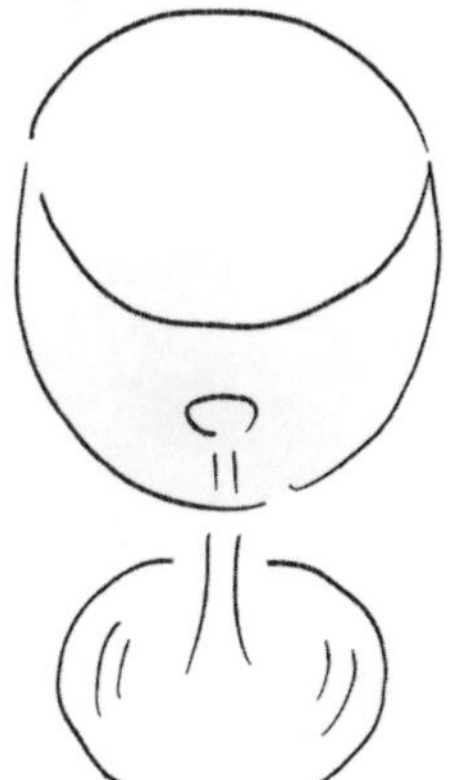

カンバセーションズ・ウィズ・フレンズ

装幀／田中久子
装画／牛久保雅美

難局において、私たちは何度も何度も誰を愛するのか決断しなくてはならない。

フランク・オハラ

第1部

1

私とボビーが初めてメリッサに会ったのは、街のバーで開かれた詩のイベントに二人で出演した時だった。店の外でメリッサに写真を撮られている間、ボビーは煙草を吸っていて、私は腕が離れてどこかに行ってしまうのを防ごうとするように、神経質に右手で左の腕を押さえていた。メリッサのカメラはプロ仕様の大きな機種で、専用ポーチには替えのレンズが取り揃えてあった。彼女は撮影しながら煙草をふかし、私たちとお喋りした。彼女は私たちのパフォーマンスについて語り、こちらはインターネットで見かけた彼女の作品の話をした。十二時が過ぎて、バーの閉店時間になった。ちょうど雨が降り出してきたのを合図にするように、メリッサが一杯飲みに自分の家に来ないかと誘ってきた。

三人でタクシーの後部座席に乗り込み、シートベルトを締めた。真ん中に座ったボビーがメリッサの方を向いてお喋りを始めたので、私は彼女の後頭部とスプーンみたいな耳を見ていた。メリッサがモンクスタウンの住所を運転手に告げると、私は窓の外に目を向けた。カー・ラジオからこんなアナウンスが聞こえてきた。八〇年代……名作……ポップミュージック。そして番組のジングルが流れ出す。テンションが上がってきて、見知らぬ人の家を訪ねるというチャレンジへの心構えができてきた。外交辞令の言葉や自分を魅力的に見せる表情の準備をもうはじめていた。

　メリッサの家は赤レンガ造りのセミデタッチド・ハウス（二軒の住宅が連なっている家屋）で、表に西洋カジカエデの木があった。街灯に照らされた木の葉がオレンジ色で、まるで作り物みたいだ。私は他人の家、とりわけメリッサみたいなちょっとした有名人のお宅を拝見するのが大好きだった。後々友人たちにくわしく解説するために、彼女の家のディテールをすべて覚えておこうと秒で決めた。ボビーもきっと賛成してくれるだろう。

　メリッサが私たちを家に招き入れたとたん、小さな赤毛のスパニエルが廊下を走ってきて、私たちに吠えはじめた。玄関ホールには様々な照明が灯っていて温かく、ドアの横のロー・テーブルには誰かの小銭とヘアブラシ、キャップが開いたままのリップが置いてあった。横たわった女性のヌードを描いたモジリアニの複製画が階段の壁にかかっている。私の心の声が言う。これは家一軒分だよ、ここで家族が暮らせる。

　お客さんだよ、メリッサはそう言って廊下の奥へと進んでいった。

　誰も出てこなかったので、私たちもメリッサに続いてキッチンに入った。熟れた果物でいっぱいの暗褐色の木のボウルと、ガラス張りの温室が目に留まったのを覚えている。金持ちだね、と思った。私はその頃、富裕層のことばかり考えていた。犬がキッチンまでついてきて、私たちの足元を嗅ぎまわっていたが、メリッサは犬について何も言わず、私たちも聞かなかった。

ワインは？　メリッサが尋ねる。白と赤、どっち？

彼女がお椀みたいなグラスにワインを注ぐと、私たちはロー・テーブルを囲んで座った。メリッサは二人が一緒に詩の朗読パフォーマンスをするようになったきっかけを知りたがった。私たちはちょうど大学の三年次を終えたばかりだったけど、高校からずっと一緒にパフォーマンスを演《や》っていた。もう大学の試験は終了していた。五月の後半だった。

カメラはテーブルの上に置かれたままで、メリッサは折に触れてそれを手に取って撮影し「仕事中毒」なのと自虐的に笑ってみせた。彼女は煙草を吸って、灰を安っぽい鏡張りの灰皿に落とした。部屋にはまったく煙草の匂いがないので、彼女は普段、ここでは吸ってないんじゃないかと私は怪しんだ。

新しい友だちができたの、メリッサは言った。

彼女の夫がキッチンのドアのところに立っていた。彼が私たちに目を留めて手を上げて挨拶しようとすると、犬がうるさく吠えたてて鼻を鳴らし、彼の足元でぐるぐる周り出した。

こちらがフランシスで、メリッサが言う。そしてこちらがボビー。彼女たちは詩人なの。

彼は冷蔵庫からビールのボトルを出して、カウンタートップ・オープナーで栓を開けた。

ここに来て私たちと座りなよ、メリッサは言った。

うん、そうしたいのは山々だけど、彼は言う。でも明日のフライトの前に、少し睡眠を取りたくてね。

犬がそばにあるキッチン・チェアーに飛び乗ると、彼は手を伸ばして心ここにあらずという様子でその頭をなでた。犬に餌をやったかと彼が聞くと、メリッサはやっていないと答えた。彼は犬を抱き上げて、首やあごを舐められるがままになっていた。自分が餌をやると言って、彼はキッチンのドアの向こうに消えていった。

ニックは明日の朝、カーディフで撮影があるの、メリッサは言った。

彼女の夫が俳優だと、私たちはもう知っていた。彼とメリッサは数々のイベントで一緒のところをよく写真に撮られていたし、私たちの友だちの友だちで、二人に会ったことがあると言う子もいた。彼は大柄なハンサムで、メリッサを片腕に抱えながらでも、行く手を遮る人々を難なくかわせそうだった。

彼、すっごく背が高くないですか、ボビーは言った。

「背が高い」という言葉にお世辞とは言えない含みを感じ取ったかのように、メリッサは微笑んだ。お喋りは別の話題に移っていった。私たちは政府とカトリック教会について短い議論を交わした。メリッサに信仰について聞かれたので、二人ともないと答えた。メリッサの方は葬儀や結婚式に行くと、「鎮静剤を打たれて気持ち良くなったみたいに」敬虔な気分になるのだそうだ。共同体的な類《たぐい》のものだけどね、と彼女は言った。私みたいな神経症の個人主義者には何か心地いいものがあるの。修道院附属学校の出身だから、お祈りは大抵覚えているし。

うちらも修道院附属でしたよ、ボビーは言う。色々と問題ありでしたけどね。

メリッサはニヤッとして聞いた。たとえば、どんな？

ほら、私はゲイだし、ボビーは言う。フランシスは共産主義者だから。

それにお祈りなんて覚えてないし、私は言った。

私たちは長いことそこに座って語り合い、お酒を飲んだ。私たちのお気に入りの詩人パトリシア・ロックウッドについて話したはずだし、ボビーが「賃金格差フェミニズム」と軽蔑して呼ぶものについて話したのも覚えている。私は疲れて、少し酔いがまわってきた。もう気の利いた言葉も浮かばないし、どうやって自分のユーモアのセンスを表現するような表情を作っていいかも分からない。ひたすら笑ってうなずいていたように思う。メリッサは新しいエッセイ集を執筆中だという。ボビーは彼女の一冊目の著作を読んでいたけど、私はまだだった。

あれはイマイチなの、メリッサは私に言った。次が出るのを待ってて。

三時頃になって、彼女は私たちを客室に案内して、本当にあなたたちに出会えて良かった、泊まっていってくれて嬉しいと言った。ボビーと一緒にベッドに横になって天井を見ていたら、急に泥酔したみたいになった。部屋がくるくる回転しはじめると短いスパンで右回りと左回りをくり返して、ひとつのパターンに慣れたかと思うと、次のパターンがすぐに始まる。ボビーにも同じことが起こっているか聞いてみたが、そんなことはないと言う。

あの人、最高だよね。すごくない？　ボビーが言う。メリッサのことだ。

私もあの人、好きだよ、そう答えた。

彼女の声が廊下から聞こえてきて、部屋から部屋へと歩き回る足音がした。一度、犬が吠えて彼女が叱りつけるのを聞いたし、彼女の夫がそれについて何か言うのも耳にした。でも、その後は眠ってしまった。彼が出発したのには気がつかなかった。

私がボビーと出会ったのは中学のときだ。その頃のボビーは強情で、うちの学校が「教師と生徒、両方の妨げとなる」と主張する攻撃的な行動にせっせと励んでいた。十六歳になると鼻ピアスを開けて、煙草を吸い出した。彼女はみんなから嫌われていた。キリストの磔刑《たっけい》像が掛けられた壁に「家父長制くそくらえ」と落書きして一時停学になったこともある。この反乱行為は、誰の共感も得られなかった。ボビーはただの目立ちたがり屋だと思われていた。私でさえ、彼女がいない週は教育の現場でこの上なく事がスムースに進んだと認めざるをえなかった。

十七歳の時、学校の集会場で資金集めのパーティがあった。半分壊れたミラーボールが、天井や鉄格子を嵌めた窓に光を落としていた。ボビーはペラペラした夏物のワンピースを着ていて、髪もとかしていないようだった。それでも光り輝くようにきれいで、みんな彼女から目をそらそうと必死だった。私がその服いいねと話しかけると、ボビーはコーラの瓶に入れて飲んでいたウォッカを私にくれて、校舎の入口にはみんな鍵がかかっていると思うかと聞いてきた。裏階段につながっている扉を試しに開けてみたら、鍵はかかっていなかった。照明はすべて消えていて、真っ暗で、私たちの他には誰もいなかった。床板を通して聞こえてくる音楽が、まるで誰かの着信のメロディーみたいだった。ボビーは私にもっとウォッカを飲ませると、女の子は好きかと聞いてきた。彼女のそばにいると大胆になってしまう。そのせいで、そうだねと私は答えていた。

ボビーの彼女になったからって、誰かへの忠誠を裏切った訳ではなかった。私には仲のいい友だちがいなくて、お昼休みは学校の図書室に行って一人で本を読んでいた。同級生は嫌いじゃなかったので宿題は写させてあげていたけど、自分は孤独で本当の友情には縁がないタイプなんだと思っていた。私は自分の改善すべき点を並べたリストを作っていた。でもボビーと付き合うようになってから、何もかもが変わった。もう宿題の写しを頼まれなくなった。お昼休みに二人で手をつないで駐車場に歩いていくと、みんな意地悪な表情をして顔を背《そむ》けた。それが楽しくて、あんなに楽しかったことはそれまでなかったくらいだ。

放課後は彼女の部屋で音楽を聞きながらねそべり、お互いの好きなところについて語り合った。情熱的な言葉を延々と交わしつづけ、それがあまりにも素晴らしかったので、私はその午後の思い出となった二人の会話の一部をこっそり書き留めておいた。

ボビーが私について語る言葉を聞くことで、私は初めて自分の姿を鏡で見たような気持ちがした。そして本当に鏡を見るようにもなった。自分の顔や身体をあんなに夢中になって見るなんて、前にはなかったことだ。私はボビーにこんな質問をした。私の脚って長い？　それとも短い？

学校の卒業式で私たちはスポークン・ワードの作品を一緒にパフォーマンスした。大人たちの中には感動して泣いている人もいたけど、同級生たちは集会所の窓の外に目をやったり、ヒソヒソと声を交わし合ったりしていた。数ヶ月後、ボビーと私の一年以上にわたる恋愛は終わりを告げた。

メリッサが私たちの紹介記事を書きたいと言う。彼女はバーの外で撮った写真をいくつか添付したメールで、私たちの意見を聞いてきた。私は自分しかいない部屋でファイルのひとつをダウンロードして開き、フルスクリーンにして見た。ボビーは悪戯《いたずら》っぽく右手で煙草を持ち、左手でファーのストールをひっぱりながら振り向きざまに私を見ている。彼女の隣の私は、うんざりしながらも面白がっているようだった。自分の名前が太文字のセリフフォントで載っている紹介記事を想像してみた。次にメリッサに会うときには、もっと彼女に自分を印象づけなくては。

ボビーはメールが届いてからほとんど秒で電話してきた。

写真見た？　彼女が聞いた。私、あの人に惚れたかも。

私は片手で電話をかけながら、他の人といるボビーの写真をズームした。ずっとズームしていたら、高画質の写真はピクセルの集合体になった。

君は自分のルックスに惚れちゃったんじゃないの、私は言った。

美しい顔の人間がナルシストだとは限らないんだよ。

私はボビーの言葉を聞き流した。まだ写真のズーム作業に没頭していた。メリッサの記事はよくネット上で拡散されていたから、彼女が有名な文芸サイトの数々に書いているのは知っていた。アカデミー賞についての彼女の有名なエッセイは、映画賞のシーズンになると毎年再投稿された。彼女はグラフトン通りで絵を売っている画家やロンドンの大道芸人といった、地元のアーティストや有名人についての紹介記事も書いていた。その記事にはいつも、取材対象者の人間的で「個性豊か」な美しいポートレート写真が添えられていた。私は写真をズームから戻して自分の顔を眺めたが、インターネットで偶然知った見知らぬ人のようだった。丸顔で、色白で、丸括弧みたいな形の反り返った眉毛があって、カメラのレンズから背けた目は閉じかかっている。なるほど、個性豊かだよねと自分で思った。

私たちが紹介記事の件を喜んで受けると返信すると、メリッサはあなたたちの作品について話し合い、もう少し写真を撮りたいからディナーに来ないかと誘ってきた。前もって詩をいくつか送ってくれないかとも頼まれたので、私は特に出来がいいと思ったものを三つ四つ見繕って送信した。ボビーと私はディナーに何を着て行くべきか長々と話し合ったが、結局のところ、ボビーが何を着ていくかということが議論の中心だった。私は自分の部屋で寝そべって、彼女が鏡に向かって髪を前や後ろに流してどう見えるかチェックしている姿を眺めていた。

メリッサに惚れたって君は言ってたけど、と私は口にした。

そう、あの人が好きになっちゃったんだよね。

でも結婚してるよね。

あの人、私に気があると思わない？　ボビーは言った。

彼女は私のコットン・ネルの白いシャツを掲げて鏡に映した。

好きってどういう意味よ？　マジで言ってるの、それともふざけてるだけ？

マジなところもあるよ。彼女は私のこと本気で好きだと思う。

婚外恋愛的な意味合いで？

ボビーは笑い飛ばした。他の人の場合は本気なのかそうじゃないのかだいたい区別がつくけれど、ボビーは読めない。本当に本気なようにも、本当にふざけているようにも見えないのだ。だから私は、彼女が奇妙なことを言っても禅的に受け入れることを学んだ。私はボビーが自分のブラウスを脱いで、白いシャツを羽織るのを見ていた。彼女は慎重にシャツの袖をまくり上げた。

似合う？　彼女が聞いてきた。それともダメ？

似合う。ぴったりだよ。

2

　メリッサの家のディナーに行くまではずっと雨だった。朝、私はベッドに座って詩を書きながら、気の向くままにリターン・キーを叩いていた。それからようやくブラインドを開けて、ネットでニュースを読んでからシャワーを浴びた。私の部屋にはアパートメントの中庭に通じるドアがあり、今、その庭の向こうの草花と桜の木は緑の盛りだ。もうすぐ六月になるが、四月はずっと桜の花がまばゆくつややかで、まるで紙吹雪のようだった。時折、赤ちゃんのいるカップルが住む隣室から夜泣きの声が聞こえてくる。私はここでの生活が好きだった。

　夕方、ボビーと街で待ち合わせてバスに乗ってモンクスタウンに行った。もう一度あの家に行くと思うと、プレゼント交換ゲームの包みを破っているような気分だった。道すがらボビーにそんなことを言ったら、それって何かの賞品なの？　それとも破ってもまた包装紙が出てくるの？と聞かれた。

　それについてはディナーが終わったら検証しよう、と私は答えた。

ドアベルを鳴らすと、カメラを肩にかけたメリッサが現れた。来てくれて嬉しいと彼女は言う。メリッサはきっといつも、こんな風に何か企んでいるような圧の強い笑顔で取材相手を迎えるのだろう。あなたはただの取材対象じゃない、特別に好きなの。そんなメッセージが伝わってくるような表情。帰った後、鏡に向かってこの笑顔を羨望まじりで練習する自分の姿がもう見えた。私たちが上着を玄関にかけているときも、スパニエルはキッチンの通路で甲高く吠えていた。キッチンでは彼女の夫が野菜を刻んでいた。犬はこの集まりに本当に興奮しているようだ。キッチンの椅子に飛び乗ると、待ての声がかかるまで二十秒くらいは吠えていた。

二人ともワインはどう？　メリッサが聞いた。

いただきますと言うと、ニックがグラスに注いでくれた。リアルで接した唯一の俳優というのもあって、私は出会って以来ずっとニックのことをネットでずっと検索していた。彼の主な仕事は舞台だったが、映画やドラマにも出演している。数年前に一度、有名な賞にノミネートされて受賞を逃していた。ずっと前に打ち切りになったドラマで、上半身裸の彼がプールから上がってきたり、シャワーを浴びたりする場面の画像ばかりを集めたページに偶然行き着いたことがあったが、今より若々しく見えるものが多かった。私は画像のリンクをひとつ選び「トロフィー夫」とタイトルをつけてボビーに送信した。

いろんな媒体で数々のエッセイを書いているにもかかわらず、メリッサの写真はあまりネットに出回っていなかった。彼女がニックと結婚して何年になるのかは不明だ。二人の知名度では、ネットでそこまでの情報は拾えない。

じゃあ二人は全部一緒に創作しているの？　メリッサが聞いた。

そんな訳ないですよ、ボビーが言う。書いてるのは全部フランシスで、私は口出ししたこともないです。

嘘だね、すっごく助けてくれているもの。彼女、そう言ってるってだけですから。

メリッサは首を傾げて、微笑みのようなものを浮かべた。

なるほど、で、どっちが嘘をついてるのかな？　彼女は言った。

嘘をついているのは私だ。ボビーが詩の執筆を手伝ってくれたことは一度もない。創作をした経験もないはずだ。彼女は私の人生を華やかに彩ってくれているというだけだ。ボビーはただドラマティックなモノローグを演じるのや、反戦バラッドを詠むのが好きなのだ。ステージでは彼女の方が優れた演技者で、私はいつも次に何をするべきかを考えながら不安げに彼女を見ている係だった。

私たちは夕食に、濃厚な白ワインソースのパスタと山ほどのガーリックブレッドを食べた。メリッサが私たちにあれこれと聞いて、ニックは基本的に黙っていた。彼女が言うことに私たちはずいぶん笑ったけど、何だか食べたくもないものを口に押し込まれているような気分でもあった。自分がこの手の押し付けがましい陽気な感じが好きかというと微妙だったが、ボビーは確かに楽しんでいた。私の目には、彼女が必要以上に笑い転げているように見えた。

はっきりとした根拠があってそう思った訳ではなかったけど、詩を書いているのが私だけだと知ってから、私たちの創作過程に対するメリッサの興味が薄れたような気がしてならなかった。

このちょっとした空気の変化について、ボビーがそんなことはなかったときっと弁解してくるだろうと想像しただけで、はやくも苛立ってきた。私たちがここに呼ばれた理由はもう明らかだったが、自分がどうでもいい存在として扱われているばかりか、そもそもいないことになっていると判明して、今いる場所から乖離《かいり》していくような感じを覚えていた。もっとがんばればこの場に自分を合わせられるけど、そんなことをしたら注目されたくて無理しているとばれてしまうだろう。

ディナーの後、ニックが皿洗いを買って出ると、メリッサは撮影にかかった。ボビーは窓枠に腰かけてキャンドルの火を見つめたり、笑ったり、キュートな表情をして見せたりしていた。私はディナーテーブルを前にして動かず、三杯目のワインを空けた。

窓のところで撮るのが好きなんだよね、メリッサは言う。同じようなポーズで、今度は温室で撮らしてくれる?

温室はキッチンの両開きのドアとつながっていた。ボビーが彼女についていくと、メリッサはドアを閉めた。ボビーが窓枠に座って笑っている姿はこっちからも見えたけど、声は聞こえない。ニックはシンクに熱湯を溜めている最中だった。料理が美味しかったともう一度伝えると、彼は目をあげて言った。そうか、ありがとう。

ガラス越しに、ボビーが目の下のにじんだメイクをこすっているのが見えた。彼女は華奢《きゃしゃ》な手と優雅な手首の持ち主だ。私は仕事からの帰宅途中や洗濯物を干したりして退屈している時、よく自分がボビーのような外見だったらと想像してみる。私よりもスタイルが良くて、印象的な美人。すっかりボビーになり切ったままうっかり己の姿が映った鏡を見ると、自分を奪われてしまったような不思議な衝撃を覚えたものだ。目線の先にボビー本人がいるのでなり切るのは難しかったが、それでも私は自分が彼女なんだと想像してみた。そうすると何だか挑発的で馬鹿げたことを口にしてみたくなった。

私はただのおまけでもう用なしって感じですよね、私は言った。

ニックは温室に目をやって、ボビーが髪をいじっているのを見た。

メリッサがえこひいきしてるって思うのかい？　彼は言う。よかったら、俺から彼女に言っておくよ。

いいんです、ボビーはみんなのお気に入りだから。

マジで？　本当のところ、俺は君の方が好きだけどね。

二人の目が合った。彼が私に合わせてふざけているんだと知って、私はにっこりした。

そうですね、私たちって何だかもういいコンビって感じ、私は言った。

俺は詩人タイプに弱いんだ。

え、そうなんですか、私って内面世界は超濃いですよ、いや本当に。

そう言うと、彼は笑った。自分がちょっとばかり行きすぎた真似をしているとは思ったけど、あまり深くは考えなかった。温室の外ではメリッサが煙草に火をつけて、ガラスのテーブルにカメラを置いたところだった。ボビーは何か熱心にうなずいている。

悪夢みたいな夜になりそうだと思っていたけど、なかなか楽しかったよ、彼は言った。

ニックは私のいるテーブルに戻ってきて座った。彼が急に打ち解けてくれたのがうれしかった。彼は知らないけれど、私はこの人の上半身裸の写真をインターネットで見たのだと意識した瞬間、何だかその秘密が楽しくなって、もう少しでその事実を打ち明けてしまいそうになった。

私もパーティ向きってタイプじゃないんです、私は言った。

俺の目には上手くやってるように見えるけどね。

あなたも上手くやってるじゃないですか、すごくいい感じでした。

彼は私に微笑んだ。彼が言ったことを全部覚えていて、後でボビーに再現してあげようと考えて頭の中で反芻《はんすう》してみたけど、あまり面白くはなかった。

ドアが開いて、両手にカメラを抱えたメリッサが戻ってきた。彼女がテーブルにいる私たちを撮った時、ニックは片手にグラスを持っていて、私はぼんやりカメラを見ていた。メリッサは私たちの向かいに座るとカメラの画像をチェックした。ボビーが戻ってきて、何の断りも入れず自分のグラスにワインを注いだ。高揚した表情から、酔っているのが分かる。ニックもボビーを見ていたが、何も言わなかった。

そろそろ行かないと帰りのバスを逃すと私が言うと、メリッサは写真を送ると約束してくれた。ボビーの笑顔は曇ったが、もう少しここにいられると言いたくても手遅れだった。私たちはもう上着を手渡されていた。私はちょっといい気分になっていて、ボビーが黙り込んでいる横で、一人でずっとクスクス笑っていた。

バス停までは十分かかった。ボビーが塞ぎ込んでいるので、最初は何かに腹を立てているか苛立っているんだろうと思っていた。

楽しくなかったの？　私は聞いた。

メリッサが心配なんだよ。

え、何だって？

メリッサが幸せだとは思えない、ボビーは言った。

一体、どんな意味で幸せじゃないっていうの？　彼女、君に何かそういう話でもしたの？

ニックと上手くいってるとは思えない。

マジで？　私は言った。

悲しいよ。

ボビーがメリッサに会ったのはたった二回だと指摘はしなかったが、本当はそう言うべきだったのかもしれない。まあ確かにニックとメリッサはお互いに夢中って感じじゃなかった。彼はメリッサの企画したこのディナー・パーティについて「悪夢」になりそうだったと言っていた。

あの人、面白い人だって思ったよ、私は言った。

ほとんど口も開かなかったじゃない。

うん、でも彼の沈黙にはユーモラスなところがある。

ボビーは笑わなかった。だから私もこの話は引っ込めた。私たちはバスの中でほとんど喋らなかったが、メリッサのトロフィー夫と私に生じた意外なコンビネーションについてボビーが面白がってくれるとも思えなかったので、私には特に言うこともなかった。

アパートにたどり着くと、あの家ではそうでもなかったのに酔いが回っている感じがした。ボビーが家に帰ってしまって、私は一人きりだった。眠る前に家中の明かりを点けておいた。私は時々、そんなことをしてみる。

その夏、ボビーの両親は離婚劇の只中《ただなか》にあって険悪だった。ボビーの母親エレノアが精神的に不安定で、長期にわたって原因不明の病気を患っていたこともあって、この諍《いさか》いでは父親のジェリーがまともな方の親だと見なされていた。ボビーはいつも自分の両親を名前で呼んでいた。もとは反抗心の表れだったと思われるが、今では両者が対等の関係で、家族は共同作業で成立している小さな企業みたいになっていた。ボビーの妹のリディアはまだ十四歳なので、冷静にはこの状態を受け入れられないようだ。

私の両親は私が十二歳の時に別れて、父は母との出会いの場所であるバリナに戻っていった。私は高校まで母とダブリンで暮らしていたが、私が卒業すると母もバリナに帰ってしまった。大学に入って私は父のきょうだいの持ち家であるリバティーン地域のアパートに越した。学期中はおじが学生に二つ目の寝室を貸していたので、私は夕飯時には息をひそめていて、キッチンでそのルームメイトに出くわしたら礼儀正しく挨拶した。でも夏休みになってルームメイトが帰郷すると、私は一人暮らしになって、好きな時間にコーヒーを淹れ、あたりかまわず開いたままの本を散らかすようになった。

その頃、私は文芸エージェンシーのインターンシップに参加していた。インターンにはもう一人、私の大学の知り合いであるフィリップがいた。私たちの仕事は原稿の束を下読みしてその文学的な価値を査定し、一枚のレポートにまとめることだ。どの原稿も文学としての価値はほぼゼロに等しかった。フィリップはひどい文章をサディスティックに読み上げて度々私を笑わせたけど、会社の人たちの前では同じことはしなかった。私たちはそこで週三で働いて「給付金」を受け取っていたが、内情は雀の涙だった。私に必要なのは食費だけで、フィリップは実家住まいだったので、それでもやっていけた。

こうやって特権階級は永続していくものなのさ、ある日フィリップが会社で私に言った。僕たちみたいな金持ちのろくでなしが無給のインターンシップを受けて、他の連中から仕事を奪うんだよ。

君と一緒にしないでよ、私は言った。私は仕事に就く気はないから。

3

ボビーと私はその夏、スポークン・ワードのイベントや飛び入り歓迎の会場でよくパフォーマンスをしていた。私たちが会場の外で煙草を吸っていると男性の参加者たちが話しかけてきたが、ボビーはいつもあからさまにため息をついてだんまりを決め込むので、私が二人を代表して相手をした。つまりにこにことよく笑い、彼らがどんなパフォーマンスをしていたか細かく覚えていたということだ。私はこの手の役割を演じるのが好きだ。愛想がよくて、細かいことに気がつく女子。ボビーは私には「本当の自分」というものがないのだろうと言って、これは褒め言葉だからねと言い添えた。大体において彼女のこの見方は正しい。自然に振る舞い、喋ったはずでも、後になってからいつも私はこんな風に気がつく。そうか、私ってこういう人間だったのか。

メリッサはディナー・パーティで撮った写真の画像ファイルを数日後に送ってくれた。ほとんどがボビーの写真で、その中に一枚か二枚、パスタを巻いたフォークを持ってキャンドルの向こうにぼんやり写っている私の姿が見えるものがあるだけだろうと踏んでいたが、実際にはボビーがいる写真のすべてに私もいて、照明の当たり具合も構図も完璧だった。思いがけないことに、ニックも写真に写っていた。彼が実物以上に輝いて魅力的なのを見て、私はニックが俳優として成功している理由が分かったような気がした。どの写真を見ても、ニックがこの場の主役だとしか思えなかったが、あの場ではそんな風には考えられなかった。

メリッサの姿はどの写真にも見当たらなかった。そのせいでそこに写っているディナー・パーティは、実際に私たちが参加したものとは似ても似つかぬものになっていた。現実では、私たちの会話の中心にいたのはメリッサだった。彼女は私たちから不安の数々や称賛の言葉を引き出した。メリッサがジョークを言うたびに、私たちは笑い転げた。写真の中に彼女がいないとディナーの雰囲気はまったく違って見え、微妙におかしな方向に転がり出しているように見える。メリッサの存在がないと、写真にいる三人の関係性さえ不確かだった。

とくに好きな一枚は、私が夢見るようにまっすぐにレンズを見ていて、ニックは私が何かを言うのを待っているかのようにこっちを見ている写真だ。彼は少し口を開けている。カメラを気にしてもいないようだ。いい写真だったが、この時の私はメリッサを見ていて、ニックは廊下からやって来る彼女に気がついていなかっただけというのが本当だった。その写真は現実には存在しなかった親密な瞬間、隠された何かをはらんでいるかのような一瞬を映し出していた。私はこの画像は後でじっくり見ようとダウンロード・フォルダに入れた。

画像が届いて約一時間後、ボビーがメッセージを送ってきた。

ボビー：うちらの写真超よくない？
ボビー：これってFacebook のプロフィール写真にしていいのかな
私：ダメだよ
ボビー：でも九月になるまで記事は出なさそうだって言ってたよ？
私：誰が
ボビー：メリッサが
ボビー：今夜、遊びに行っていい？
ボビー：映画かなんか見ようぜ

私と違って自分はメリッサと個人的に連絡を取っているってボビーは言いたかった訳だ。私を感心させたかったのならば思惑通りだったけど、嫌な後味だ。メリッサが私よりボビーが好きなのは知っていたけど、気を引くために卑屈な態度でも取らなければ、私は彼女たちの新しい友情の輪に入れてもらえないのだろうか。ものを書く同業者としてメリッサが私に興味を持ってくれるといいと前は考えていたが、彼女が私を好きになってくれるようには思えなかったし、私も彼女が好きかどうかよく分からなかった。彼女の才能を認めない訳にはいかない、本が出版されているっていうのは多くの人がその才能を認めている証なのだから、たとえ私にその良さが分からなくても。二十一歳の私は自分の能力を証明できるような結果も残していなければ、財産もなかった。

ニックにはボビーの方が人気があると言ったけれど、それは事実と少し違った。ボビーは神経過敏になったり感情を制御できなくなったりして人を不快にさせることがあったが、私はいつも場を引き立てて礼儀正しくしていた。母親たちは私が大好きだ。当たり前ながらボビーは男性に対してからかったり見下すような態度を取るのが常だったので、結局は彼らも私を好きになった。あんたの同類という件名で、ボビーが私にアンジェラ・ランズベリーの画像を送ってきたこともあった。

その晩、遊びに来たボビーはメリッサについて一切口にしなかった。私に彼女のことを聞いてほしいというボビーの策略が見えたので、こちらも何も言わなかった。こんな風に言うとあてこすりの応酬をしていたかのようだが、実際はそんなことはない。二人で楽しい夜を過ごした。私たちはお喋りで夜更かしして、ボビーは私の部屋のマットレスで寝た。

その夜、私は羽根布団の下で汗びっしょりになって起きた。最初はまるで夢か、そうでなかったら映画の中にいるのかもしれないと思った。部屋の中で方向が分からなくなって、窓やドアがありえないほど遠くに感じる。身体を起こして、異変を感じた。ねじれるような痛みが腹部に走り、私は思わず喘《あえ》いだ。

ボビー？　私は名前を呼んだ。

彼女は寝返りを打った。ボビーの肩をゆするために起き上がろうとしたが無理で、それだけで疲れ果ててしまった。同時に、このひどい痛みによって予測ができないような形で私の人生が変わってしまうのではないかとも感じて、妙にテンションが上がった。

ボビー、私は言った。ボビー、起きてよ。

彼女は起きなかった。私はベッドから足を下ろしてどうにか座ろうとした。腰を折ってお腹をギュッと押さえていると、痛みが少し和らいだ。私はボビーの寝ているマットレスの横を周って、浴室へと向かった。ガラス張りの壁の通気窓に、雨が激しく吹きつけている。私は浴槽の縁に腰かけた。流血している。ただの生理痛だ。私は両手で顔を覆った。指が震えている。それから床に座り込んで、冷たい浴槽の縁に顔を押しつけた。

しばらくして、ボビーがドアをノックした。

どうしたの？　彼女の声がドア越しに聞こえてくる。大丈夫？

ただの生理痛。

ありゃ、ここ、鎮痛剤ってある？

ない、私は言った。

買ってきてあげるよ。

彼女の足音が遠ざかっていく。私は下腹の痛みを紛らわそうと、額を浴槽に打ちつけた。痛みは熱くて、まるで私の内部のすべてがひとつの結び目になったかのようだった。足音が戻ってきて、浴室のドアが少し開いた。ボビーは隙間からイヴプロフェンのパックを差し入れてきた。私が這っていってそれを受け取ると、彼女は去っていった。

やがて外が明るくなってきた。ボビーは起きてきてリビングのソファまで私を運んでくれた。

彼女がミントティーを一杯淹れると、私は身をかがめてTシャツの上から恥骨の部分にカップを置いて、火傷《やけど》しそうになるまでそのままにしておいた。

苦しいの、彼女が聞いた。

みんな苦しんでいるんだよ。

それはまた、ボビーは言う。深遠だね。


仕事に就く気はないとフィリップに言ったのは冗談ではなかった。働くことに興味がないのだ。将来の生計を立てる手段についてはノープランだった。お金を稼ぐために何かしたいとも考えていなかった。前年の夏、私は最低賃金の仕事をいくつか掛け持ちしていて――メールの代行や、電話セールスといったものだ――卒業後はそういう仕事を増やそうと考えていた。結局はどこかに雇われて常勤の仕事をする羽目になるのかもしれないが、私は給金をもらって経済活動の一環を担うというような輝かしい未来を想像したこともなかった。自分の人生に興味がないのかもしれないと思って、落ち込んだこともあった。その一方で、資産の所有に無関心な自分の感覚はまともで理想的なようにも思えた。世界の総生産量を全人類に分配した場合の平均年収がいくらになるのか調べてみたところ、ウィキペディアの情報に一万六千百ドルとあった。政治的にも経済的にも、それ以上のお金を稼がなくてはいけない理由が私にはなかった。

文芸エージェンシーの私たちの上司はサニーという女性だった。私もフィリップも彼女が本当に好きだったが、サニーのお気に入りは私だった。フィリップはこの件に関して含むところはなかった。自分でも私を選ぶという。実際、サニーは私がエージェンシーの仕事をする気がないのは分かっていたし、それだからこそ彼女の目には私が特別に見えたのだと思う。フィリップは分かりやすくこの仕事に並々ならぬ熱意を見せていたし、私はそんな彼の人生計画を見下すつもりはなかったが、自分の方が熱意というものに関する洞察力は優れているような気がした。

サニーは私がキャリアをどう考えているのかに興味を持っていた。サニーは驚くほど率直でいつも忌憚《きたん》のない意見を口にするが、そこが私とフィリップが彼女を好きな何よりの理由だった。

報道なんかどう？　サニーは私に聞いた。

私は完成したレポートの束を彼女に戻すところだった。

あなたは世界の仕組みに興味があるし、彼女は言う。知的だし。政治の話が好きだし。

そうですか？

サニーは笑って頭を振った。

聡明だし、彼女は言う。何か大きな仕事をするはず。

お金目当てに結婚するかもしれません。

サニーは手を振って私を追い返した。

さあもう仕事に戻って、彼女は言った。

その金曜日、私たちは街の中心部で開かれた朗読イベントに出演した。私は書いて半年以内のものならば自分の作品を朗読できたが、それを過ぎると見るのも耐えられなくなって、公衆の面前で声を出して読むどころではなくなる。どうしてそうなってしまうのかは分からなかったが、自分の詩が詠まれるだけで、読まれるのではないのは救いだった。喝采の声と共に、詩の数々ははかなく消えていった。本物の作家、そして画家はきっと、理想を目指して作った自分の作品の醜さから目を背けたりしない。私は自分が過去に作ったものが醜いのには耐えられなかったし、その醜さがどんなものか正面切って向き合う勇気もなかった。この理屈についてフィリップに説明すると、彼はこう言っただけだった。自分を卑下するなよ、君は本物の作家じゃないか。

ボビーと私は会場のトイレでメイクをしながら、私が書いたばかりの新作について話し合った。あんたの詩に出てくる男たちで私が好きなのは、ボビーは言う。みんな最低の野郎だってとこだよね。

全員がひどいって訳じゃないよ。

どんなに良くてもモラル的にはどうかなって感じ。

私たちみんなそうじゃない？　私は言った。

フィリップについて書けばいいよ、彼には何の問題もないし「いい奴」だから。

「いい奴」というところで、彼女は指で括弧を作ってみせた。ボビーは引用符抜きで誰かをいい奴なんて呼んだりしない。

メリッサはその夜、私たちの出番を見に来ると言っていたが、彼女の姿を見つけられたのはパフォーマンスがすでに終わって十時半か十一時といったところだった。メリッサはニックと一緒のテーブルにいて、彼はスーツを着ていた。メリッサは私たちを祝福し、パフォーマンスを心底楽しんだと言ってくれた。ボビーが称賛の言葉を欲しがるようにニックを見たので、彼は吹き出した。

君たちの出番は見なかったんだ、ニックは言った。俺はちょうど今着いたばかりなんだよ。

ニックは今月、ロイヤル劇場に出ているの、メリッサは言う。「熱いトタン屋根の猫」にね。

君たちが素晴らしかったのは間違いないだろうな、彼は言った。

あなたたちにおごらせて、メリッサが言った。

ボビーが彼女についてカウンターに行ったので、テーブルには私とニックが残された。彼は高価そうなスーツにノーネクタイだった。私は暑くなってきて、自分が汗をかいているんじゃないかと不安になった。

公演はどうでした？　私は聞いた。

ああ、つまり、今夜のってこと？　悪くなかったと思うよ、ありがとう。

彼はカフスリンクを外してグラスの横に置いた。アールデコ・デザインのエナメル仕上げのものだった。素敵だと口にしたかったが、なぜかそうしてはいけないと思った。代わりに私は肩越しにメリッサとボビーを見ているふりをした。振り向くと彼は携帯電話を取り出している。

見てみたいです、私は言ってみる。演劇は好きなんで。

ぜひ来てくれ、君の分のチケットを用意するよ。

そう言いながらニックが顔も上げなかったのを見て、本気の言葉ではないだろうし、本気だとしても言ったことを忘れてしまうだろうと踏んだ。私は何か要領の得ない答え方をした。私を気にしていないので、今なら彼をじっくり観察することができる。ニックは驚くほどハンサムだった。こんな風に顔の造作がいいと自分の美しさに慣れきって、そんなのは退屈でどうでもいいことだと思うようになるんだろうか、とても想像できない。もし私がニックと同じくらい美形だったら、毎日が楽しいだろう。

失礼なことをして悪いね、フランシス、彼は言った。母からなんだ。メッセージが途切れないんだよ。詩人と話しているところだって彼女に教えてあげたら、きっと感心してくれるだろうな。

さあ、でもあなたは知らないでしょう。私は全然ダメな詩人かも。

ニックは微笑んで、携帯電話を内ポケットに入れた。私は彼の手を見つめて、それから目をそらした。

そいつは俺が聞いた評判と違うな、彼は言う。でも次の機会に自分の耳で確かめるとしよう。

メリッサとボビーが飲み物を手に戻ってきた。ニックが会話の途中で私の名前を使ったのに気がついた。まるで、前に二人で会話したことを覚えているとでもいうように。もちろん私も彼の名前を覚えていたけど、彼は私よりも歳上で有名人だったので、覚えていてくれて嬉しかった。でも、メリッサが車で来たので帰りに運転してもらうために公演後のニックをここに呼んだのだと彼女から知らされて、そんな気持ちは雲散した。ニックの都合はお構いなしの段取りだと思ったし、私たちが話しているあいだ、彼は疲れた顔で退屈そうにしていた。

翌日、メリッサがメールを送ってきた。私たちのために次の木曜の公演のチケットを二枚用意したけど、他に予定があるなら気にしないでと書いてある。連絡が必要な時に、念のためということで、ニックのメールアドレスも添えてあった。

4

ボビーは木曜日に父親とディナーに行く予定が入っていたので、彼女の分のチケットはフィリップに譲ることにした。公演後にニックと話せるかとフィリップにしつこく聞かれたが、何とも言えなかった。私たちと話すためにニックがわざわざ出てきてくれるとは思えなかったので、終演したら何もなくそのまま帰ることになるはずだとフィリップには言っておいた。フィリップはニックと直接会ったことはないが、テレビで見る彼は「傲慢そうな顔」をしていると考えていた。実物のニックはどんな人物なのかとあれこれ聞かれたが、答えるのに値する質問はなかった。プログラムを買うとフィリップはページをめくって出演者のプロフィール欄を探し、私にニックの写真を見せた。照明が暗くて、顔の輪郭しか見えなかった。

このあごを見ろよ、フィリップが言った。

うん、見たよ。

舞台が明るくなってマギー役の女優が登場し、南部訛りで怒鳴りはじめた。下手ではなかったけど、いかにも役者が演じてるっていうアクセントだ。彼女はドレスを脱いで、スリップ一枚の姿になった。映画版でエリザベス・テイラーが着ていたのと同じ白いスリップだったが、この女優が着ている方が衣装っぽくないのに何故だかリアルに見えない。スリップのシームの内側についている取り扱い表示ラベルがリアリティを損なっていると思ったが、そのスリップもラベルも紛れもない本物のはずだ。ある種の現実性は非現実的な効果を持つのだという結論にたどり着いて私はジャン・ボードリヤールについて考えたが、彼の本は読んでいなかったし、ボードリヤールが扱っているテーマでもないかもしれない。

ニックがシャツのボタンをはめながら、舞台の下手にあるドアからようやく姿をあらわした。私は自意識が突き刺してくるような感覚をおぼえて、この瞬間に観客がこちらを振り返って私の反応を観察しているみたいな気がした。舞台上の彼はまるで別人で、私の聞き覚えがない声で話している。そのクールな立ち居振る舞いは、性的な残酷さを表しているかのように超然としていた。私は何度も口を開いて呼吸し、舌でくちびるを舐めた。舞台全体の出来はいいとは言い難かった。他の俳優たちのアクセントは耳障りで、舞台上のすべてが、操作されるのを待っているセットのようだった。だけどそのせいでニックの強烈な美しさはかえって際立ち、彼の表現する苦痛も真に迫っていた。

劇場を出ると、また雨が降ってきた。私は自分が新生児のように純粋で小さな存在になった気分だった。フィリップの傘を差して彼の最寄りのバス停へと二人で向かいながら、私は気がおかしくなったかのように意味なくにやけて、自分の髪に何度も手をやった。

興味深い舞台だったね、フィリップが言った。

ニックは他の俳優よりもずっと良かったように思うんだけど。

うん、それがもどかしかった。そうだよね？　でも彼はすごく良かったよね。

私は大声で笑って、何にもおかしいことはなかったとはたと気がつき、やめた。弱い雨が軽く傘をはためかせていて、私は天気について何か面白いことを言おうと考えた。

彼ってハンサムだよね、私は自分がそう言っているのを聞いた。

もう人を困惑させるくらいのレベルで。

フィリップのバス停に着いて、私たちはどちらが傘を持っていくかで軽くもめた。結局、私が持ち帰ることになった。雨が激しくなってきて、周囲は暗かった。私はもっと舞台について語り合いたかったけど、フィリップのバスがやって来るのが見えた。どちらにしろ、彼がこれ以上あの芝居について話す気がないのは分かっていたけれど、それでもがっかりした。フィリップは運賃を数え始めると、じゃあまた明日、と言った。私は一人でアパートに歩いて帰った。

部屋に戻ると私は中庭に面したドアに傘を立てかけて、ニックのメールアドレスを探すためにノートパソコンを開いた。チケットへの短いお礼メールを送らなくてはと思ったが、暖炉の上にかけたロートレックのポスターや庭側の窓の目立つ汚れといった部屋の中のものに気を取られてばかりいた。私は立ち上がって、しばらくうろうろしながら考えていた。雑巾で窓の汚れを拭き取り、お茶を一杯いれた。ボビーに電話して、こういう場合にメールを送るのは普通だと思うか聞いてみたかったけど、彼女は父親と出かけているのだった。試しに下書きして、うっかり送信しないようにそれを消した。そしてまたまったく同じことを書いた。

　私はノートパソコンの画面が暗くなるまでずっと見つめていた。一般人にメールを送るのとは訳が違う、そう思った。だけど気を楽にして、適当に切り抜けないと。何ならドラッグを試すべきかもしれない。そんな風に考えるのは、私には珍しいことではなかった。私は居間のステレオでヴァン・モリソンの「アストラル・ウィークス」をかけて、床にばたりと倒れ込んで聞いた。舞台について取り憑かれたように考えるのはやめようとしたけれど、気がつくと舞台の上でこう怒鳴っているニックを思い出していた。お前の肩などいらない、俺が欲しいのは杖だ。フィリップもこんな風に舞台が頭から離れないのだろうか、それとも私だけの現象なのか、そんなことをぼんやり考えていた。私は気さくで親しみやすい性格でいなくてはいけない、そう思った。気さくな人間ならお礼のメールを送るはず。

　私は起き上がると、彼の演技を称賛してチケットの礼を伝える短いメールを打った。それから文章のあちこちを入れ替えて、何だか勢いで送信キーを押してしまった。それからノートパソコンを閉じて、また床に倒れ込んだ。

　私はボビーからジェリーとのディナーについての報告を期待していたが、彼女からようやく電話がかかってきたのはアルバムを聞き終わった後だった。電話に出た時、私はまだ壁にもたれてぐったりしていた。ボビーの父親は保健省の上級公務員だ。彼女は自分の反体制のモットーと父親は別だと考えている、というか少なくとも例外と見なしているようだった。ボビーは父親に連れられて高級なレストランに行き、二人でワイン付きの三品のディナー・コースを食べるのだ。

彼は私が家族における大人側のメンバーだと認めてるって言いたいんだよ、ボビーは言う。それに彼は私の意見を真剣に受け止めてるの、とか何とか。

お母さんの具合はどうなの？

ああまた偏頭痛の季節だよ。私たちはみんなトラピスト修道院の僧侶みたいに馬鹿みたいな忍び足で歩いている。舞台はどうだった？

ニックはすごく良かったよ、実のところ、私は言った。

そっか、安心した。もしかしたらひどい代物《しろもの》なんじゃないかと心配してたんだよね。

いや、ひどかったの。ごめん、いま何を聞かれているか思い出した。お芝居全体は目も当てられなかった。

ボビーは調子はずれのフレーズをハミングして、それ以上は聞かなかった。

私たちがこの間、二人の家に行った時のことを覚えている？　後で君が二人は何か上手くいっていないみたいなことを言ってたじゃない、私は言った。どうしてそんな風に思ったの？

メリッサが落ち込んでるように思えたってだけ。

でも、それが何で夫婦の問題だってことになる訳？

ほら、ニックがあの人に敵意を燃やしているように見えなかった？　ボビーは言った。

ううん、君にはそう見えたの？

最初にうちらがあそこに行った時、ニックはこっちをにらみながらうろついていて、犬に餌をやったかどうかであの人を怒鳴りつけたじゃない？　うちらが寝ようとしていた時間にも、ケンカしてる声が聞こえてたでしょ？

そう言われて、あの時、二人の間に反目するものがあったのをはっきりと思い出したが、怒鳴りつけていたというのは大げさだ。

あの人はいた？　ボビーは聞いた。劇場に来てた？

ううん、ていうか、分かんない、見つけられなかった。

あの人はテネシー・ウィリアムズなんか好きじゃないしね。あんなのは気取ってるって言ってた。

自分が自慢していると気がついて、ボビーがシニカルに微笑するのが目に浮かんだ。気に障ったけど、私は舞台を見ているのだから、ボビーの知らないことに関係しているのだ。まだボビーにとってニックは目立たない人物で、メリッサの夫という以上の存在ではない。ちょうどニックにメールを送ったところだと言っても、彼女にとってニックはただメリッサの不幸と結びついている存在で特別な人間ではないから、こっちがどうして得意になっているのか分からないだろう。今となってはボビーが舞台を見ることはなさそうだし、ニックがどんなにすごいかを彼女に分からせる他の手段は思いつかなかった。近々彼が私たちのパフォーマンスを見に来る予定があると告げても、ボビーはメリッサは一緒なのかと聞いただけだった。

翌日の午後、ニックは私のメールに全部小文字の文面で返信してきて、舞台に来てくれたことへの礼と共に、ボビーと私の次のパフォーマンスはいつになるのか聞いてきた。ロイヤル劇場の舞台は休みなしで週末にはマチネもあるから、十時半過ぎの出番でもなければニックが私たちの出番を見られるチャンスはなかった。私はどうにかしてみると彼に返信したけど、たとえ見に来られなくても気にしないで欲しいと書いた。そしたら、ニックの返事はこうだった。いやいや、それじゃ平等な関係性だって言えないじゃないか、そう思わないか？

5

学期中は真剣に勉強に集中していればむしろリラックス出来ていたので、夏はずっと、その頃のことが恋しかった。時間の感覚や自分が何者かも忘れて、図書館の席で窓の外が暗くなるまで小論文を書くのが好きだった。私はブラウザで十五ものタブを開いて「認識論的再構築」や「自発的な論証的実践」といったフレーズを編み出す。そんな日はたいてい食べるのを忘れていて、夕方に突き刺さるような鋭い頭痛に襲われる。失っていた身体の感覚が戻ってくると、そよ風や、ロングルーム（トリニティ・カレッジの図書館のメインルーム）の外から聞こえる鳥の鳴き声が新しいものに感じられた。食べる物もソフトドリンクもありえないほどおいしかった。それから私は見直しもせずに論文を印刷した。教師から返却されてきた論文の余白には「優れた考察」といったコメントが入るのがしばしばで、更には「お見事」という言葉がもらえることもあった。「お見事」を見つけるといつも携帯電話でその写真を撮ってボビーに送信した。ボビーの返信はこうだった。おめでとう、あんたの自惚《うぬぼ》れは天井知らずだね。

私の自惚れはいつも厄介だった。学術的な偉業なんてよくても道徳的にまちがっていないという程度のことだと分かってはいるが、私は何か不運がもたらされると、自分の頭の良さを考えて慰みにするのだ。友人ができなかった子供の頃は、自分は全ての教師、この学校にかつて在籍した全ての生徒よりも賢い、一般人に紛れた天才なのだと夢想していた。そう思ってスパイのような気分を味わった。十代になると私はインターネットの掲示板を利用するようになり、アメリカに住む二十六歳の大学院生と交流を深めていった。写真で見る彼は真っ白な歯の持ち主で、私には物理学者並の頭脳があると言ってくれた。私は深夜、学校では孤独で、他の女生徒から理解されていないと彼に告白した。恋人がいたらいいのにとも書いた。ある晩、彼は自分の性器の写真を送ってきた。フラッシュをたいた写真には勃起したペニスが右側からのクローズアップで写っていて、まるで健康診断のために撮ったものみたいだった。それから数日間は、自分が病的なインターネットの犯罪を冒して、それがすぐに露見してしまうのではないかという罪悪感と恐怖に苛《さいな》まれた。私は自分のアカウントを消去して、そこで使っていたメールアドレスも放棄した。起こったことを誰にも打ち明けなかった、打ち明ける相手が誰もいなかったから。

土曜日、私は会場のイベント主催者と話し合って、出番を十時半からに変更してもらった。変更についても、その理由もボビーには話さなかった。私たちは白ワインのボトルをこっそり持ち込み、地階のバスルームでプラスティックカップに注いで分け合った。私たちは出番前にワインを一杯か二杯飲むのを良しとしていたが、それ以上は飲まなかった。私たちは洗面台に座り、ワインを注ぎ足しながら二人でその晩にやる新しい作品について話し合った。

ボビーには言いたくなかったが、私は緊張していた。鏡で自分の姿を見るだけでも緊張した。でもそうひどい有様でもなかった。私の顔立ちは平凡だけど、とても痩せているせいで人の目を引いたので、そんな見た目が引き立つような服を選んでいた。私は暗い色合いの、首のつまった服を好んで着た。その夜はレッドブラウンのリップをつけていて、バスルームの奇妙な明かりのもとだと倒れそうな病人みたいに見えた。鏡を見つめていると自分の顔のパーツが綻《ほころ》びてバラバラになっていくかのように感じる。それは言い過ぎだとしても、顔のパーツは普段のそれぞれの関係性を失っているように見えた。何度も文章を読み返しているうちに文字がその意味を為さなくなっていくのに似ている。私はパニックでおかしくなっているのだろうかと考えた。するとボビーがそんなに自分を見つめるのはやめなよと言ったので、私はやめた。

上階に行くと、カメラを持ったメリッサがワイングラスを片手に一人で座っているのが見えた。彼女の隣の席は空いていた。私は会場を見回したが、人影やお喋りの声からもニックがそこにいないのが分かった。それで緊張から解き放たれると思いきや、そういう訳にもいかなかった。私は歯を舐めまわしながら、司会者がマイクに向かって私たちの名前を告げるのを待った。

ステージ上のボビーはいつも圧巻だった。私はなんとか彼女の独特なリズムに合わせてついていき、どうにか格好をつけた。私の出来はよかったりそうでもなかったりした。でもボビーの調子はいつも変わらなかった。その夜、ボビーは全観客を笑いの渦に巻き込み、多くの歓声が上がった。私たちは照明の光の中に残ってひとしきり喝采を浴び、すべては彼女のおかげですというジェスチャーをお互いに向かってくり返した。ちょうどその瞬間、私はニックが会場に入ってくるのを見た。無理して階段を駆け上がってきたのか、息切れしているようだった。私は反射的に目をそらして、ニックに気がつかなかったふりをした。彼は私と目を合わそうとしている、目が合ったら謝罪する顔をしようとしているのだろう。そんなことをされたらと考えるだけで、眩しすぎる裸電球のような刺激にとても耐えられそうになかった。観客の喝采が続く中、ステージから降りる私たちを見ているニックの視線を感じていた。

終演後、フィリップはバーで私たちに一杯ずつ奢ってくれて、新しい作品が一番気に入ったと言った。私は彼の傘を持ってくるのを忘れていた。

ほらね、みんな私は男嫌いだっていうけど、ボビーは言う。でも本当のところあんたは好きだよ、フィリップ。

私はジントニックをふた口飲んだ。みんなにさよならも言わずにここを出ていこうと考えていた。そうしてもいいんだ、そう思うとそれだけで気分がよくなって、また自分の人生をコントロールする力を取り戻した気がした。

メリッサを見つけに行こうよ、ボビーは言う。あんたのことも紹介してあげられるし。

その頃にはニックはメリッサの隣に座ってボトルのビールを飲んでいた。二人のそばに行くのは何だか気まずい感じがした。前に見た時は、ニックは偽りのアクセントで話していて服装も違っていたので、彼の本当のアクセントをまた聞くのが恐いような気がした。でも、どっちにしてもメリッサはもう私たちを見つけてしまっていた。彼女は自分たちのところに腰かけるように私たちに言った。

ボビーがメリッサとニックにフィリップを紹介し、フィリップは二人と握手した。メリッサから前に会ったのを覚えていると言われて、彼は浮かれていた。ニックは私たちの出番に間に合わなかった件について謝罪めいたことを口にしていたが、私はまだ彼を見なかった。私はジントニックを飲み干して、グラスの中で氷を左右にぶつけて鳴らした。フィリップがニックの舞台を称賛すると、二人はテネシー・ウィリアムズの話をしはじめた。メリッサはまたもや彼について「気取っている」と言ったが、私は前に彼女がそんな風に言ったのを知らないふりをした。

それぞれがもう一杯ずつ頼んだ後、メリッサが煙草を吸いに外に出ようと言い出した。喫煙場は下の階にある塀に囲まれた小庭で、雨が降っていたので混み合ってはいなかった。私はニックが煙草を吸う姿を見たことがなかったので、本当は欲しくもないのに一本もらった。ボビーはこのイベントで私たちの前の出番だった男の真似をしてみせた。とてもおかしくて、残酷な物真似だった。私たちはみんなで笑った。その頃になると雨が激しくなってきていて、みんなで窓のところの狭い軒下《のきした》に身を寄せ合った。そこでしばらくお喋りをしていたが、喋っていたのは主にボビーだった。

ゲイの人物を演じるなんてクールだよね、ボビーはニックに言った。

ブリックはゲイなのかな？　彼は言った。単にバイセクシュアルなのかと思っていた。

「単にバイセクシュアル」なんて言っちゃダメだよ、ボビーは言う。フランシスはバイなんだから、知っているでしょ。

それは知らなかった、メリッサが言った。

私は何も言わずにただただずっと煙草をふかしていることにした。私が何かを言うのをみんなが待っているのは知っていた。

まあ、私は言う。そうですね、私は雑食みたいなものだから。

それを聞いてメリッサは笑った。ニックは私を見て面白がるような笑顔を浮かべたが、私は瞬時に目を背けてグラスの中身に気を取られているふりをした。

私もだよ、メリッサは言った。

それを聞いたボビーの目が輝くのが分かった。彼女がメリッサになにか質問したが私はその言葉は聞かないようにしていた。フィリップはトイレに行くと言って、窓の縁にグラスを置いていった。私はネックレスのチェーンを指でなぞりながら、胃の中がアルコールで温まっていくのを感じていた。

遅れて悪かった、ニックが言った。

彼は私に話しかけていた。まるでこの言葉を口にするためにフィリップが私たちを二人きりにするのを待っていたかのようだった。私は気にしてないと言った。人差し指と中指で挟まれた煙草は、彼の大きな手の中ではミニチュアみたいだ。彼は望めばどんな人物にもなれるのだという事実に気がついて、ニックも私と同じように「本当の自分」というものがないのだろうかと考えた。

ちょうど俺が着くと大喝采の最中だったんだ、彼は言う。だから素晴らしかったのは間違いない。それにもう君の作品は読んでいて、って、これは言ってはいけなかったのかな？　メリッサが事前に見せてくれたんだよ、彼女は俺が文学ファンだって信じているから。

ここに至って、私は奇妙な自己認識の欠如を感じるようになった。自分の身体や顔がどんな風だったか、まったく心に描けないのだ。まるで誰かが見えない鉛筆をひっくり返して、消しゴムで私の外見のすべてを優しく消し去ってしまったかのようだ。それは興味深い感覚で、実際のところ不快ではないが、同時に寒くなってきて自分が震えているのではないかと心配になった。

彼女は他の人たちに事前に私の作品を見せるなんて言わなかったのに、私は言った。

他の人たちじゃないよ、俺だけだ。感想をメールで送るよ。お世辞を言っているだけだと今は思ってるかもしれないけれど、メールを見ればそうじゃないって本当に分かるはずだ。

ああ、それっていいですね。私は相手の目を見ないで済む状態で、賞賛の言葉を浴びるのが好きなんです。

彼がこれを聞いて笑ったので、私は幸せな気持ちになった。雨が更に激しくなってくると、フィリップがトイレから戻ってきて軒下の私たちにまた合流した。私の腕がニックの腕に触れて、禁じられた身体の接近に快感を覚えた。

偶然に誰かと知り合うって奇妙なものだよ、ニックは言う。後になって相手がこちらをずっと見ていたって知るんだ。そうすると、やばい、あっちは俺から何を読み取ったんだろう？　って思うんだ。

私たちはお互いを見つめ合った。ニックはもっとも一般的な意味でハンサムだった。なめらかな肌、はっきりとした骨格、何だか柔らかそうなくちびる。でも彼の表情に潜む繊細さや知性はそうしたことを超越していて、目が合うとカリスマ性を感じさせる。見つめられると力を奪われたような気持ちになったが、彼が自分を観察させてくれているという強い感覚もあった。ニックは私が関心を持っていることに気づいていて、私が彼の印象をどう形にしようとしているのか知りたがっているのだ。

そうですね、私は言う。居心地が悪いことばかりでしょうね。

それで君は、確か、二十四歳だっけ？

二十一歳です。

ほんの一瞬、彼は私が冗談を言っているのだというような表情をして、目を見開き、眉を上げ、頭を振ってみせた。

俳優は本当にそう感じてなくても物事を伝える術《すべ》を会得している、そう考えた。私が二十一歳だってニックはもう知っていたはずだ。もしかして彼は私たちの年齢の違いを誇張したかったのかもしれないし、それについて軽く難色を示していることや失望の気持ちを伝えたかったのかもしれない。私はネットで調べて彼が三十二歳だと知っていた。

でもそんなことは私たちコンビの妨げにはならないですよね、私は言った。

彼は束の間私を見つめて微笑んだが、その曖昧な微笑みがあまりに魅力的だったので私は自分の口元を意識した。私の口はかすかに開いていた。

いや、まったくもってそれはないね、彼は言った。

フィリップがバスの最終便をつかまえるためにもう行くと告げると、メリッサも明日の朝に打ち合わせがあるから帰るところだと言った。それからすぐに会はお開きになった。ボビーはサンディマウント（ダブリン郊外の海辺の街）に戻るためにDART（ダブリンの南北をダブリン湾に沿って走るローカル線）に乗り、私は埠頭に沿って歩いて帰った。リフィー川は水嵩《みずかさ》が増してまるで苛立っているかのようだった。タクシーや車の一群が通り過ぎてゆき、道の反対側を歩いている酔っ払いが私に向かって愛していると怒鳴った。

アパートに帰って部屋に入るとき、私はニックが喝采の最中に会場に入ってきたことを思い出していた。今ではそれが完璧なタイミングだと思えて、完璧すぎて彼が実際のパフォーマンスを見られなかったことに喜びを覚えるほどだった。他の人々が私を賞賛している様子をニックが目撃することによって、私は彼に個人的に承認してもらうために冒さねばいけないリスクを回避でき、まるで自分が彼と同じく沢山の信奉者がいる重要人物であるかのように、劣ったところなどひとつもない人間であるかのように彼と話せるようになった。だけど喝采もまた自分のパフォーマンスの一部で、かつ最高の山場であり、あれこそが私の考えていたことのもっとも純粋な表現で、それによって私は自分を作り替えたのだと考えた。賞賛に値する人間に、愛されるに値する人間に。

6

イベントの後もメリッサとはたびたび会い、折に触れて私たちの紹介記事の原稿の改訂版が送られてきた。メリッサの家を再び訪ねる機会はなかったが、文芸イベントではよく顔を合わせた。私は彼女かニックが行きそうなイベントを事前にチェックしておくようになった。二人が好きだったし、二人が私と親しくしているのを他の人に見せつけるのも好きだったから。彼らが紹介してくれる編集者やエージェントは私に関心があるようなそぶりを見せ、私の書いたものについて鋭く質問をしてきた。ニックはいつも気さくだったし、人前で私の仕事を賞賛してくれることもあったが、あの日のように私と二人で話したいと思っているようには見えなかったので、こっちも彼と目が合うだけで平常心を失ったりしなくなった。

ボビーと私はいつも一緒にイベントに行ったが、ボビーはただメリッサの気を引くことだけを考えていた。ドーソン・ストリートでの出版記念パーティで、ボビーに「俳優が特に嫌いってわけじゃない」と言われたニックは、了解だ、君が俺に寛大で感謝するよという態度を取った。彼が一人でイベントにやってくると、ボビーはこう言った。あんただけなの？　あんたの美しい妻はどこにいるのよ？

君は俺が嫌いってことでいいのかな？　ニックは言った。

そういうのじゃないの、私は言う。この人は男全般が嫌いなの。

お望みとあらば、あんたは個別に嫌ってあげてもいいよ、ボビーは言った。

彼が私たちのパフォーマンスを見逃して以来、私とニックは深夜にメールでやり取りするようになっていた。作品について感想を送ると約束していたニックは、私の詩の中のある種のイメージについて「美しい」という表現を使った。私はニックの演技に感じたことについて「美しい」という言葉を使ってよかったけど、メールにはそう書かなかった。彼の演技とその身体性の結びつきもまた詩のようだったが、それは標準のフォントで印刷されて誰かの前書きがつくようなものとは違う。抽象的な意味合いでは誰もが詩人だとも言えるが、私が言いたいのはそういうことではない。でもきっと、彼は本当のところ私にこう伝えたいのだ。君の考え方や感じ方には何か美しいところがある、あるいは、君が世界を受容するその手法には、と言い換えてもいいのかもしれない。メールが来て数日経ってからも、私は彼のその言葉を頭の中で反芻していた。気がつくとそのことを考えて一人で微笑んでいた、まるで内緒のジョークを思い出したみたいに。

ニックにメールを書くのはたやすかったけど、卓球の試合のような競争心とスリルを感じてもいた。私たちは軽口を叩き合った。うちの両親がメイヨー州に住んでいると知ると、彼はこう書いてきた。

うちはアチル島（メイヨー州はアイルランド西岸のコノート地方の州で、アチル島はその州の島）に別荘を持っていたんだ（南ダブリンの裕福な家庭はみんなそうだと思うけど）。

私の返信はこうだ。

先祖代々うちの家族が暮らしている故郷が、あなたの階級意識を強化するのに一役買っているっていうわけですね。P・S　どこだろうと別荘なんてものを持つのは法律で禁止されるべき。

誰かとのやり取りで、コーヒーや大音量の音楽によって引き起こされるような不条理な快楽に没頭する感覚を味わうなんて、ボビー以来なかったことだ。ニックのメールで私は笑った。何かのついでに、メリッサとは別々の部屋で寝ていると彼がこぼしたことがあった。私はそれについてボビーには何も言わなかったが、自分ではよく思い出した。二人はまだお互い「愛し合って」いたりするのだろうか、ニックが何かに皮肉抜きで向き合うなんて、想像も出来ないけれど。

彼は早朝になるまで寝つけない様子で、私たちの深夜のメールはますます増えていった。ニックはトリニティ大学で英文学とフランス文学を修めていて、何と私たちは同じ講義を取っていた。彼の専攻は英文学で、最終学年の学位論文のテーマはキャリル・チャーチル（フェミニズム的なテーマで知られるイギリスの劇作家。代表作は「クラウド9」一九七九年、「トップ・ガールズ」一九八二年）だ。私はメールのやりとりをしながら、グーグルにニックの名前を打ち込んで、彼の姿を思い出すために画像を眺めることもあった。ネットに上がっている彼の情報は全部調べて、メールで彼のインタビューの言葉を引用して、やめてくれとニックに頼まれてもやめなかった。ニックは「そんなの超恥ずかしいじゃないか」と言う。私はこう書いた。そんなことを言うなら、午前三時三十四分にメールなんか送ってこないで下さい（なんて、本当の気持ちは逆だけど）。彼の返信はこうだ。俺が真夜中に二十一歳の女子にメールを送っているだって？　一体何の話だろう。身に覚えのないことだね。

ある夜、詩のアンソロジーの新刊パーティでメリッサと私だけが取り残されて、私は一冊もその著作を読んだことのない男性の小説家と会話する羽目になった。他の二人はカウンターに飲み物を取りに行っていた。デイム・ストリートの外れのどこかのバーでの出来事で、サイズが小さすぎるのを知っていて履いてきた靴のせいで足が痛かった。小説家に好きな作家はいるかと聞かれて、私は肩をすくめた。彼が放っておいてくれるまで黙っていられたらと考えていたが、その作家の本がどれほど高評価されているか知らなかったせいで、もしかしたらこれは間違った態度だったかもしれない。

君には本当にクールなところがあるよね、彼は私に言った。そう思わないか？

メリッサは気乗りしない様子でうなずいていた。私のクールさなんて、本当にそんなものがあったらの話だが、彼女にとってはどうでもいいことなのだ。

ありがとうございます、私は答えた。

そして君は褒め言葉を真面目に受け取るんだね、それはいいことだよ、彼は言う。自分を卑下する人間が多い中、正しい対応だ。

はい、お世辞は真に受けるタイプなんです、私は言った。

すると、彼がメリッサに目配せしようとしているのに気がついたが、彼女はそれを無視していた。彼はメリッサにウィンクをしかねないばかりだったのに、当てが外れたようだ。小説家はニヤニヤしながら、私に振り向いた。

まあ、生意気は言いなさんな、彼は言った。

そこでニックとボビーが私たちのところに戻ってきた。小説家がニックに何か言って、ニックは「あんた《マン》」という言葉を含んだ返事をした。そうかそれは悪かったね、あんた《マン》、みたいな。私は後にニックとのメールでこの上辺だけの会話をからかった。ボビーはメリッサの肩にもたれていた。

小説家が話の輪から外れると、メリッサはワインをあおって私に向かって笑ってみせた。

あなたはすっかり彼を虜《とりこ》にしちゃったね。

それって皮肉ですか？　私は聞いた。

彼はあなたといちゃつこうとしていたじゃない。クールだって言って。

すぐそばにニックがいるのが気になったが、彼の反応を見ることはできなかった。私はこの会話の主導権を取らなければいけないと必死になった。

ええ、私にクールだって言いたがる男は多いんです。そんなことは今まで言われたこともないだろうって感じで。

メリッサはそれを聞いて本当に笑った。私はこんなことで彼女が笑ってくれたのに驚いた。一瞬、彼女について、特に私に対する彼女の態度について誤解していたのではないかと考えた。でもニックも笑っているとが気がつくと、メリッサが何を考えているかなんてことへの興味はとたんに薄れた。

残酷だね、彼は言った。

自分はそうじゃないって言うの、ボビーは言った。

いや、俺は自分が嫌な奴だって分かっているよ、ニックは言う。笑ったのはそれが理由じゃないんだ。


六月の終わり、私は両親に会うために数日間バリーナに戻った。母に強制された訳ではないが、ここのところ電話で話すと彼女はこんなことを言うようになっていた。あら、まだあなた生きているの？　次に家に戻ってきても、私は自分の娘の顔が分かるかな、それとも襟に目印の花でもつけてもらおうかな？　仕方なく、私は列車の切符を予約した。母にはメールでいつ帰るか連絡して、一言添えておいた。子としての義務を心に刻む、あなたの忠実なる娘より。

ボビーと私の母はとても仲良しだ。母はボビーの専攻が歴史と政治学と知って感心していた。本物の学問よ、母はそう言って、私に向かって眉を上げる。母は社会民主主義的な人で、ボビーは確かこの頃は共同体主義的アナーキストと名乗っていたはずだ。母がダブリンを訪ねてくると、二人はスペイン市民戦争についてちょっとした議論を戦わせて楽しんだ。ボビーは話の折に、私の方を向いてこんなことを言った。フランシス、あんた共産主義者でしょ、私を擁護してよ。すると母は笑う。この娘を当てにするなんて！ ティーポットに頼むようなものよ。お互いにとって都合がいいことに、母は私の社会的な生活にも私生活にも特に興味がなかったが、私がボビーと別れた時は別で「本当に悔しい」と言っていた。

土曜日、母に駅に迎えに来てもらうと、その午後は私たちは庭で過ごした。刈られた草がアレルギーを誘発するようなむっとした匂いを放っていた。空は布のように柔らかく、鳥が長い列をなして渡っていく。母は草を刈り、私は草を刈るふりをして喋ってばかりいた。ダブリンで会った編集者や作家全員の名前を挙げて夢中になって話すなんて自分でも意外だった。私は少ししてから手袋を脱いで額を拭うと、もう脱いだままにしておいた。お茶が欲しいかと尋ねてみたが、母は聞こえないふりをした。それで私はフクシアの茂みのところに座って、枝から花を摘み取りながらまた有名な作家たちについて話し始めた。私は自分の口から流れてくる言葉を美味に感じていた。こんなに話題があるのにも驚いたし、こんな風に自分が楽しむなんて思いもしなかった。ようやく母が手袋を脱いで、折り畳み椅子に座った。私は足を組んで座り込み、スニーカーの爪先を眺めていた。

あなたはどうやらメリッサっていう女性に夢中みたいね、母は言った。

そんな風に見える？

あなたを色んな人に紹介しているみたいじゃない。

でもあの人は私よりもボビーが好きなんだよ、私は言った。

でも彼女の夫はあなたが好きなんでしょう。

私は肩をすくめて、さあ、どうだかと言った。それから親指を舐めて、スニーカーについた泥の破片をこすり落としにかかった。

それで、その人たちはお金持ちなのね、そうでしょう？　母は言った。

そうだと思う。夫は富裕層の出身だし。それに素敵な家に住んでいるし。

洒落た家に気を取られるなんて、あなたらしくもない。

この言葉は突き刺さった。私は母の口調に気がつかなかったふりをして、スニーカーをこすり続けていた。

別に気を取られている訳じゃない、私は言った。単にどんな家だったかって説明しているだけ。

言うけど、私には何だかすべてが奇妙に思えるの。そんな年齢の女性が大学生とつるんで何をしてるんだか。

あの人は三十七歳で、五十歳じゃない。それに私たちの紹介記事を書いているの、言ったでしょ。

母は折り畳み椅子から立ち上がると、リネンの園芸用パンツで手をぬぐった。

そうね、彼女は言う。あなたが育ったところとモンクスタウンの素敵なお家は訳が違うわね。

私が笑うと、母は私が立ち上がるのを助けようと手を差し伸べた。母の黄ばんだ手は大きくて、私のものとはまったく似ていなかった。私とは違って実用的に出来ていて、私の手は何かが欠けているかのようにそこにぴったりとはまった。
今夜、お父さんに会いに行くの？　母は聞いた。
私は手を引っ込めてポケットに入れた。
たぶんね、と答えた。

小さな頃から、うちの両親は互いが好きではないのだと分かっていた。映画や小説の中の夫婦は、一緒に家事をして共通の思い出を優しく語り合う。私は食事の席以外で、両親が同じ部屋にいるのを見たことがなかった。問題は父の「機嫌」だった。彼が機嫌を損ねると、母は私を連れてクロンターフに住むおばのバーニーのところに泊まりに行き、姉妹がキッチンで首を振りながら話し合っている間、私はいとこのアランが「ゼルダの伝説　時のオカリナ」をプレイしているのを見ていた。私はこの件にお酒が絡んでいると気づいてはいたが、現実に何が起こっているのかについては謎だった。
バーニーの家に行くのは楽しかった。滞在中は好きなだけダイジェスティブ・ビスケットが食べられたし、私たちが帰る頃には父はどこかに消えているか、反省して態度を改めていた。私としては彼がいなくなる方がよかった。悔恨モードになると父は学校を話題にして私と会話しようとするので、私はおどけて付き合うか彼を無視するかの選択を迫られた。おどけると自分を裏切ったようで、攻撃の的《まと》になる弱者のような気分がした。無視すると心臓が早鐘のように鳴って、その後は鏡で自分を見られなかった。しかも母を泣かせた。

父の機嫌が何によって変わるのか、具体的には分からなかった。何かの拍子に彼が何日もいなくなって、帰ってきたと思ったら私のアイルランド銀行の貯金瓶からお金が消えているということもあったし、テレビがなくなっていたこともあった。家具にぶつかったという理由で理性を失ってブチ切れたこともある。私の通学靴につまずいた時は、それを私の顔にめがけて投げつけてきた。狙いは外れて靴は暖炉へと投げ込まれ、私は自分の顔が焼かれていると思いながら靴が焦げるのを見ていた。感づかれたら余計に父を刺激すると知って、恐怖を顔に出さない術《すべ》を学んだ。私は魚のように冷ややかだった。後に母から尋ねられた。どうして火から靴を救い出さなかったの？　少なくともやってみるくらいはできたんじゃないの？　私は肩をすくめた。自分の顔も火の中で燃え上がっているようだった。

　夕方に父が仕事から戻ってくると、私は凍りついたようにじっとして、彼の機嫌がどうなっているか数秒後に確証が得られるまでは動かなかった。父がドアを閉める様子や鍵のかけ方でそれは分かる。家に向かって大声で怒鳴っているのも同然だった。私は母に教えてあげた。お父さん、今は機嫌が悪いよ。すると母は私に言った。そんなことを言うのはやめて。でも母も私と同じくそれが本当だと知っていた。十二歳のある日、父が突如私を迎えに学校にやってきたことがある。家に帰る代わりに、私たちは車に乗って街を離れ、ブラックロックに向かった。ＤＡＲＴが私たちの車の左側を通り抜けていって、プールベグ発電所の煙突が車窓から見えた。お前の母親は家庭を壊そうとしている、父は言った。私はとっさにこう答えた。お願いだから、車から降ろして。この私の発言は後に、母が私に自分の悪口を吹き込んでいるという父の言い分の証拠として使われた。

父がバリーナに越してからは、私は月の第二週の週末に決まって彼のもとを訪れた。その頃の父の振る舞いはまともだったので、私たちは夕飯に食べるものを買いにいったり、映画を観にいくこともあった。彼が機嫌を損ねて何かよからぬことが始まりそうになる、その微妙な兆候を私は見逃さないようにしていた。どんなことでもきっかけになりえたから。でも二人でマッカーシーズに行った午後は別で、私は父の友人たちからこんなことを言われた。これが君のところの小さな天才児か？　そうだろ、デニス？　そしてみんな新聞の裏面のクロスワードパズルのヒントや、長々とした単語のスペルについて尋ねてきた。私が答えを当てると、彼らは私の背中をポンポンと叩いて、レッドレモネードを奢ってくれた。

この娘は仕事でNASAに行けるぞ、父の友人のポールは言った。お前は一生安泰だな。

こいつは何でも好きなことやればいいさ、父は言った。

ボビーは卒業式に一度きりしか、私の父には会っていない。彼はスーツを着て紫のネクタイを締めて、式のためにダブリンにやって来た。ボビーについては母があらかじめ彼に話していたので、式の後で父は彼女と握手して言った。いいパフォーマンスだったな。私たちは学校の図書室で、三角形のサンドイッチを食べてコーラをコップで飲んでいた。フランシスと似てますよね、ボビーは言った。私と顔を見合わせ、父は羊が鳴くような笑い声を立てた。それはどうだろうな、彼は言った。後で父はボビーについて「あの娘は美人だ」と言って、私にさよならのキスをした。

大学に入って、私は父を定期的に訪ねるのはやめた。代わりに月に一度はバリーナに戻って、母と過ごした。仕事から引退して、父の機嫌は更に厄介なものになっていた。私は彼をなだめ、無理して愛想良く振る舞い、彼が蹴り倒したものを拾い上げるのにこれ以上時間を割きたくないという結論に達した。私のあごはこわばり、小さな物音にもビクッとするようになった。話が嚙み合わなくなってきていたし、アクセントを変えたことについて一度ならず父から糾弾された。お前は俺を見下しているんだろう、言い合いの最中に父は言った。何、馬鹿なことを言ってるの、私は言い返した。彼はニヤッとした。ほらな、これにて終了。真実が明らかになった。

夕食の後、私は母に父のところに行くと告げた。母は私の肩を揉むと、それはいいわねと言った。本当、いいことよ、彼女は言った。いい娘ね。

私は上着のポケットに手を入れたまま街を歩いた。日が暮れてきた、今日はどんなテレビ番組があるだろう。頭痛の気配がする、まるで空から直接私の頭に降りてくるかのようだ。ネガティブな考えを蹴散らそうと、精一杯大きな足音を立てて歩いていたせいで、周囲の人から好奇の眼差しで見られて、私は逆に怯《ひる》んだ。これが自分の弱点だって分かっている。ボビーなら他人の目を気にしたりしない。

父はガソリンスタンドの近くのテラスハウスに住んでいた。私は呼び鈴を鳴らすと、ポケットに手を引っ込めた。何の返事もなかった。もう一度呼び鈴を押してから、ベタつくドアノブを回そうとした。ドアが開いたので、私は中に入った。

父さん？　私は呼びかけた。いるの？

家の中は揚げ油と酢の匂いがした。廊下のカーペットは父が越してきた時に敷いたものだが、今では潰れて茶色くなっている。休暇を過ごしたマヨルカ島で撮った家族写真が電話の上に掛かっていて、そこに写っている四歳の私は黄色いTシャツを着ていた。Tシャツの胸にはビー・ハッピーという文字があった。

いるの？　私は声にした。

父がキッチンの戸口から出てきた。

お前か、フランシス？　父は言った。

そうだよ。

中に入れよ、ちょうど食ってたところだ。

キッチンには曇りガラスの高窓があり、そこからコンクリートの庭が見えた。汚れた皿がシンクに積み重なっていて、プラスティックのゴミ箱の縁からはジャガイモの皮やレシートといった細かいゴミが溢れてこぼれていた。父はゴミなどないかのように踏み越えていく。彼は青い小皿の上に食料の入った茶色の袋を載せて、そこから直《じか》に食べていた。

お前は夕食、食ったんだろう？　父は言った。

済ませてきたよ、うん。

ダブリンの最新情報を聞かせろよ。

たいしてないんだ、残念だけど、私は言った。

父が食事を終えると、私はヤカンを火にかけて、お湯とレモンの匂いがする液体洗剤でシンクを満たした。父はテレビを見るために別の部屋に行ってしまった。熱すぎるお湯から手を上げると、私の手はゆだってピンクになっていた。私はまずコップとカトラリー類を洗い、それから皿に移り、更に鍋とフライパンに手をつけた。すべてを洗い終わるとシンクのお湯を抜いてキッチンの表面を拭き、ジャガイモの皮を拾ってゴミ箱に戻した。包丁の刃から泡が静かに滑り落ちていくのを見ていたら、急に自分を傷つけたくなってきた。でもそうする代わりに私は塩入れと胡椒入れを片づけて、居間に顔を出した。

もう行くね、私は言った。

なんだ、もう帰るのか？

ゴミ箱の中身は捨てた方がいいよ。

じゃあ、またな、父は言った。

7

メリッサは七月の彼女の誕生日パーティに私たちを招待した。しばらく彼女に会っていなかったので、メリッサに何を贈るべきか、二人でひとつのプレゼントがいいのか、それとも個別に持っていくのがいいのかとボビーは早くから思案していた。どっちにしろワインのボトルを持っていくだけにするよと私が言って、それで議論は終わったはずだった。イベントで顔を合わせるたびに、メリッサと私はだんだん目を合わせなくなっていった。彼女とボビーは学生同士のように、お互いの耳に囁きかけて笑い合った。私には彼女を嫌いになる勇気はなかったけれど、嫌いになりたいとは思っていた。

ボビーは短い丈のタイトなTシャツとブラックジーンズでパーティにやって来た。私は細くて絡まりやすい肩紐のついたサマーワンピースを着ていた。その日は夕方になっても暖かく、メリッサの家に着いた頃にようやく空が暗くなってきた。雲は緑に染まり、星々がまるで砂糖の粒のようだった。裏庭で犬が鳴いているのが聞こえた。現実世界でニックに会ったのはずいぶん前のような気がして、メールでいつもおどけて無頓着に振る舞っていた自分を思い出して、私は少し神経質になっていた。

　メリッサは自らドアを開けて私たちを出迎えた。彼女は順番に二人をハグすると、私の左の頬骨に粉っぽいキスをした。メリッサがつけている香水の匂いを私は覚えていた。

　プレゼントはいらなかったのに！　彼女は言った。もう、気を利かせすぎだよ！　さあ入って、自分で飲み物を取ってきてね。あなたたちに会えて嬉しい。

　メリッサの後についてキッチンに行くと、音楽と長いネックレスをした人々で溢れていた。何もかもが清潔で広々としている。ここは自分の家で、ここで私は育ち、このすべてが私のものなのだと数秒間だけ夢を見た。

　ワインはカウンターに、他のお酒は裏の家事室にあるから、とメリッサは言った。お好きにどうぞ。

　ボビーは自分で大きなグラスに赤ワインを注ぐと、メリッサを追いかけて温室へと向かった。二人につきまとうのも嫌だったので、私はワインじゃないものが欲しいというふりをしていた。

　家事室はキッチン裏のドアの向こうにある狭い空間で、食器棚くらいの広さしかなかった。五人くらいの男女がそこに集まってマリファナを吸って、大声で何か笑っていた。その内の一人はニックだ。私が入っていくと、誰かが言った。やばい、警察だ！　彼らはまた大笑いした。そこに立っていると、自分がみんなよりも歳下だと意識させられて、深く開いているサマーワンピースの背中が気になってきた。ニックは洗濯機に座ってボトルからビールを飲んでいる。襟の開いた白いシャツを着ていて、私には彼が酔って真っ赤になっているように見えた。家事室の中は温度が高く煙が充満していて、キッチンよりもずっと暑かった。

メリッサからお酒はここだと聞いたので、私は言った。

ああ、そうだよ、ニックは言った。何を飲むかい？

ジンを一杯お願いすると、他の人たちはマリファナでとろんとなった目で穏やかに私を見ていた。ニックの他に、二人の男性と二人の女性がいた。女性たちは互いに目を合わせなかった。私は自分の爪を見て、清潔かどうか確認した。

あなたも女優なの？　一人が聞いた。

彼女は作家だよ、ニックが言った。

彼はそこで私を他の人に紹介したが、私はすぐにみんなの名前を忘れてしまった。ニックは大きなガラスのタンブラーにジンをなみなみと注ぎ、どこかにトニックウォーターがあったはずだと言うので、私は彼が見つけるまで待っていた。

失礼なことを言う気はないんだけどさ、男性の一人が言い出した。でもここって女優がたくさん来ているよな。

そうだね、ニックは目のやり場に注意しなくちゃ、別の人が言った。

ニックは私と目を合わせたが、彼が困っているのかマリファナでハイになっているだけなのか区別がつかなかった。彼らの発言には明らかに性的な含みがあったけど、それが正確には何を指しているのか分からなかった。

いや、別に困ることはないよ、ニックは言った。

じゃあ、メリッサはよっぽど心が広いんだ、別の誰かが言った。

みんなそれで笑ったが、ニックは笑わなかった。ようやく私にも、自分が欲望を誘う存在として彼らのジョークに使われているのが分かった。別にだからといって腹も立たなかったし、それが証拠にニックとのメールでこの件について面白おかしく書こうとも考えていた。ニックにジントニックのグラスを渡されて、私は歯を見せずに微笑んだ。飲み物を渡されたらここから出ていくべきだとニックは考えているのだろうか、それともそんなことをしたら失礼だろうか、どうしたらいいのか分からなかった。

実家はどうだった？　ニックは言った。

うん、特に変わりはなかったです、私は答えた。両親も元気でした、お気遣いありがとうございます。

君はどこらへんの出身なの、フランシス？　男性の一人が聞いてきた。

ダブリンですけど、両親はバリーナに住んでいるんです。

じゃ、田舎者だ、男性は言った。ニックにそんな田舎の友だちがいるとは思わなかった。

ええ、まあ、サンディマウントで育ちましたから、私は言った。

北アイルランドと共和国、君はどっちを支持しているの？　また別の誰かが聞いた。

漂っている煙草の煙を口から吸い込むと、甘くすえたような臭いがした。私は女だから所属する国はないんです（ヴァージニア・ウルフのインタビュー記事からの引用）、そう答えた。ニックの友だちは無害そうだったが、彼らを小馬鹿にするのは気分が良かった。ニックは吹き出した、まるで彼だけ何かを急に思い出したかのようだった。

キッチンから誰かがケーキについて大声で叫んでいるのが聞こえて、みんな私とニックを残して家事室から出ていった。犬が入ってきそうになったが、ニックは足で追い払いドアを閉めた。彼は急に私に当惑しているかのようだったが、暑くて顔がまだ上気しているせいでそう見えただけかもしれない。ジェイムズ・ブレイクの「レトログレイド」が部屋の向こうから流れてきた。ニックはメールでこのアルバムが大好きだと言っていたから、このパーティのために自分で選曲したのかもしれない。

悪いね、彼は言った。ハイになっていてまともに物が見られないんだ。

それはまたうらやましいですね。

私は冷蔵庫に背中をもたれて、手で自分の顔を少し扇いだ。ニックはビールのボトルを持ち上げて、私の頬に当てた。濡れたガラスの感触があまりに冷たくて、私は思わず短い吐息を漏らした。

そんなに気持ちいいんだ？　彼は言った。

うん、もうたまらない。ここにもお願いできる？

ワンピースの肩紐を片方ずらすと、ニックはボトルを私の鎖骨の上に置いた。冷気が濃縮された滴が肌を滑り落ちていって、震えが走った。

とてもいい気持ち、私は言った。

ニックは何も言わなかった。彼が耳まで赤くなっているのに、私は目を留めた。

もものの裏もお願い、私は言った。

彼はボトルを持ち替えると、私の太ももの裏に押しつけた。肌をなでる彼の指先が冷たかった。

こうかい？　彼は聞いた。

そうだけど、もっとそばにきて。

からかっているのか？

私はニックにキスをした。彼はされるがままだった。ニックの口の中は熱く、まるで私に触れたいと思っていたかのように彼は空いている方の手を私のウエストに置いた。私は彼に対する欲望が高まって理性が吹っ飛んだかのように感じて、何も言えず、何もできなかった。

その一瞬の後、ニックは私から離れると、そこにまだあるのか確かめるように、そっと口を拭った。

俺たちはここでこんなことをしていちゃいけないと思うんだけど、彼は言った。

私は息を呑んだ。そして言った。私、行かなくちゃ。私は家事室を出て、下くちびるを指で弾きながら、どんな表情も顔に出さないようにした。

温室の外で、ボビーが窓の縁に腰かけてメリッサと話していた。彼女から手を振られて、私は行きたくないのに二人のもとに行かなくてはいけない気持ちになった。彼女たちはきれいに切り分けられたケーキの一片を食べていて、切り口から見えるクリームとジャムの細い層が歯磨き粉の色みたいだ。ボビーは手づかみで頬張っていて、メリッサはフォークを使っていた。私は微笑んだが、また我慢できずに自分のくちびるに触れた。そんなことをしてはだめだと思ったが、やめられなかった。

ちょうどメリッサに、うちらがどんなに彼女を崇拝しているか喋っていたところ、ボビーは言った。

メリッサは私をちらりと見ると、煙草のパッケージを取り出した。

フランシスが誰かを崇拝するとは思えないけど。

私は他にどうしていいのか分からなくて、肩をすくめた。ジントニックを飲み終えると、自分に白ワインを注いだ。ニックがここに来てくれるといいのに、そしたらカウンター越しに彼を見ていられるのに。代わりにメリッサを見つめて思っていた。あんたなんか大嫌い。何かの冗談か驚いて思わず上げた声みたいに、どこからともなく湧いてきた言葉だった。自分が彼女を実際に嫌いかどうかさえ分からなかったけど、不意に思い出した曲の歌詞みたいに本当らしく思えた。

何時間経ってもニックの姿は見えなかった。ボビーと私はその夜、予備の寝室に泊まる予定でいたが、朝の四時や五時になっても他の客が帰る気配はなかった。その頃になるとボビーもどこかに姿を消してしまった。私は彼女を探して予備の寝室に行ったが、そこには誰もいなかった。私は服を着たままベッドに横になり、悲しみとか後悔といった気持ちが湧いてくるのではないかと待っていた。代わりにどう名づけていいのか分からない感情の数々が胸に浮かんでは消えていった。そうしている内に眠りに落ちたが、目が覚めてもボビーはいなかった。窓の外に見える朝は灰色で、私は誰と顔を合わせることもなく、バスに乗って街に戻るために一人で家を出た。

8

その午後、私はベストと下着だけの姿でベッドに横になり、窓を開けて煙草を吸っていた。二日酔いで、ボビーからはまだ何の連絡もなかった。窓の向こうではそよ風が草の葉を揺らし、プラスティックのライトセーバーを持った子供とその友人の姿が木陰からのぞいている。見ていて和《なご》んだというか、真っ暗な気持ちから少しは解放された。やや肌寒かったけれど、服を着て今の状態を損なうようなことはしたくなかった。

午後の三時か四時になって、私はようやくベッドから起き上がった。何も書く気にはならなかった。何を書いたにしても、今だと上辺《うわべ》を繕った醜いものにしかならない。人前で演じているような人物と自分はかけ離れているのだ。家事室のニックの友人たちの前でさもウィットがあるかのように振る舞ったのを思い出して、気が滅入った。裕福な人たちの家で私は場違いだった。ボビーと一緒だったから、どこでも受け入れられる彼女の魅力のおかげで目に見えない存在でいられたから招かれただけだった。

夕方になってニックからメールが届いた。

やあ、フランシス。昨夜は本当に悪かった。俺が馬鹿だったと、落ち込んでいる。俺は本来あんな人間ではないし、君にも俺がそうだとは思って欲しくない。本当に悪かったと思っている。君にああいう真似をさせるべきじゃなかった。今日は立ち直っているといいけど。

これに返事をするまでに一時間かかった。私はネットでアニメの動画を見て、コーヒーを一杯作った。それから何回かニックのメールを読み直した。彼がいつものように全部小文字でメールを書いていたので、気が楽になった。こんな緊迫した状況で大文字を使われたら、もっと大事件に感じたことだろう。ようやく私は返事に取りかかり、ニックにキスをしたのは自分の過ちだと認めて、ごめんなさいと書いて送った。

彼は即座に返信してきた。

いや、謝るのは俺だ。俺は君より十一歳も歳上なんだし、自分の妻の誕生日だったんだから。ひどいのは俺で、君には何の罪悪感も抱いて欲しくない。

外は暗くなってきた。私は心が千々に乱れてめまいを覚えた。散歩にでも出ようかと思ったが、あいにく雨が降っている上、コーヒーを飲み過ぎていた。体の中で心臓がバクバク鳴っている。

私は返信を打った。

　パーティで女の子によくキスするの？

ニックは二十分ぐらいで返事をしてきた。

　結婚してからは、そんなことはしていない。だから今回の件は余計にひどいんだ。

電話が鳴ったので、メールから目を離さないまま応答した。

私と『未来世紀ブラジル』観たくない？　ボビーの声がした。

何？

一緒に『未来世紀ブラジル』観ない？　って言ったんだけど？　モンティ・パイソンにいる奴が撮ったディストピア映画だよ、観たいって言ってたよね。

何？　私は言った。あー、いいよ、今夜？

あんた寝てたかどうかしてた？　変だよ。

寝てはいないよ、ごめん、ネットを見てただけ。うん、会おうよ。

約三十分後、ボビーが私のアパートにやって来た。着くなり、泊まってもいいかと彼女に聞かれた。私は承諾した。私たちはベッドに座って煙草を吸い、昨夜のパーティについて話した。本当のことを言えなくてドキドキしたが、私は嘘つきとして有能だったし、むしろ嘘をつきたがるところがあった。

髪、すごく伸びたね、ボビーが言った。

切った方がいいと思う？

切ることになった。私はリビングの鏡の前に腰かけて、周囲に古い新聞紙を敷いた。キッチンのものを切っているハサミを使うことにしたけど、その前に熱湯と食器用洗剤できれいにしたいとボビーは言った。

メリッサは自分が好きだって、今も思っている？　私は聞いた。

ボビーは屈託なく笑って、そんなのは考えもしなかったという顔をした。

みんな私が好きだからね、彼女は言った。

そうじゃなくて私が言いたいのは、他の人と比べてメリッサが君に特別な絆を感じているように思うかってこと。ようするに。

分かんないよ、あの人には読めないところがあるから。

それ、私も思ってた、私は言った。嫌味を言われているのかなってこともあるし。

それはないよ、あの人はあんたのことは人として好きだから。自分に似ているって思ってるんじゃないかな。

それを聞いて自分が余計に嘘つきになったような気がして、血が上って耳がカッと熱くなった。

メリッサの信頼を裏切ったと思ったせいかもしれないし、ボビーが考えた彼女と私の関係性が別のことを物語っていると気づいたせいかもしれない。ニックにキスをしたのは私の方でその逆ではなかったが、彼は私にキスして欲しかったはずだ。もしメリッサが私と自分が似ていると思っているなら、ニックも私と彼女は似ていると思った可能性はないだろうか？

前髪を作ってもいいんじゃないかな、ボビーは言った。

やだよ、ただでさえ君に間違えられたりするのに。

私に間違えられると傷つくなんて、こっちが傷つくんだけど。

私の髪を切り終わると、ポットいっぱいにコーヒーを沸かして、私たちは大学のフェミニスト協会について話し合った。ボビーは前年、協会がイラク侵攻を支持するゲストスピーカーを招いた後に退会していた。会長はボビーが異議を唱えた件について「攻撃的」で「偏狭」だと協会のFacebookに書き込んだ。みんな内心、こんなのはどうかしているという意見で一致していたが、結局のところそのゲストが招待に応じることはなかったので、フィリップと私は退会には至らなかった。この決断に対するボビーの意見はくるくる変わり、その時々の私たちの関係性を指し示すバロメーターとなっていた。仲が上手くいっている時は、ボビーにとってこれは私の忍耐力と性差別是正の戦いのための自己犠牲精神を表す出来事となった。二人の間で何か齟齬《そご》がある時は私の誠意のなさと強い信念の欠如の証拠として取り扱われた。

昨今、性差別に対する確固とした姿勢なんてものをみんな持っているのかな？　それともこの件も他と同じで二面性があるのかな？

間違いなく世間は女性のＣＥＯがもっと必要だとは考えているよ。

それを言うなら、女性の武器商人の数も明らかに足りないよ、いつも思っていたことだけど。

私たちはようやく映画を観はじめたが、ボビーは途中で寝落ちしてしまった。私のアパートで彼女が寝るのを好むのは、両親のそばだと不安を覚えるせいだろうか。ボビーはそれについて触れたことはなかったし、彼女はまずつまらない感情に左右されるタイプではなかったけど、家族の問題はまた別だ。自分一人では映画を観る気にならなかったので止めると、代わりにネットを見はじめた。ボビーはようやく起きてきて、きちんと彼女の寝床である私の部屋のマットレスに向かった。自分がまだ起きている時に彼女がそこで寝ているのが好きなので、安心した。

その夜、彼女が寝ている内に、私はノートパソコンを開いてニックの最新のメールに返事をしていた。


私は、ニックとキスしたことをボビーに打ち明けるべきかどうか悩んでいた。最終的には言わないと決めたはずなのに、どの部分を強調してどの部分を伏せるかというディテールまで考え抜いて、私はボビーに打ち明ける際のシミュレーションをしていた。

どういう訳かそうなっちゃったんだよ、と私は言うはずだ。

そんなのどうかしている。ボビーはそう言うだろう。でもいつもあいつはあんたに気があるんじゃないかと疑ってたんだよね。

分かんないよ。彼は本当にハイになっていたし。馬鹿みたい。

でもメールでは彼は自分のせいだっていうようなことを言ってたんじゃないの？

私は完全に、想像上のボビーをニックが私に気があるというシナリオを裏づけるために使っていたし、実際のボビーはそんな反応をするわけがないので、そこでやめた。自分の状況を理解してくれる人に相談する必要性を強く感じていたが、ボビーがメリッサに告げ口してしまう危険を考えると躊躇したし、ボビーなら本当にやりかねなかった。私を裏切りたいからではなく、メリッサの人生にもっと深く入り込みたいという理由で。

彼女には打ち明けないと決めたが、そうすると私には相談できる人や、理解してくれる人が一人も残っていなかった。私はフィリップにキスしてはいけない相手としてしまったとやんわり話してみたけれど、彼は私が何を言っているのかさっぱり分からないようだった。

それってボビー？　彼は言った。

いや、ボビーじゃないよ。

ボビーとキスするのよりも悪いの、それともマシなの？

悪いの、私は言った。もう最悪なの。いいよ忘れて。

まったく、ボビーとキスするより最悪な相手なんて考えもつかないよ。

フィリップに言おうとするなんて、どっちにしろ無謀だった。

パーティで元カノにキスしたことがあるんだ、彼は言った。何週間も修羅場が続いた。気力を奪われたよ。

そうなんだ。

あっちには彼氏がいて、だから余計に話がこじれてね。

だろうね、私は言った。

翌日はホッジス・フィギス書店で出版記念イベントがあって、本にサインをもらうためにボビーは行きたがっていた。七月の夕暮れ時は相当暑く、私はイベントの時間まで家にいて指で髪の編み目を解いていたりしていたが、そうしているうちに強く引っ張りすぎて髪が絡まって何本か切れて、抜けてしまった。こんな風に考えた。もしかしたらあの人たちは来ないかもしれないし、家に居残ってこの抜け毛を掃いて惨めな気持ちのまま過ごすべきなのかもしれない。もしかしたら私の人生にはもうすごいことなんて何も起こらなくて、死ぬまでただ床に落ちたものを掃除する運命なのかもしれない。

書店の入口でボビーと会うと、彼女は手を振っていた。ボビーの左腕のいくつものバングルが、手を振ると優雅な音を立てて彼女の腕を滑り落ちていった。気がつくと私はいつも、ボビーのような外見だったら何も悪いことは起きないだろうと考えている。朝起きてボビーの顔になっても、見覚えのない姿になったとは感じないだろう。すでに自分のものだと信じている顔だから、きっと当たり前に思うに違いない。

出版パーティの会場に着くまでに、階段の手すり越しにニックとメリッサの姿を見つけてしまった。二人は本のディスプレイの隣に立っていた。メリッサはアンクルストラップ付きのフラットシューズを履いていて、青白いふくらはぎをむき出しにしている。私は立ち止まって、自分の鎖骨に手を当てた。

ボビー、私は呼んだ。私の顔、てかってる？

ボビーは振り返ると、よく見るために目を細めた。

うん、少しね、彼女は言った。

肺から静かに空気が抜けていった。もう階段までたどり着いてしまっているので、できることは何もなかった。聞かなければよかったと後悔した。

でも大丈夫だよ、ボビーは言った。むしろ可愛いよ、何でそんなこと聞いたの？

私は頭を振ると、彼女と階段を上っていった。まだ朗読が始まっていなかったので、観客はワイン片手に開始を待ちながらあちこち動き回って賑やかにしていた。会場は暑かったが、通りに面した窓が開いていて、そこから入ってきた一陣の風を左腕に感じて私は冷たさに震えた。それなのに汗をかいていた。ボビーが私の耳に向かって何かを喋っていたが、聞いているふりをしてうなずいているだけだった。

とうとうニックがこちらに気がついたので、私は見つめ返した。体の中で鍵が急激に回るような感覚がした。意志の力ではどうにもならない、鍵が開くのを止めようがない。何か言いたそうにニックのくちびるが開いたが、彼はただ息を吸ってそれを呑み込んだ。私たちは互いに気がついたそぶりも見せず、手も振り合わず、他の人には聞こえない秘密の会話を交わしたかのようにただ見つめあっていた。

ほんの少ししてボビーが話すのをやめたのに気がついて振り向くと、彼女もニックを見ていて、下くちびるをわずかに突き出し、あんたが何を見ているか分かったと言わんばかりの顔をしていた。私はグラスを自分の顔に押しつけたかった。

まあ、少なくとも彼には服装のセンスがあるみたいだね、ボビーは言った。

私は何を言っているのか分からないというふりはしなかった。ニックは白いTシャツを着ていて足にはスウェードの靴を履いていた。近頃みんなが履いているようなデザートブーツだ。私だってデザートブーツくらい履く。それで彼がハンサムに見えるのは実際にハンサムだからだが、ボビーは私のように美がもたらす効果に繊細ではない。

それか、メリッサが服を選んだのかも、ボビーは言った。

彼女は何か秘密を知ったかのように一人で微笑んだが、その行為自体はちっともミステリアスには見えなかった。私は指で髪を梳いて目をそらした。白い日の光が四角い形でカーペットに落ちていて、雪のようだった。

二人はもう一緒に寝てもいないんだよ、私は口にした。

目が合うとボビーは少しだけあごを上げた。

知っているよ、彼女は言った。

朗読が始まっても、私たちはいつものように互いの耳にささやきかけたりしなかった。女性作家たちによる短篇アンソロジーの本だ。私がボビーの方に顔を向けても彼女は前を見たままだったので、自分が何かで罰せられているのは分かった。

朗読が終わると私たちはニックとメリッサのところに行った。私は手の甲で顔を冷やしながら、彼らに挨拶するボビーの後をついていった。二人は軽食が並んでいるテーブルのそばにいて、メリッサは私たちにワイングラスを差し出そうと手を伸ばした。白と赤、どっちにする？　彼女は聞いた。

白を、私は答えた。白しか飲まないんです。

ボビーが口を出した。赤を飲むとこの娘の口はこんな風になっちゃうの。そう言って、自分の口を丸く開けてみせる。メリッサは私にグラスを渡すと言った。ああ、分かるよ。でも私に言わせると、そんな悪いものでもないよ。赤には確かに何か邪悪なところがあるんだよね。ボビーは彼女に賛同した。血を飲んでいるみたいな、ね。彼女は言った。メリッサは笑って答えた。そう、生贄《いけにえ》の処女だね。

ワインに目を落とすと、それは透き通っていてまるで黄緑で、刈ったばかりの草のような色だった。ニックに目を向けると、彼も私を見ていた。窓から差し込む光で首の後ろが熱くなってきた。もしかして君が来るかもと考えていたんだ、彼は言った。会えてよかった。そう言って彼は自分の手をポケットに戻した、まるで何かしてしまうのを恐れているかのように。メリッサとボビーはまだ話し込んでいた。誰も私たちを気にしていなかった。うん、私は言った。私もそう考えてた。

9

翌週、メリッサは仕事でロンドンに行ってしまった。暑さはその年のピークを迎えて、ボビーと私は空っぽの大学のキャンパスでアイスクリームを舐めながら何とか日焼けを試みていた。ある日の午後、私はニックに、話したいことがあるからそちらに寄ってもいいか、とメールで尋ねた。いいよ、という返事があった。ボビーには内緒にしておいた。私はバッグに歯ブラシを忍ばせた。

到着すると、ニックたちの家は窓もドアも全部開いていた。それでも呼び鈴を押すと、入ってこいよという声がキッチンから聞こえてきた、誰なのかと聞きもしなかった。私は入ると、とりあえずドアを閉めた。キッチンに行くと、ちょうど洗い物が終わったところなのかニックが布巾で手を拭いていた。彼は微笑み、また君に会うと思うと落ち着かなかったと言った。犬はソファで横になっていた。この子がここにいるのを見るのは初めてだったので、普段はメリッサが禁じているのかもしれない。何故落ち着かないのと聞いたが、彼は笑って少し肩をすくめていて、リラックスしているようにしか見えなかった。ニックが布巾をたたんでしまっていて、私はカウンタートップにもたれかかっていた。

つまり、あなたは結婚しているっていう訳ね、私は言った。

うん、どうやらそのようだ。何か飲むかい？

手持ち無沙汰になりたくなくて、私はビールの小瓶を受け取った。もう何か間違いを犯してしまって、それがどんな結果を引き起こすのか待っているような気持ちでドキドキしていた。家庭を崩壊させるような人間にはなりたくないの、私はニックに言った。彼はこれを笑い飛ばした。

それはうけるね、ニックは言う。どういう意味なのかな？

つまり、今まであなたは浮気したことがなかったんでしょう。だからあなたの結婚生活を台無しにしたくはないの。

ああ、でも、俺たち夫婦は浮気ならもう何度も乗り越えてきているんだよ、どれも俺の浮気じゃなかったけどね。

面白がっているかのようにニックが言うのでつい笑ってしまったが、モラルについては悩まなくていいと言われているのも同然で、ほっとしたのも事実だ。本当はメリッサに同情なんかしたくなかったし、今はもう、彼女は完璧に私の同情の枠外に消えて、別の登場人物たちのいる別の物語の住人になったように思えた。

二階に向かいながら、私はニックに男性とセックスした経験はないのと打ち明けた。それはそんなに重要なことかと聞かれて、そうではないけど後から知るとおかしな雰囲気になるかもしれないからと答えた。服を脱ぐ際は手足が震えないように必死で平静を装っていた。彼の目の前で裸になるのは恐かったが、どんな風に隠しても滑稽《こっけい》だし気まずくなりそうだった。ニックの上半身はまるで彫像の作品のようで、私の目は釘づけになった。喝采を受ける私を彼が見ていた時が懐かしい、あの時は離れていたから大丈夫で、あの距離感が私には必要だったのだ。でもニックにこれは本当に私が望んでいることなのかと聞かれると、私ははっきり言った。単に話をするために来たんじゃないって、分かっているくせに。

ベッドの中でニックはどうすれば感じるのか何度も聞いてきた。だから全部感じると言った。体が燃えていくようで、私は言葉にならない、短い音節のような声を幾度も上げた。私は目を閉じた。体の中が油のように熱い。恐くなるくらい強烈なエネルギーが押し寄せてきて、私は必死になった。お願い。言葉が口を突いて出た。お願いだから、お願い。ニックがようやく起き上がり、ベッドサイドの引き出しからコンドームの箱を取り出すのを見て、思った。これの後はもう二度と口も利けないに違いない。それなのに私はたやすく開いて彼を受け入れた。ニックは「ごめん」とつぶやいていた。私が横たわって彼を待っている数秒間に、自分が演じている役で小さなミスをしたかのように。

終わった後、私は仰向けのまま震えていた。あんなにずっと叫んでドラマティックに反応した後では、もうメールの時みたいに自分とは違う人間を気取ることも出来ない。

よかったんじゃないかと思う、私はそう言った。

本当かい？

あなたよりも私が楽しんだみたい。

ニックは笑って腕を上げ、頭の後ろに引いた。

いいや、彼は言う、そんなことないだろう。

あなたがとても優しくしてくれたから。

そうだったっけ？

本気だよ、あなたが優しくしてくれたことにとても感謝してるの、私は言った。

おい。なあ。君、大丈夫かい？

小さな涙が私の目からこぼれ落ちて枕を濡らした。悲しくなんかないはずなのに、自分でもどうして泣いているのか分からなかった。ボビーとの時も同じことが起きて、彼女は私が自分の気持ちを堪《こら》えているのだと思い込んでいた。泣くのを止められなかったので、感情に押し流されている訳じゃないと言いたくて何とか微笑んでみせた。恥ずかしい気持ちでいっぱいだったが、他にどうしていいのか分からなかった。

ただもうこうなっちゃうってだけ、私は言う。あなたがしたこととは関係なくて。

そう聞いて、ニックは私の胸の下に手を当てた。動物のようにあやされているみたいで、涙が止まらなくなった。

それは本当なのかい？　彼は言った。

うん。ボビーに聞いてよ、って聞かないで欲しいけど。

ニックは微笑んだ。分かった、聞かないよ。彼は飼い犬を撫でるように指先で私の身体をなぞった。私は自分の顔を乱暴に拭った。

あなたは本当にハンサムだよね、自分でも分かっているだろうけど、私はニックに言った。

彼はその言葉に笑った。

それだけ？　君は俺の中身が好きなんだと思っていたけど。

中身なんてあるの？

ニックは仰向けになり、ぼんやりとした顔で天井を見上げた。こんな風になってしまったなんて、信じられないよ、彼はつぶやいた。私はもう泣いていなかった。今は自分から湧き上がる想いのすべてが快感だった。私は彼の手首の内側に触れて言った。そう、でもそうなってしまったの。


翌朝は遅くに起きた。ニックに朝食にフレンチトーストを作ってもらって、私はバスで街に戻った。後ろの窓際の席に座ると、顔に当たる日の光が錐《きり》のように突き刺さり、座席シートの素材がチクチクして素肌に痛かった。


夕方、ボビーが「家庭内事情」から避難するためにどこか泊まる場所が欲しいと言ってきた。週末にエレノアがジェリーの私物を窓から投げ捨てて、終わらない修羅場がピークに差しかかったところで、リディアがバスルームに閉じこもり死にたいと叫んだという話だった。

まったくもって、クールじゃないよ、ボビーは言った。

うちに来ればいいよと彼女に言った。他に何を言えばいいのか分からなかったから。私のアパートには他に誰もいないとボビーは知っている。その夜、ボビーは私のノートパソコンで楽譜を検索してうちのエレピで遊んでいて、私はスマートフォンでメールをチェックしていた。誰からも連絡はなかった。本を手にしてみたが、読む気は起こらなかった。午前中は何も書いていなかったし、その前日の朝もそうだった。私は有名な作家たちのロング・インタビューを読み始めたところだったが、その人たちがみんな自分とかけ離れているのに気がついた。

インスタントメッセージの着信通知が来てるよ、ボビーが言った。

それ見ないで、こっちに見せて。

何で見ないでなんて言うの？

見られたくないから、私は言う。ノートをこっちに寄こして。

ボビーは私にノートパソコンを手渡したが、どういう訳だかピアノに戻ろうとはしなかった。

メッセージはニックからだ。

ニック：俺がひどい男だって、分かっているけど

ニック：今週どこかでまた家に来る気はある？

誰から？　ボビーが聞いてきた。

そんなに尖らないでくれる？

何で「見ないで」なんて言うわけ？

だって見られたくなかったから、私は彼女に言った。

ボビーは親指の爪をコケティッシュに噛むと、ベッドに這い上がってきて私の隣に寄り添った。ノートパソコンを閉じると、彼女は声を上げて笑った。

開けたりしなかったけど、彼女は言う。でも誰からか見ちゃった。

そう、そりゃよかったね。

あんた、本当にあいつが好きだよね？

何言ってるのか分からない、私は彼女に言った。

メリッサの夫だよ。あんたあいつに何か本気じゃん。

私は目を回してみせた。ボビーはベッドに横たわってニヤニヤ笑っている。腹が立ってきて、彼女を傷つけてやりたくなった。

何よ、君は嫉妬でもしてるの？　私は言った。

ボビーは微笑んだが、上《うわ》の空で何か別のことを考えているみたいだった。他に何を言えばいいのか分からなかった。彼女はしばらくピアノに戻っていたが、眠くなったと言った。翌朝私が起きると、ボビーはもういなかった。


私はその週、ほとんど毎晩ニックと一緒だった。彼はちょうど仕事の谷間の時期だったので午前にジムで二時間ほどトレーニングするのが日課で、その時間に私はエージェンシーの仕事に行ったり、ぶらついてお店を見たりして過ごした。そして夜になるとニックの作った料理を食べて、スパニエルと遊んだ。今までの人生でこんなに大量にご飯を食べたことはないとニックに言ったが、それは嘘ではなかった。我が家の両親はチョリソーやナスなんて調理しなかった。生のアボカドも初めてだったが、彼には黙っていた。

ある夜、ニックにメリッサがこの件について感づくのが恐くないか聞いてみたが、大丈夫だろうと返された。

でもあなたは気がついたじゃない、私は言う。彼女が浮気していたのを。

いや、彼女から打ち明けられたんだ。

え、マジで？　藪《やぶ》から棒に？

最初はそうだった、うん、ニックは言う。すごくシュールだったよ。彼女は文芸フェスティバルのどれかに遠征中で、朝の五時くらいに電話をかけてきて、話さなくてはいけないことがあるって言うんだよ。

うわっ。

でもそれはその相手とは一度だけで、続くような関係じゃなかったんだ。別の時はもっといろんなことがあった。俺は本当は君にこんな秘密を全部バラしたらいけないんじゃないかな？　彼女を悪者に仕立てたい訳じゃない。少なくとも俺はそんなことをしたいとは思っていないはずだと思う、自信はないけど。

夕食の席で、私たちはお互いの生活の細かい情報を交換し合った。資本主義は破滅するべきだし、男らしさなんていうのは抑圧的なものだという持論を私は展開した。ニックは「基本的には」マルクス主義者だが、家を所有していることについては私に批判して欲しくないと語った。買わないと永遠に家賃を払う羽目になるし、彼は言う。でも私はそれこそが問題なのだと考えていた。彼の両親は大変に裕福なのではないかと疑っていたけど、自分もいろんなことを無料で提供してもらっていると気がついていたので、深くは探らなかった。ニックの両親は今も結婚したままで、彼には二人のきょうだいがいる。

こうして議論を戦わせていても、ニックは私の冗談のすべてに笑ってくれた。ニックに私は自分の冗談を理解してくれる相手に弱いのと告げると、俺は自分よりも頭のいい人間がタイプなんだと言われた。

そんな人は滅多にいないんじゃないの、私は言った。

ほら、お互いを誉め合うのは気持ちがいいだろう？

セックスはただもう素晴らしくて、私は初めから終わりまでずっと声を上げていた。ニックは私が上になるのが好きで、その体位で彼はベッドのヘッドボードにもたれて座り、私たちは互いに囁き合った。私がエクスタシーを言葉で表現すると彼が感じるのに気がついた。ずっと言い続けているだけで簡単にいかせられる。ニックをパワーで圧倒していると感じたくて私はついそうしてしまう、だって終わると彼はいつもこう言うのだ。ああ、ごめん。こんなの本当に恥ずかしいよ。セックスそのものよりもその言葉の方が好きなくらいだ。

私は彼の住居にもう夢中になった。すべてがとても清潔なところも、朝の床板の冷たさも好きだった。キッチンには電動コーヒーミルがあって、ニックは朝食前に買ってきた豆をそこに少量入れてコーヒーを淹れた。それを気取っていると思うかどうかはさておき、コーヒーはとても美味しかった。でもやっぱり気取っていると言うと、ニックにこう返された。じゃあ何を飲むんだ？　クソ不味《まず》いインスタントか？　まだ学生だろ、味が分かるようなふりをするなよ。私はもちろん彼らのキッチンにある高価そうな調理器具が気に入っていたし、ニックがゆっくりコーヒーをプレスすると表面に濃い色の泡が立つのを見るのが好きだった。

その週、ニックとメリッサは毎日のように連絡を取り合っていた。いつも彼女が夕刻に電話をかけてくると彼は別の部屋でそれを取り、二人が話していると私はカウチで横になってテレビを見ているか、外に煙草を吸いに出るかしていた。二人の会話はいつも長く、二十分以上かかるのも珍しくなかった。一度など、ニックが部屋から戻ってくる前に『ブルース一家は大暴走』でバナナスタンドが火事になる回を丸ごと見てしまったこともある。ニックたちが電話で何を話しているのかは聞かなかった。でも一度、尋ねてみた。彼女、何か疑ったりしてないよね？　すると彼は首を振った。いや、大丈夫だ。ニックは自分の部屋の外では私と触れ合おうとはしなかった。私たちはまるでメリッサが仕事から帰ってくるのを二人で待っているみたいに、一緒にテレビを見た。私がニックにキスしても、彼は返してこなかった。

ニックが本当のところ何を思っているのかを知るのは至難の業だ。ベッドでこちらに無理強いするようなことはなかったし、私の要求には繊細に応えてくれた。でも彼にはどこか虚ろで自分を見せないところがある。ニックは私の外見を褒めなかった。自分から私に触れてもキスはしてくれなかった。私は一緒に服を脱ぐ時はまだ緊張していたし、初めて口でした際も、彼がずっと黙ったままでいるので、痛いのかと思って途中でやめてそう聞いた。大丈夫だと言われて私はまた行為に戻ったが、彼はその後も完璧に沈黙を守っていた。その最中は私に触れてもくれないし、見つめられている気配すらなかった。お互いがどちらも楽しめないようなことを強要したみたいで、終わった後は最低の気分だった。

その週の木曜日、外出時に街で偶然ニックに出くわした。私はフィリップと一緒にエージェンシーの仕事を抜け出してコーヒーを買いに行くところだった。ニックは背の高い女性と一緒で、彼女は乳母車を片手で押しながら、空いている方の手で誰かに電話をかけていた。彼は赤ん坊を抱いていた。赤ん坊は赤い帽子をかぶっていた。ニックはすれ違いざま私たちに手を振り、素早く視線も交わしたが、立ち止まって話そうとはしなかった。その朝は私が服を着るのを、頭の後ろで手を組んで見ていたのに。

あれ、彼の子供じゃないよね？　フィリップが言った。

何だか操作も知らないビデオゲームをプレイしているみたいだ。私は肩をすくめた。彼に子供がいるとは思えないけど？　直後にニックからこんなメールが送られてきた。俺の姉のローラとその娘だ。通り過ぎてごめん、ちょっと急いでいたんだ。私は返信した。可愛い赤ちゃんだね。今夜そっちに行っていい？

その夜、夕食の席でニックに聞かれた、じゃあ、君はあの赤ん坊を本当に可愛いって思ったんだね？　はっきり見た訳ではなかったけど、遠目に見てもかわいいと思ったよ、私は言った。いや、彼女は最高だよ、ニックは言う。名前はレイチェル。この人生で本気で愛しているって言えるものなんてないに等しいけど、あの子は例外なんだ。初めてあの子を見た時は泣いてしまったよ、本当にちっちゃくってさ。ニックがこんなに感情を露《あら》わにした瞬間を見たことがなかったので、私は嫉妬した。どんなに妬ましいか冗談を言おうとしたが、赤ん坊に嫉妬するなんて気持ちが悪いし、ニックにも受けそうになかった。優しいんだね、私は言った。私のどうでもいいという態度に気がついてニックはぎこちなくなった。赤ん坊を気にかけるには、君はあまりに若いんだろうね。私は傷ついて、何も言わずにリゾットの皿の中をフォークでかき回していた。そして言った、違うの、本当にあなたが優しいなって思ったんだよ。いつになく。

何だよ、いつもの俺はそんなに無愛想で喧嘩腰なの？　ニックは言った。

私は肩をすくめた。そのまま二人は食事を続けた。私の言葉が引っかかっていて、彼がテーブル越しにこちらを気にしているのが分かる。ニックはちっとも無愛想でも喧嘩腰でもなかったが、今回は彼が隠している弱点を無自覚に見せたようだったので、ニックの質問の答えはしばらくお預けにしておくことにした。

その夜、服を脱いだ後、ベッドのシーツが氷のように冷たくて、思わず寒過ぎると声をあげた。この家の温度が？　彼に聞かれた。夜ずっと寒かったのかい？

ううん、そうじゃなくて今が寒いだけ、私は言った。

キスしてもニックは抵抗しなかったが、何だか上の空で心ここにあらずだった。彼は私を引き離すとこう言った。君が夜、寒いって言うのならヒーターをつけるけど。

そうじゃなくて、私は言う。たった今、触ったらシーツが冷たかったんで、そう言っただけ。

分かった。

その後のセックスには支障がなく、行為の後で私たちは寝そべって天井を眺めていた。空気が私の肺に自然に流れ込んでくるようで、私はリラックスしていた。ニックは私の手に触れて聞いた。今は寒くないかい？　あったかいよ、私は言った。あなたが私の体温を気遣ってくれるなんて感動だね。ああ、そうだな、彼は言う。君に凍死でもされたらこっちの具合が悪いからな。そう言いながらも、ニックは私の手をさすっていた。警察に色々と聞かれるだろうね、私は言った。ニックは声を上げて笑った。そうだな、彼は言う。このベッドの美しい死体とあなたは何をしていたんですか、ニック？　って感じかな。これはただの冗談だって分かっていた、彼が私を美しいなんて言うはずがないもの。でも私はこの冗談が気に入った。

金曜日の夜、メリッサがロンドンから戻ってくる前の私たちはワインのボトルを開けて『北北西に進路を取れ』を見ていた。ニックは次の週からエジンバラのどこかで映画の撮影があってアイルランドを離れるので、私たちはしばらく会えなくなる。その夜、二人でどんな言葉を交わしたかは記憶に残っていない。覚えているのは、映画でケイリー・グラント演じる人物が列車の中で金髪の女性に誘いをかけるシーンを見て、私が思わず女優の早口のアメリカっぽいアクセントを真似て台詞をくり返してしまったことだ。私は声に出して言った。だって、読みはじめた本がホ・ン・トつまらなかったんですもの。ニックはこれを聞いて笑ったけど、ただ何となくかもしれないし、私のアクセントが下手だったせいかもしれない。

じゃあ次はあなたがケイリー・グラントをやって、私は言った。

ニックは英国風のアメリカ英語で台詞を言った。美人に会うと緊張するんだ、相手に欲望を抱いていると悟られないようにしないといけないものだから。

いつもは悟られるまでにどれくらいかかる？　私は聞いた。

君が教えてくれよ、ニックはいつもの自分の声で言った。

すぐに見抜いたつもりだけど。でも単にそう信じたいだけかもしれないって考えてた。

ああ、俺も君について同じことを考えていたよ。

彼はボトルを手にして自分のグラスに注いでいた。

じゃあ私たちは身体だけの関係なの、私は言う。それともあなたは私が本当に好きなの？

フランシス、酔っているな。

教えてよ、怒ったりしないから。

いや、怒らないって分かっているけど、彼は言う。これは身体だけの関係だと言わせたいんだろうと思って。

私は声を上げて笑った。彼がそう言ってくれて嬉しかった、彼は私の意図をちゃんと理解していて、私がふざけているのが分かったのだ。

気を悪くしないでね、私はニックに言う。でも私はこの関係を本気で楽しんでるの。前も言ったかもしれないけど。

ほんの数回かな。でもできれば書き記しておいて欲しいな。永遠に残るものとして死の間際に見ることができるように。

彼の手が膝の間に滑り込んできた。私はストライプのワンピースを着ていて、ストッキングは穿いてなかった。彼に触れられた瞬間に私は熱くなり、不意に眠りに襲われたように気が遠くなって抵抗もできなかった。彼に身を任せながら、何か言おうとして私は口ごもった。

あなたの奥さんが家に戻ってきたらどうするの？　私は言った。

そうだな。何か考えないと。

10

ボビーがアパートに泊まりに来た夜以来、私は彼女と話をしていなかった。ニックと一緒にいて他のことは頭から消えていたし、彼女と連絡を取ろうともせず、電話が来ない理由についても深くは考えなかった。するとメリッサがダブリンに帰ってきてから、ボビーからこんな件名でメールが届いた。〝嫉妬だって？？？〟

あのね、あんたがニックに夢中でも別に構わないし、困らせてやろうとかそういうのは別に考えてないから。誤解させたのなら謝るけど（それにあいつが結婚しているとかモラル的なことを持ち出す気はない、どうせメリッサも浮気しているだろうし）。**でも**あいつに嫉妬しているなんてあんたが私を責めたのはマジでひどいから。ゲイの女が密かに男を妬んでいるなんて言いがかりは典型的なホモフォビアでしょ、そこのところあんたは分かってるはずだけど。それよりもあんたを独り占めしたくて私が男と張り合ってるなんて、うちらの関係をそんなレベルに貶《おと》めるつもりなのかよ。私を何だと考えている訳？　本当にあんたにとってうちらの友情ってあんたがやりたいと思っててすぐ忘れちゃうような中年の既婚男よりも下なの？　悪いけどめちゃめちゃ傷ついているからね。

メールを受信したのはインターンの仕事の最中だったが、私のそばに仕事場の人は誰もいなかった。私はメールに何度も目を通した。理由は分からないけど一瞬それを消去して、またゴミ箱フォルダから即座に救い出した。それから未読の設定にして、初めて見たかのようにもう一度開封して読んだ。その通り、ボビーの言い分は正しい。私は彼女を傷つけようとして、嫉妬しているなんて言ったのだ。でも本当に傷つけたなんて知らなかったし、私がどんなことをしたって彼女は苦しんだりしないものだと思っていた。自分がボビーにダメージを与える力があるのも知らず、無造作にそれを使っていたなんて、苦い気持ちだった。私はオフィスをさまよい、喉も渇いていないのに給水器のプラスティックのカップに水を注いだ。そうしてやっと席に戻った。私は下書きを重ねて返信を作成した。

あのさ、君の意見が正しいよ、あんなおかしなことを言うなんて間違いだったし、言うべきじゃなかった。私は自分を守りたいって気持ちが働いて、どういう訳か君を怒らせてしまったの。馬鹿げた理由で気持ちを傷つけて反省している。ごめんなさい。

返信を送ると、私はいくつかの作業を終えるために一旦ログアウトした。フィリップが十一時頃に出社してきたので、しばらくお喋りした。私が一週間何も書いていないと知ると、彼は驚いたように眉を上げた。

君は努力の人だと思っていたのに、彼に言われた。

そうだったんだけどね。

この一ヶ月、何か上手くいかなかったの？　そんな風に見えるけど。

昼休みになって、私はまたメールをチェックした。ボビーから返信が来ていた。

　分かった、許してあげるよ。でもニックとか正気？　本当にあいつに恋しちゃってるの？「完璧な腹筋を手に入れる意外なテクニック」って見出しの記事を馬鹿にもせずに読むようなタイプじゃないの。あんたがどうしても男じゃなきゃダメっていう時は、フィリップみたいなタマなしの女々しいタイプを選ぶんだと思ってた。マジで意外だったよ。

私はこれには返信しなかった。ボビーと私は、男たちがカルト的に逞しい身体を追い求めるのをいつも馬鹿にしていた。ついこの前も、商品コーナーにあった男性誌の中身を二人で読み上げてスーパーから追い出された。でもボビーはニックを誤解している。彼はそんなタイプじゃない。ボビーがニックの意地悪な物真似をしてみせたとしても、彼は笑って受け入れて激昂したりしないだろう。でもボビーにはそんな説明はできない。私みたいな平凡で心の冷たい女を好きになってくれるところが彼の魅力だなんて、絶対に言えない。
バイトが終わると疲れ果て、何だか嫌な頭痛がした。私は家に歩いて帰り、しばらく横になろうと決めた。それが五時のことだった。起きたら真夜中になっていた。

ニックがスコットランドに行く前にもう一度会う機会はなかった。向こうで彼は早朝から現場入りするので、私たちは深夜遅くになってからネットでやり取りするしかない。しかしその時間になると彼は大抵疲れていて、休みたそうにしていたので、私は彼のメッセージに短い返信を打つか、返信なしで済ませるようになってきた。ネットだとニックは共演者の悪口のようなくだらないことしか教えてくれない。私に会えなくて寂しいとか、私を想っているという言葉は一切なかった。私が彼の家で二人が一緒にいたことを持ち出すと、ニックはそれをスルーするか、別の話題にすり替えてきた。そうされる度に私は冷たく刺々《とげとげ》しい人間になっていった。

ニック：この撮影でまともな人間なんてステファニーくらいだよ
私：じゃあその人と浮気すればいいじゃない。
ニック：いや、それは俺たちの仕事仲間としての関係をダメにするだけだと思う
私：それは何かの匂わせなの
ニック：それに彼女は少なくとも60歳だし
私：あなたの方は……63歳だっけ？

ニック：うけるね
ニック：お望みならアタックしてみようか
私：もう是非そうして

アパートで私はYouTubeで映画やドラマの彼の出演シーンを探した。長寿シリーズの犯罪ドラマのとある回で彼は子供を誘拐された父親役を演じていて、警察署で泣き崩れるシーンがあった。私が一番くり返して見た動画だ。現実の彼もきっとこんな風だろうと想像した通りの泣き方だった。泣きながら泣いている自分が恥ずかしくて、その恥辱が一層彼を泣かせる。夜にメッセージのやりとりをする前にこの動画を見たら、もっと優しくできるだろうかと考えた。ネットにはHTMLで組んである非常にシンプルな彼のファンサイトがあって、二〇一一年から更新されていなかったが、私はメッセージの最中にしょっちゅう覗いていた。

その頃の私は膀胱炎を患っていて具合が悪かった。すぐに病院に行かなかったのは、このしつこい不快感と微熱は精神的なものから来ているに違いないと思っていたせいだが、ようやく大学の医師のところで抗生物質と鎮静剤をもらってくると、今度はそのせいでだるさを感じるようになった。夕方はずっと自分の手を見つめたり、どうにか集中しようとノートパソコンの画面を凝視したりしていた。自分の身体が邪悪なバクテリアでいっぱいになったみたいで、不快だった。ニックは薬の後遺症なんかで苦しんだりしないだろう。私たちの間に共通する点などない。彼は私を紙屑みたいにくしゃくしゃにして投げ捨ててしまったのだ。

また執筆に取りかかろうとしたが、書いたもののすべてがあまりに辛辣《しんらつ》なので我ながら恥ずかしくなった。いくつかの作品は消去して、別のものは二度と見直さないフォルダに入れた。私はまた物事を深刻に考え過ぎるようになっていた。ニックを嫌いになりたくて、このはりつめた想いを純粋な憎しみとして正当化できる根拠が欲しくて、つれなくされたことや冷たく言われたこと、彼が私に対して犯した過ちの数々について取り憑かれたように考えていた。でもニックがした唯一の悪事といえば、私に愛情を示さなくなったということだけで、こちらを傷つけたとしても彼には当然そうする権利があるとは分かっていた。それ以外でいえば彼はいつも礼儀正しくて思いやり深かった。自分は人生で最悪の悲惨な経験をしていると考えることもあったけど、実のところは大したことはなくて、彼の一言で暗い気持ちは完全に吹き飛んで私は天にも昇る心地になってしまう。

ある夜、メッセージのやりとりの最中に、私は彼にサドっぽい傾向があるかと聞いてみた。

ニック：知る限りではないけど

ニック：何でそんなことを聞くの？

私：そう見えるからかな

ニック：うーん

ニック：それは心配だ

時間が過ぎていった。私は画面をじっと見ていたが、何も打たなかった。抗生物質治療はその次の日で終わる予定だった。

ニック：君がそう思った根拠って何かある？
私：ない
ニック：そうか
ニック：わがままのせいで人を傷つけてしまったことはあるかもしれないけど
ニック：意図的というのではないかな
ニック：何か君を傷つけるようなことをした？
私：してない
ニック：それは本当？

私は返信をしないままにした。自分の指をノートパソコンのディスプレイに押しつけて、彼の名前の部分を隠した。

ニック：まだそこにいる？
私：うん
ニック：そうか

ニック：じゃあ話したい気分じゃないんだね
ニック：いいよ、どうせもう寝ないといけなかったから

翌朝、ニックからこんな文面のメールが送られてきた。

どうやら君は今、俺と連絡を取りたいって感じじゃなさそうだから、メッセージはやめにするってことでいいかな？　俺がそっちに帰ったらまた会おう。


悪意に満ちた返信を送ろうかと考えたが、結局やめて何も返さなかった。

その夜、ニックの出演している映画を観ようとボビーに誘われた。

変な気分になるからやめとこうよ、と私は言った。

あいつはうちらの友だちだよね、何だって変な気分になるなんて言うの？

彼女は私のノートパソコンでNetflixを検索している。私はミントティーをポットいっぱいに作ったところで、飲み頃を待っていた。

ここにあるはず、ボビーは言う。前に見たもの。自分の上司と結婚するブライズメイドの映画だった。

そもそも何で彼が出ている映画なんか探したのよ？

すごいチョイ役なんだけど、途中でシャツを脱ぐシーンがあるよ。あんた絶対に気に入るでし

ょ？

本気で言うよ、本当にやめて、そう彼女に言った。

ボビーはやめた。彼女はあぐらをかいて床に座り、ポットを持ち上げて、お茶が充分な濃さになっているか試しに少しだけカップに注いでみた。

あんたは人としてあいつが好きなの？　ボビーが聞いてきた。それとも単に顔が良くて既婚者だから興味があるってだけ？

嫉妬していると言われて、彼女はまだ傷つているのかもしれないが、私の謝罪は済んでいた。ボビーのニックに対する敵意に甘い顔をするつもりはない、この頃は彼と話す機会を失っていたから取り分けそんな風に思った。それにたとえ多少は傷が残っていたとしても、大体においてボビーの機嫌がもう直っているのは明白だったし、彼女は私が誰かにロマンティックな感情を抱くといつもからかいたがるのだ。私はボビーが自分から遠く離れた場所にいるかのように見つめた、まるでかつての友人か、もう名前が思い出せない誰かのように。

メリッサには興味ないよ、私はそう言った。

ボビーが家に帰った後、私は彼女が言っていた映画を探してみた。六年前の公開作で、六年前といえば私はまだ十五歳だった。ニックは主人公が一夜を共にして後悔する男を演じていた。私はリンクを見つけると、彼がその翌朝彼女のシャワールームから出てくるシーンまで早送りした。彼は若くて今とは違って見えたが、この時はもう今の私よりも歳上のはずだ。私はそのシーンを二回見た。彼がいなくなると、主人公は女友だちに電話をかけてニックが演じている男がどんなに嫌な奴だったか報告して、二人でヒステリックに笑い合って友情を深めていた。視聴が終わってから私は彼にメールを送った。こういう文面だ。

いいよ、それがあなたの望みなら。撮影が上手くいくといいね。

彼は深夜一時頃に返信してきた。

もっと早く報告するべきだったかもしれないけど、この八月はずっとメリッサと何人かの友人たちと一緒にフランス北部で過ごす予定になっているんだ。エタープルという村にあるコテージタイプの大きな家なんだけど。いつも色んな人が出入りしているから、君も来たかったらしばらく滞在するといいよ、気乗りしないかもしれないけど。

着信の通知が来た時、私はベッドの上であぐらをかいてスポークン・ワードの作品を練っている最中だった。私はメールを返した。

じゃあ私たちの関係は続行なの、それとももう終わりなの？

しばらく彼からの返信はなかった。もう寝てしまったのだろうけど、まだ寝ていない可能性もあると思うとこれ以上作業は出来なかった。私はインスタント・コーヒーを淹れて、YouTubeで他のスポークン・アーティストたちのパフォーマンスの動画をいくつか見た。
ようやくインスタント・メッセンジャーの方に通知がきた。

ニック：まだ起きてる？
私：うん
ニック：つまりその
ニック：俺は君が何を求めているか分からないんだ
ニック：しょっちゅう会えないのは分かっているだろうし
ニック：こんな関係はきっとストレスがたまるだろうし
私：あはは
私：これって別れ話
ニック：もしお互い顔を全然見られなかったら
ニック：この関係はただ
ニック：関係の心配をするだけのものになってしまう
ニック：何が言いたいか分かるだろう
私：インスタントメッセージで別れようとするなんて信じられない
私：てっきり奥さんと別れて私と逃げてくれるものだとばかり思っていた

ニック：そんな風に自分を防御しようとしないでいいんだ
私：私がどうするべきかなんてどうして分かるの
私：もしかしたら本当に傷ついているかもしれないじゃない
ニック：本当にそうなのか
ニック：君が何を考えているかなんて俺にはまったく分からないよ
私：もうそんなどうだっていいんでしょ、違うの

ニックは早朝から撮影だったので、睡眠を取るためにいなくなってしまった。ニックに口でしてあげても、彼がただ静かに横たわってされるがままになっていたことを私はずっと考えていた。こんなことをするのは初めてだって、私は彼に言いたかった。勝手にやらせておかないで、何がいけないのか教えてくれてもよかったはずだ。そんなの親切じゃない。私は自分を愚かに感じていた。でも心の底では、彼は何にも悪くないって分かっていた。ボビーに電話して洗いざらい打ち明ければ、彼女がメリッサに告げ口してニックの生活をぶち壊せるとも考えた。でもいくら何でも惨め過ぎて、そんなことをしたいとは思えなかった。

11

私は翌日、寝過ごして仕事に行けなかった。サニーに平身低頭のメールを送ると、何とかやっている、という返事が来た。シャワーを浴びる頃にはもう昼になっていた。私は黒いTシャツワンピースを着て散歩に出かけたが、外は暑くて散歩どころではなかった。風はそよとも吹かず、空気はどんよりと路上に溜まっている。店のウィンドウは目もくらむような太陽の光を照り返していて、肌が汗ばんできた。私は大学のクリケット場の中央に一人佇み、続けざまに煙草を二本吸った。頭が痛くて、空腹だった。しかしこの身体は使い尽くされ用済みになっている。もう薬や食事を与えてやる価値もない。

午後になって家に戻ると、ニックから新しいメールが届いていた。

昨夜のやり取りは何だかおかしかったよね。俺には君が何を求めているか理解する能力がないと言われればその通りで、君に傷ついたと言われても、冗談か本気か本当に分からないんだ。ネットだと君と話すのはもどかしい。もう怒っていたりしないといいけど。

私は返信を書いた。

もう忘れて。九月に会おうよ、フランスがお天気だといいね。

その後、ニックはメールをくれなかった。
三日後、メリッサがボビーと私にエタープルのカントリーハウスで八月に何日か過ごさないかと言ってきた。ボビーは格安航空のウェブサイトのリンクを何度も送ってきては、一週間でも五日でもいいから行きたいと言う。私も航空券くらいなら払えるし、サニーは休暇を取っても気にしないだろう。
私は折れた。いいよ、行こうよ。

ボビーと私は何度か一緒に外国旅行をしている。私たちは深夜か早朝の便の一番安い航空券を買い、その結果、旅行の初日はイライラしながら無料の無線LANを求めてさまよう羽目になった。ブダペストには一日しか滞在しなかったが、私たちは荷物を抱えてカフェで過ごし、ボビーはエスプレッソを飲みながらドローン攻撃に関する白熱したネット議論に夢中になって、大声で読み上げて私に中継していた。それについては特に興味がないから聞かなくていいと言うと、言い返された。子供たちが死んでいるんだよ、フランシス。その後、私たちは何時間も口を利かなかった。

出発が迫ってくると、ボビーから旅行に持っていく必需品について頻繁にメッセージが送られてくるようになった。私は必要な物を忘れないタイプだが、ボビーはそういうのが全然駄目なのだ。ある日の夕方、ボビーは必需品のリストを持ってアパートに立ち寄ると言ってきたが、ドアを開けると彼女は肩と耳の間にスマートフォンを挟んで誰かと話し中だった。

あのさ、今、フランシスのところなんだけど、彼女は誰かに言う。これスピーカーフォンにしてもいいかな？

ボビーはドアを閉めるとリビングルームまで私についてきて、遠慮なくテーブルに自分のスマートフォンを置くとスピーカーに切り替えた。

こんにちは、フランシス、メリッサの声がした。

私もこんにちはと言ったけど、心は別のところにあった。お願い、私があなたの夫と寝たなんて気がついてないと言って。

それでさ、そこ、本当は誰の家なんだっけ？　ボビーが聞いた。

ヴァレリーっていう私の友だちの家なんだけど、メリッサは言う。まあ、友だちと言っても彼女は六十代だし。どちらかと言うと導師《メンター》みたいなものかな。本の出版でお世話になって、他にも色々と。とにかく、何代も続くお金持ちよ。いくつも物件を持っていて、自分がいない時は人に使ってもらいたいようなの。

面白そうな人ですねと私は言った。

あなたもきっと好きになるはずとメリッサは言う。もしかしたら会えるかもしれない、二日くらいこっちに寄って過ごしていくこともあるから。彼女は普段、パリで暮らしているの。

金持ちってムカつくね、ボビーが口を出した。でもまあ、素敵な人なんだろうね。

ここのところはどうしていたの、フランシス？　メリッサに聞かれた。ずいぶん長いこと会ってない気がする。

私は即座には答えられなかった。おかげさまで元気でやっています、あなたは？　向こうにも一瞬の沈黙があった。元気よ。

ロンドンはどうでした？　と聞いてみた。先月行かれてたんですよね？

あれ先月だったっけ？　彼女は言う。時の流れってもう本当に笑えるよね。

夕食の席に戻らなくてはと言って、彼女は電話を切った。時の流れに笑えるところがあるとは思えなかったし、「もう本当に笑える」なんてなおさらあり得ない。

その夜、ボビーが帰ってから、私は一時間半かけて自分の身体を空っぽの包み紙や食べかけで捨てられた果物にたとえる詩を書いた。こんな風に自己嫌悪を作品にしても気持ちは晴れないし、くたびれるだけだった。書き終えるとベッドで横向きに寝ながら、傍らの枕にページを開いた『ポストコロニアル理性批判』を置いた。たまに手を伸ばしてページをめくると、重厚で複雑な構成の文章が目を通して液体のように脳に流れ込んでくる。こうやって私は進化していくと考えた。万人の理解を超えた知性を獲得していくのだ。

アイルランドを出発する前、私はそちらに行って過ごすことになるとニックにメールで連絡しておいた。もうメリッサから聞いていると思うけど、修羅場を演じる気はないから安心してと書いた。すると、こんな返事が来た。いいね、会うのが楽しみだよ。私はこのメールを二度見三度見するだけではなく、閉じてから開いて何度も読み返した。隠された意味もなさそうな不自然な言葉に猛烈に腹が立った。つまり彼は関係が終わるのと同時に、私を再び知り合いステイタスに格下げしたということか。もう恋人ではないかもしれないけど、関係が終わったのと、なかったのとでは大違いのはずだ。怒りのあまり私は二人の関係の「証拠」となるようなメールやメッセージを検索で拾い始めたが、彼が家に戻る時間と私が彼の家に着くはずの時間について、退屈な連絡の交換がいくつか見つかっただけだった。情熱的な愛の告白もなければ、セックスを匂わせる語らいもない。私たちは現実に会う方が好きで、ネットでの付き合いが希薄だったのでこうなるのも当然だったが、それでも自分から何かが奪われたような気がしてならなかった。

ボビーが自分のヘッドフォンを忘れてきたので、機内では私のを二人で使った。エンジン音に負けないように私たちはボリュームを上げる。ボビーは飛行機が苦手だと口では言っていたけど、大袈裟《おおげさ》に恐がって楽しんでいるだけなんじゃないかと私は疑っていた。離陸の時、彼女は私に手を握らせる。自分がどうするべきかボビーに聞けたらとは思うが、彼女が何があったかを知ったら、私がエタープルに行くなんてどうかしていると思ったに違いない。私もどうかしているのは分かっていたけれど、面白いとも感じていた。自分が何度も寝た男性の妻からの招待を受けるような人間だなんて、この夏までは思ってもみなかった。あまりに興味深い事実なので、私はこれについて考えてばかりいる。

ボビーはフライト中ほとんど寝ていて、着陸でようやく目を覚ました。他の乗客が席を立って荷物を取り出している間、ボビーは私の手を揺さぶっていた。あんたと一緒だと飛行機でも安心する。落ち着いているし動じないんだもの。エア・クリーナーの人工的な香りが漂う空港で私が自分たちの乗るバスを調べていると、ボビーは二人分のブラックコーヒーを買いに行った。ボビーが大学で選択した外国語はドイツ語でフランス語は全然話せないはずだが、彼女はどこに行っても身振りと表情だけですんなりとコミュニケーションが取れる。私が必死にチケット売り場の女性に目的地とバスの路線の名前をくり返していると、コーヒー屋のカウンターの向こうの店員は、お気に入りの従姉妹を前にしたみたいにボビーに相好を崩していた。

ボビーはどんな場所でも物怖じしなかった。富裕層は嫌いだと口では言っても本人も恵まれた家庭の出身で、同じ階級の人間は彼女が自分たちの仲間だとすぐに見抜いた。彼らはボビーの過激な政治思想やブルジョワとしての自己批判を聞き流して、彼女とレストランやローマにおける宿泊先について語り合うのが常だった。そういう場にいると、私は自分が場違いに思えて疎外感を覚え恨めしかったが、自分がそこそこ貧乏で共産主義者だと悟られるのも恐かった。でも自分の両親と同じ社会階層の人たちを前にすると、母音の発音が気取っていると思われるのではないか、フリーマーケットで買った大きなコートのせいで裕福に見えるのではないかと気がかりで、やっぱり上手く話せない。フィリップも裕福に見られるのを気にしていたが、彼の場合は本当にそうだからだ。ボビーがタクシー運転手と最近のニュースについて気兼ねなくお喋りしている時はいつも、私たち二人は沈黙を守っていた。

エタープル行きのバスに乗り込む頃には、朝の六時になっていた。私は疲れ果てていて、目の奥から来る頭痛に悩まされ、チケットの表書きを見るために目を細めた。行く手に広がる緑豊かな田園風景は霧に包まれていて、そこから日の光が差し込んでいた。バスのラジオから軽やかなフランス語のお喋りが聞こえてきて、笑い声が混じったかと思うと、再び音楽に切り替わった。道の両側は農地で、手書きの看板が立てられた葡萄畑や、サンセリフの書体をきっちり使ったドライブスルーのパン屋の素朴な広告が見える。朝が早いせいか車はほとんど見当たらなかった。

七時になると空は明るんで柔らかな青一色になった。ボビーは私の肩にもたれてうとうとしていた。私も眠りに落ちると、歯を駄目にする夢を見た。母がはるか遠く、部屋の向こう側に座っていて、それを治療するにはお金がかかるのよ、分かってるでしょ、と私に向かって言った。そう言われて舌で歯の裏を触ってみると、口の中で歯が抜けていくのを感じたので手に吐き出した。その歯なの？　と母に聞かれたが、歯の抜けたところから噴き出してくる血で口がいっぱいになっていて答えることができない。血は濃厚でドロッとしていてしょっぱかった。喉に流れ込んでくる生々しい感触がした。いいから、吐いて。母が言う。もう床に吐くしかなかった。血はブルーベリーの色をしていた。起きるとバスの運転手の声が聞こえた。エタープルです。ボビーが優しく私の髪をなでていた。

12

メリッサは埠頭近くのバス停で私たちを待っていた。彼女はウエストをリボンで絞った赤いラップドレスを着て、胸元を大胆に開けている。その大きなバストと豊満な肉体は私のものとは似ても似つかなかった。メリッサがもたれている柵の向こうに、ビニールシートのように平たい海が見えた。荷物を持つという申し出を断って自分たちで運ぶと言うと、彼女は肩をすくめた。メリッサの鼻の頭は日に焼けて剝けていた。何だかきれいだった。

私たちが着くと、犬が家から飛び出してきて甲高い声で吠え、サーカスの小動物のように後ろ足で立って跳ね回った。メリッサはそれを相手にもせず門を開けた。石造りの重厚なファサードに青い鎧戸《よろいど》付きの窓が並ぶ邸宅があって、白い階段が正面扉に続いていた。家の中は何もかも整理されていて塵《ちり》ひとつなく、洗剤とサンスクリーンの香りがほのかに漂っていた。壁紙は帆船の模様で、本棚にはフランス語の小説がぎっしり詰まっている。私たちの部屋はひとつ下の地階にあった。ボビーの部屋の窓からは庭が一望できて、私の部屋は海に面していた。荷物を中に置くと、他のみんなは裏庭で朝食の最中だとメリッサに言われた。

庭に出ると、テーブルと椅子を日差しから守る大きな白いテントが張られていて、キャンバス地のドアがロールアップされて赤いリボンで留められていた。犬がついてきて私の足にまとわりつき、可愛がってもらおうと吠え立てた。メリッサが私たちにイヴリンとデレクというカップルを紹介してくれた。二人はメリッサと同年代か少し歳上のようだ。彼らはちょうどカトラリーをテーブルに並べているところだった。犬がまたも私に吠えるのを見て、あら、この子はよっぽどあなたが好きなのね、とメリッサは言った。海外渡航するのに犬にもパスポートが必要だって知ってた？　これじゃ子供がいるのと変わらないよね。私はその言葉に何となく笑い、犬は私の脛《すね》に顔を押しつけ甘えて鳴いた。

ニックが皿を両手に屋敷から出てきた。私は思わず息を呑んだ。彼は痩せ細り、疲れ切っているように見えた。太陽の光がニックの目を直撃し、彼は私たちの到着を知らなかったというように目を細めた。次の瞬間、ニックの視界が定まった。おや、やあ、道中はどうだった？　ニックが私から目をそらすと犬が吠えた。特に何もなかったよ、ボビーが言った。ニックは皿を置くと額を拭ったが、私の目には濡れているようには見えなかった。

ねえ、前もそんなに細かったっけ？　ボビーが言う。もっとたくましかったって記憶しているんだけど。

ずっと病気だったんだよ、デレクが口を挟んだ。気管支炎でね、彼は呼吸器が弱いんだ。

肺炎だったんだ、ニックは言った。

今はもう大丈夫なんですか？　私は聞いた。

ニックは私の足元に目を向けてうなずいた。ああ、大丈夫、もう平気だ。顔が痩せこけ、目の下に黄色いクマがあって、まるで別人のようだった。抗生剤治療を終えたばかりだという。私は彼を見ないようにしようと、自分の耳たぶをつねった。

メリッサがテーブルを整え、私はボビーと並んで座り、ボビーはジョークを連発して大笑いしていた。彼女はみんなの注目の的だった。テーブルにはごわつくビニールのテーブルクロスがかかっていて、焼き立てのクロワッサンやピクルス類、コーヒーが並んでいた。取り残されないように私も何か気の利いたことを言いたかったが、無理だった。私は黙ったまま、自分のカップに三回もコーヒーのおかわりを注いだ。手近なところにキラキラした白い角砂糖を盛った小さな器があったので、それを手に取ってひとつひとつコーヒーに沈め、スプーンでかき回した。

何かの拍子にボビーがダブリン空港の名前を出すと、ああ、ニックの古巣だなとデレクが言った。

何かあの空港に愛着でもあるの？　ボビーは聞いた。

彼は飛行機族だから、イヴリンが言う。空港に住んでいるようなものよ。

フライトアテンダントとすごい浮気までしたんだぜ、デレクが言った。

胸がキュッと締めつけられたが、私は目を上げなかった。また角砂糖を手に取って、すでに甘過ぎるコーヒーの入ったカップの受け皿に置いた。

フライトアテンダントじゃないよ、メリッサが言う。スターバックスの店員だったの。

もうやめろよ、ニックが言う。彼女たちが本気にするじゃないか。

名前は何ていうんだっけ？　イヴリンが言う。ローラだっけ？

ルイーザだ、ニックは答えた。

ようやく私は彼を見たが、彼は私を見なかった。ニックは口の片端だけ上げて笑った。

ニックは空港で出会ったその娘とデートに行ったの、イヴリンが説明する。

そうとは知らなかったんだ、ニックは言った。

いや、ちょっとは分かっていたはずだ、デレクは言った。

ニックはボビーを見て、ほら、また始まったぞと苛立ったような表情を作ってみせた。だがその話を本当に嫌がっている訳でもなさそうだった。

三年くらい前の話だよ、ニックは言う。そのころは頻繁に空港を利用していてその娘とはよく顔を合わせたんだ、注文を待っている間に話をしたりしてね。それである週、街で会ってコーヒーでも飲まないかって誘われたんだけど。俺はてっきり……。

そこで場が急に盛り上がり、みんな笑い、口々に意見を挟んだ。

俺はてっきり、ニックは話を継ぐ。彼女は本当にコーヒーを飲みたいだけかと。

それでどうなったの？　ボビーが聞いた。

いや、待ち合わせ場所に着いて、ひょっとしたらこれはデートなのかと気がついたんだ、ニックは言う。完璧にパニックになって何てことしたんだと思ったよ。

またみんなが一気に話し始めて、イヴリンは笑い、デレクは本当のところニックは悪い気はしなかったんじゃないかと言い出した。うつむいて皿を見たままでメリッサも何か言っていたが、私には聞き取れなかった。

それで彼女に自分は既婚者だって教えたんだ、ニックは言った。相手が何を望んでいるか。どこかでは気がついていたんだろう、デレクは言う。正直なところ、ニックは言う。一緒にコーヒーを飲むなんて、みんなしょっちゅうしていることだし、考えもしなかった。

すごいスキャンダルだよね、イヴリンが言う。それであなたが彼女と浮気したら。

その人、いい女だったの？　ボビーが聞いた。

ニックは笑って、さあどうだかと言うように手のひらを上に向けて肩をすくめると、夢中になるほどね、と言った。

メリッサがこれに笑うと、ニックはそれを見て満足したように笑顔のままうつむいた。私はテーブルの下で自分の爪先をサンダルのヒールで踏みつけた。

しかも彼女はあり得ないほど若かったんだろう？　デレクは言う。二十三歳とかそこらで。

あなたが結婚しているって知っていたかもね。イヴリンが言う。既婚者狙いの女っているのよ、落とし甲斐があるから。

強く踏み過ぎたせいで足に激痛が走ったが、私はくちびるを嚙んで堪えた。踏んだ爪先をヒールから離すと、痛みが疼いた。

そんな戯言《たわごと》は本気にしないね、ニックは言う。俺が結婚していると知って、彼女は本気でガッカリしていた。

朝食が済むとイヴリンとデレクは海岸に向かい、ボビーと私は荷解きのために残った。上階でメリッサとニックが何か喋っていたが、声が聞こえてくるというだけで内容までは分からなかった。マルハナバチが開いた窓から舞い込み、飛び立つ前に句読点の形の影を壁に一瞬だけ落とした。荷解きを終えてシャワーを浴び、グレイの袖なしワンピースに着替えていると、隣室からボビーがフランソワーズ・アルディの曲を口ずさむのが聞こえてきた。

みんな揃って家を出る頃には、二時か三時になっていた。石畳の坂道を越えて二軒の白い家を通り過ぎ、岩壁とつながるジグザクとした階段を上ると、海岸があった。砂浜はカラフルなタオルに横たわった若い家族連れでいっぱいで、みんなお互いの背中にサンスクリーンを塗り合っている。海は引き潮で乾いた海藻が水面からのぞき、岩陰では十代の子たちがビーチバレーをしていた。外国語のアクセントで叫ぶ彼らの声が聞こえてくる。日差しが砂浜を照らし、私は汗が流れ出すのを感じた。イヴリンとデレクがこちらに手を振っていて、イヴリンの茶色のワンピース水着からのぞく太ももがホイップクリームのように白かった。

みんなでタオルを敷いて寝そべると、メリッサはサンスクリーンをボビーの首の後ろに塗った。デレクはニックに海水が「気持ちがいい」と言っている。潮の香りが私の喉を貫いた。ボビーは上に着ているものを脱いでビキニ姿になった。メリッサとニックが一緒に服を脱ぎ始めたので、私は目をそらした。メリッサがニックに何か言って、いいや、大丈夫だ、と彼が答えるのが聞こえた。イヴリンの声がした、でも日に焼けちゃうよ。

海に入らないのかい、フランシス？　デレクが私に聞いた。

その声で、みんなが私に振り向いた。私はサングラスのつるに手をやると、両肩ではなく片方だけをすくめた。

横になって日光浴している方がいいです、私は言った。

でも本当は、みんなの前で水着姿になりたくなかったのだ。自分の身体を人目にさらさずに守り通したかった。しかし誰も気にせず、私を取り残してみんな海へと向かった。人がいなくなると私は顔に日焼け痕が残らないようにサングラスを外した。私のすぐそばにはプラスティックのおもちゃを手にした子供がいて、別の子供にフランス語で何か怒鳴っていたが、言葉の意味が分からない私の耳には洗練された優雅な響きに聞こえた。うつ伏せになっていたので子供の顔は見えなかったが、たまに顔を向けると、シャベルやバケツや足首などのぼんやりとした色合いが目に飛び込んできた。身体の関節に砂のような重さを感じた。今朝のバスの中が暑かったことを思い出した。

私が仰向けになると、海から上がってきたボビーが小刻みに震えて真っ白になっていた。彼女は大きなビーチタオルを身体に巻くと、ライトブルーのタオルを聖母マリアのように頭にかけた。

めちゃめちゃ冷たいよ、ボビーは言った。もう心肺停止になるかと思った。

ここにいれば良かったのに。こっちはちょっと暑すぎるくらいだよ。

ボビーは頭からタオルを取ると犬のように髪を振ったので、水滴がこちらの肌に降りかかって私は身を縮めた。ざまあみろだね。ボビーは言った。彼女は腰かけて、スーパー・マリオ模様のタオルを巻きつけたまま、持ってきた本を開いた。

海に行く途中、みんなあんたの話題で持ちきりだったよ、ボビーは言った。

そうなの？

うん、あんたについてちょっとしたやり取りがあったんだ。みんなの心に残ったんだね。こういうことって、今までなかったと思う。

誰がそう言ってたの？　私は聞いた。

ビーチで煙草を吸っていいと思う？

ビーチでの喫煙は許可されてないはずだと私は言った。ボビーは大げさにため息をつき、まだ髪から滴る水滴を振り落とした。私のことを誰が褒めているのか彼女が教えてくれないのは、ボビーが自分で言ったからじゃないかと私は疑った。

ニックは何も言わなかったよ、彼女は言う。あんたが心に残るってことについて。あいつのことを観察してたんだけど、何だか気まずそうだった。

君に観察されてたからじゃないの。

それかメリッサに観察されてたからかもね。

私は咳払いをして黙り込んだ。ボビーはバッグの底からシリアルバーを取り出してかじりついた。

それで、一から十までの割合で言うと、どれくらいあいつに本気なの？　高校時代にあんたが私に本気だったレベルを十として。

ということは、一が最高の本気具合なんだね？

シリアルバーを頬張ったまま、ボビーは声を上げて笑った。

どうだっていいけど、彼女は言う。それってつまり、ネットであいつとやり取りして楽しかったっていう程度なの、それともあいつを切り開いて血を飲みたいってくらいなの？

彼の血なんか飲みたくないよ。

「血」というところを思わず強調してしまったせいで、ボビーはふんと鼻を鳴らした。あんたが他の何なら飲みたいってところまで考えたくないんだよね、彼女は言う。そんなの最低じゃん。

私はよっぽどニックとの間に何があったか話そうかと思った。今なら冗談の類にできるし、どのみち終わったことだったから。でもどういう訳か黙っていた。ボビーが言った。男とセックスなんて、マジきもいよ。

13

翌日、朝食に使った皿をみんなで洗っていると、メリッサがニックに郊外のモールにデッキチェアーを取りに行ってきてくれないかと頼んだ。昨日自分で行くつもりだったのに、忘れてしまったのだという。引き受けたニックは嬉しくはなさそうだ。彼は不満げにこう口にした。ああ、でもあそこは何マイルも彼方じゃないか。でもどうしても嫌というほどでもなさそうだ。ニックはシンクで皿を洗い、私が拭いて、それを受け取ったメリッサがカップボードにしまう係だった。二人の間にいると自分が邪魔者みたいで居心地が悪かったし、顔を赤くしているのをボビーに見られているのも分かっていた。彼女はキッチンテーブルで足をブラブラさせながら、カットされたフルーツを食べている。

じゃあ女の子たちを一緒に連れて行ったら、メリッサは言う。

女の子たちなんて呼ばないでよ、お願いメリッサ、ボビーは言う。

メリッサが目を向けると、ボビーは無邪気な顔をしてネクタリンにかじりついた。

じゃあこの若い女性たちを一緒に連れて行って、メリッサは言い直した。

どうしてだ、俺の退屈しのぎのためか？　ニックは言う。彼女たちだってビーチに行く方がいいだろう。

湖に連れて行ってあげたらいいじゃない、メリッサは言う。じゃなかったらシャトーロードレンに行けば。

あそこはまだ開いているのか？　彼は聞いた。

二人はシャトーロードレンがまだオープンしているかどうかで言い合った。ニックは振り向いてボビーを見た。彼の手はまだ手首まで水に濡れている。

長距離ドライブに付き合う気はあるかな？　彼は聞いた。

この人の言葉を信じないで、そんなに遠くないの、メリッサは言う。きっと楽しいよ。

そう言いながら、楽しめることは完璧にないと保証するというように彼女は笑った。ピクニックしたくなった場合に備えて車に積んでおくようにと、メリッサは私たちにペイストリーの入った箱とロゼワインのボトルを渡した。そして感謝の印にニックの手をギュッとつかんだ。

午前中ずっと日向《ひなた》に駐車したままだったので、車に乗り込む前に私たちはまず窓を開けた。車内は埃《ほこり》と日に焼けたビニールの匂いがした。私は後部座席に座り、ボビーは助手席の窓から小さな頭をテリア犬みたいに突き出した。ニックがラジオをつけるとボビーは頭を引っ込めて、CDプレイヤーはついているかと聞いた。何か音楽をかけてもいい？　ニックは承諾した。ボビーはCDを漁って、ニックの物なのかメリッサの物なのかを当てようとしている。

アニマル・コレクティヴが好きなのはあんた？　それともメリッサ？　彼女は聞いた。

二人とも好きだと思うけど。

でもCDを買ったのはどっち？

覚えていない、彼は言う。ほら、そういう物は共有しているから、どちらの物か分からなくなるんだ。

ボビーは振り返って後ろの座席にいる私を見た。私は彼女を無視した。

ねえ、フランシス？　彼女は言う。ニックが一九九二年に天才児たちをテーマにしたチャンネル4のドキュメンタリーに出ていたって知ってた？

私が顔を向けて、そうなの？　と言うより、どこでそれを知った？　とニックが聞くのが早かった。ボビーはホイップクリームが乗っているペイストリーを箱から出して、人差し指でクリームをすくって舐めた。

メリッサが教えてくれたの、彼女は言う。フランシスも天才児だったから、興味があるかと思って。ドキュメンタリーには出てないけど。一九九二年には生まれてもないしね。

あそこが俺の頂点で後は下り坂なんだ、ニックは言う。どうしてメリッサはそんなことを君に教えたんだろう？

ボビーは彼を向くと、蠱惑《こわく》的というよりもむしろ挑発するような態度で指についたホイップクリームを舐めた。

あの人は私に何でも打ち明けてくれるの、彼女は言った。

私はバックミラー越しにニックを見たが、彼はただ前を向いていた。

あの人と私は相性抜群なんだよね、ボビーは言う。これ以上はどうなるか分からないけど、確かあの人は結婚していたし。

それもたかが俳優とね、ニックは言った。

ボビーは三口か四口でペイストリーを食べ尽くした。それからアニマル・コレクティヴのCDを、ボリュームを大音量にしてかけた。ホームセンターに着くと、ニックがデッキチェアーを店に取りに行っている隙にボビーと私は駐車場で煙草を吸った。片腕にデッキチェアーを抱えて戻ってきた彼は、とてもたくましく見えた。私がサンダルの爪先で煙草をもみ消していると、ニックは車のトランクを開けながら、湖を見て君たちががっかりしないといいがと言った。

二十分後、車を停めて私たちは木々に囲まれた小道を歩いていった。湖は青く滑らかで、空を照り返している。周囲には私たち以外、誰もいなかった。私たちは水辺にある柳の木陰で草の上に座り、クリームペイストリーを食べた。ボビーと私はボトルをまわしてワインを飲んだが、生ぬるくなっていて甘かった。

泳げると思う？　ボビーが聞いた。この湖。

ああ、大丈夫だろう、ニックが言う。

ボビーは草の上で足を伸ばした。彼女は泳ぎたいと言う。

水着を持ってきてないでしょ、私は言った。

だから？　ボビーは言う。どうせ誰も見ていないよ。

私が見てるよ。彼女に言った。

ボビーはこれを聞いて笑った。頭をそらせ、木の上に向かって声を上げて笑った。小花模様の袖なしコットンブラウスからのぞく彼女の腕は細く、日陰の色に染まっていた。ボビーはブラウスのボタンを外そうとした。ボビー、私は声を上げた。本当にやめて。

彼はシャツを脱いでもいいのに、私は駄目なの？　彼女は聞いた。

私はお手上げだというポーズを取った。ニックは面白がってるかのように、小さく咳払いをした。

本当はシャツを脱ぐつもりじゃなかったんだよ、ニックは言った。

もし反対したら、私は怒るからね、ボビーは言う。

反対したのはフランシスで、俺じゃないよ。

ああ、この子ね、ボビーは言う。この子のことはどうでもいいの。

そう言うと彼女は脱いだ服を畳んで草の上に置き、湖に向かった。完全無欠と言ってもいい身体で、背中の筋肉は皮膚の下で滑らかに動き、まぶしい日差しのせいで日焼けの跡も見えない。湖に入った後は、彼女の手足が水の中で動く音だけが響いていた。ひどく暑かったので、私たちはペイストリーを食べてしまうことにした。日が傾いて、私たちのいる場所は日陰から日向になっていた。私は更にワインをあおり、ボビーの姿を目で追った。

あの人は本当に怖いもの知らずなの、私は言う。自分ももう少しあなただったらいいのにと思う。

私が首を傾けたら彼の肩に触れそうな至近距離で、ニックと私は静かに座っていた。太陽がいつになくまぶしい。目を閉じると、不思議な模様がまぶたの裏でうごめいた。太陽の光のせいで髪が熱くなった。草むらから虫の音が聞こえてくる。洗濯したてのニックの服の匂いと、私が彼の家にいた時に使っていたオレンジオイルのシャワージェルの香りがした。

昨日は何だか気まずかったよ、ニックは言う。空港の女の子の話になった時。

私は気にしていないという印ににっこりと笑おうとしたが、彼の声の調子を聞いて息が苦しくなった。この話をするために二人きりになるのを待っていたようだったので、私は彼の打ち明け話に真剣に耳を傾けた。

既婚者狙いの女っているのよ、私は口にした。

彼の笑う声が聞こえた。私は目を閉じたままで、まぶたの裏で万華鏡のように広がる赤いパターンを見ていた。

そんなのは信じないって言ったはずだ、ニックの声がする。

品行方正なんだね。

本気で付き合っていたなんて君が思ったらどうしようと考えていた。

その人のこと、好きじゃなかったの？

ルイーザかい？　ああ、分かるだろう。いい娘だったよ。でも夜中に彼女の夢を見たことはなかった。

夜に私の夢を見たとも、私が特別に好きだとも彼は言ってくれたことがなかった。はっきりと口にしたという意味では「夜中に彼女の夢を見たことはなかった」は、彼にとって私が特別な存在だと伝えてくれた初めての言葉だったと思う。

それで君は今、誰かと付き合っているのかな？　とニックは言った。

それを聞いて私は目を開けた。彼は私を見ずに、人差し指と親指で摘んだタンポポを凝視している。冗談を言っているようには見えなかった。私は自分の両脚をぎゅっと抱いた。

うん、ちょっと会っていた人がいたんだけど、私は言う。でも相手は別れた気でいるみたい。

ニックはタンポポの茎を指でいじって揺すぶりながら、ためらいがちに微笑んだ。

そうなのか？　彼は言う。そいつは一体何を考えているんだろうな？

教えてよ、私には分からないから。

ニックが私を見つめたので、自分がどんな表情をしているか不安になった。

ここに来てくれて本当に嬉しかった、彼は言う。君にまた会えてよかった。

私は眉を上げて、顔を背けた。銀色の水面《みなも》からボビーの頭がアシカのように浮かんだり消えたりするのが見える。

それと、ごめん、彼は言った。

私は反射的に笑って、ああ、私の気持ちを傷つけたこと？　と言った。

ニックは重荷を降ろしたかのようにため息をついた。彼はほっとしたのか、私のそばで姿勢を崩した。私も横になると、肩に草の葉が触れた。

そうだ、君が本当に傷ついたのなら、ニックは言った。

今までの人生で、何かひとつでも心から口にしたことはあるの？

ごめんという言葉は、心から言ったんだ。君とまた会えて嬉しいって本当に言いたかったんだ。

他に何が望みなんだ？　草の上にひれ伏してもいいけど、君はそんなことを喜ぶタイプじゃないはずだ。

どうして私のことを知っているなんて思うの？　私は聞いた。

それを聞くと、すべてを打ち明けるタイミングというようにニックは私をまっすぐに見た。引き込まれたけど、他の表情と同じように彼がこの顔をたやすく作れることは知っている。

そうだね、でももっとよく知りたいと思っている、彼は言った。

ボビーが水から上がってくるのが見えたが、私はニックの影の中に横たわったままで、彼も私の頬に触れんばかりのところに置いた腕を引っ込めようともしなかった。ボビーは髪から水をしたたらせ、震えながら岸に上がってきた。服を着ると、濡れた肌のせいでブラウスが透きとおった。私たちが彼女を見上げて水はどうだったと聞くと、すっごく冷たくて最高だったとボビーは言った。

帰り道、私は助手席に座って、ボビーは後部座席で足を伸ばした。目が合うとニックも私も即座に顔をそらしたが、思わず顔がほころんだ。ボビーが後ろの席から声をかけてくる。何か面白いことでもあったの？　でも彼女は何となく聞いてきただけで、私たちが答えなくても気にしなかった。私はCDプレイヤーにジョニ・ミッチェルのアルバムをセットして、外を向いて窓から吹き込む涼しい風を顔に当てた。家に戻った頃はもう夕刻が近かった。

その夜、ニックと私は夕食のテーブルに並んで座った。食事が終わってメリッサがワインのボトルをもう一本開けると、ニックは身を乗り出して私の煙草に火をつけた。マッチを擦る際、彼は何気なく私の座っている椅子の背に片腕をかけた。誰も気にしていなかったし、ごく自然な態度に見えたはずだが、私の意識は完璧にそっちに持っていかれた。他の人たちは難民について議論している。イヴリンは同じ話をくり返していた。でも難民の中には学位を持っている人たちもいるのよ、私たちが話題にしているのは結局そういう医師や学者のことなの。社会的地位によって彼らを選別しようとする傾向については、前から気がついていたけれど。それに対してデレクは言う。他の連中はともかく、医者を自国に送り返すことを想像してみろよ。正気の沙汰じゃないだろう。

それってどういう意味？　ボビーが口を挟む。医師の資格でもなかったら自国には受け入れないとでも言うの？

デレクの言葉にそういう意味じゃないとイヴリンは言ったが、彼はその言葉をさえぎり、西洋的価値観の体系や文化相対主義を持ち出して御託《ごたく》を並べ始めた。ボビーは亡命者の普遍的な権利もその「西洋的価値観」とやらの構成要素のひとつだと述べる。「西洋的価値観」と言いながら、彼女は指で括弧を作った。

それは多文化主義に基づく幼稚な夢想だな、デレクは切り捨てる。ジジェクがいいことを言っているぞ、国境が存在するのには意味がある、とね。

その言葉の正しさをあんたがどれだけ理解しているかは謎だけど、ボビーは言う。でもその論拠についての私とあんたの見解はまるで違うはず。

それを聞いてニックは笑い出した。メリッサは今までの議論を聞いていなかったかのように顔を背けた。私はニックの腕に触れたくて、わずかに肩を引いた。

俺たちはみんな同じサイドの人間だろう、デレクは言う。ニック、支配階級の白人男の側として俺を擁護してくれ。

実のところ、俺はボビーと同じ意見なんだ、ニックは言う。間違いなく自分は支配階級の白人だけどね。

何だって、勘弁してくれよ、デレクは言う。自由民主主義なんて、誰が必要とする？　政府のビルでも燃やして、そんなものがどこにあるか確かめてみるんだな。

君は誇張しているつもりだろうが、ニックは言う。ビルを燃やさない理由を探すのはどんどん難しくなっている。

いつからそんな過激思想に？　とイヴリンが言う。大学生とずっと一緒にいて、彼女たちに吹き込まれたんでしょう。

メリッサは左手に持っていた灰皿に煙草の灰を落とした。彼女はおどけるように小さな微笑みを浮かべる。

そうよ、ニック、あなたは警察国家を愛していたじゃない、メリッサは言う。一体どうしちゃったの？

俺たちの休暇にそういう大学生たちを招いたのは君だろ、ニックは言う。俺にはどうしようもないね。

メリッサは座り直し、煙草の煙越しにニックを見つめた。彼は私の椅子から手をどけると煙草を灰皿に押しつけた。気温がぐんと下がってきて、目に映るものが薄闇の色になってきた。

さっきは湖に行ったの？　メリッサが聞いた。

帰り道に寄ったよ、ああ、ニックは言った。

フランシスは日焼けしたよね、ボビーが言った。

本当はそんなに焼けていなかったけど、私の顔と腕はピンクに染まっていて、触ると熱っぽかった。私は肩をすくめる。

そう、ボビーが服を脱いで湖に入るって言って聞かなかったから、私は言った。

チクリ屋め、ボビーは言う。恥を知るがいいよ。

メリッサはまだニックを見ている。彼はまったく動じていない。彼女を見つめ返して微笑むニックは、さりげなくくつろいだ様子で、ハンサムだった。メリッサがそれを面白がっているのか怒っているのかは分からなかったが、彼女は首をふって、最後には視線をそらした。

私たちはみんな遅くまで起きていて、深夜の二時頃になってようやく寝室に退散した。私は暗闇の中で横になって、十分か二十分ほど天井越しにかすかに聞こえる不満げな声に耳を傾けていたが、やがてドアが閉まる音がした。声は聞こえなくなった。隣のボビーの部屋はすっかり静かになっていた。私は起き上がって、また横になった。喉も渇いていないのに、コップ一杯の水のために上階に行く計画が頭の中に湧き上がってくる。上階で何をしていたか尋問された場合に備えておくつもりなのか、喉が渇いた理由について夕食に飲んだワインを持ち出す自分の言葉まで聞こえてきた。平熱のはずなのに額が熱くなるのを感じて、また起き上がった。私はこっそりとベッドを抜け出すと、薔薇のつぼみの小さな模様がある白いネグリジェを着て階段を上った。キッチンの明かりがついている。心臓の鼓動が激しくなった。

キッチンではニックが磨いたワイングラスを棚にしまっていた。彼は私を見ると、やあ、君かと言った。リハーサルをしてきたみたいに、とっさに口から言葉が飛び出した。水を一杯飲みたいと思って。ニックはそれは本当かなと言わんばかりのおどけた顔をして、コップを渡してくれた。私は水をつぐと冷蔵庫に寄りかかってそれを飲んだ。水は生ぬるく塩素の味がした。ニックは私の正面に来ると、ワイングラスはもう全部片づいたんだ、だから、と言った。私たちは見つめ合った。あなたって本当に厄介だよねと言うと、それについては完全に同意すると彼は言った。ニックが私の腰に手を回して、体を引き寄せた。私は彼のベルトのバックルに触れて、あなたがしたいのなら寝てもいいけど、これはアイロニーだからねと言った。

ニックの寝室はキッチンと同じ階にあった。この階にある寝室はそこだけで、他は上階か私の泊まっている部屋のように地階にあった。彼が海に面している窓のブラインドをおろして静かに閉めると、私はベッドにもぐり込んだ。ニックが私の中に入ってくると、私は彼の肩に顔を押しつけて聞いた。本当にいいの？

ずっと君にありがとうって言いたかったんだ、彼は言う。おかしいだろう？

じゃあそう言ってとせがむと、ニックは感謝の言葉を口にした。もう少しでいきそうだと私が告げると、彼は目を閉じて声を漏らした。終わった後、私は壁にもたれて座り、息を切らして寝そべっているニックを見ていた。

ここ二週間は本当に辛かったんだ、彼は言う。メールの件は本当にすまなかった。

私は冷たかったよね。肺炎だなんて知らなかったから。

ニックは微笑むと、私の膝の裏を指で優しく撫でた。

君は放っておいて欲しいんだと思ったんだ、彼は言う。俺は本当に具合が悪くて孤独だったんだよ。君は俺とは関わりたくないのかと思って。

彼に言ってしまいたかった。そうじゃなくて、夜に君の夢を見るって言って欲しかったの。

私もいい時期じゃなかったんだ、と代わりに言った。水に流そうよ。

ああ、君は優しいんだな。でも俺はどうしてもっとマシな態度を取れなかったんだろうと思っている。

私はもう怒っていないんだから、いいよ。

ニックは肘をついて体を起こし、私を見つめた。

そうだな、でもこんなに急いで許してくれなくてもいいのにと思って、彼は言った。俺は君と別れようとしたのに。それについてもっと言われて責められても仕方がないんだ。

いいの、私はただあなたのベッドに戻りたかっただけだから。

その言葉が嬉しかったのかニックは笑った。そして背を向けて体を横にすると、目を閉じた。

俺がそんなにいいとは知らなかった、彼は言った。

あなたはまあまあだよ。

単なる厄介者なんだと思っていたよ。

事実そうだけど、情けをかけてあげているの、私は言った。セックスはすごく上手だしね。

ニックの返事はなかった。朝になると誰かに部屋から出てくるところを見られる心配があるので、どのみちこの部屋にとどまることはできない。私は自分のベッドに戻ると、自分をできるだけ小さくするように身体を丸めた。

14

翌日は、子供みたいに身体が熱っぽくて眠かった。朝食にパンを四切れ食べて、クリームと砂糖を入れてコーヒーを二杯飲んだ。ボビーは私を「子豚ちゃん」と呼び「可愛いって意味でだよ」と言った。私はテーブルの下でニックの脚をなでて、笑わないようにこらえている彼を見つめた。よこしまな喜びがあふれて、はちきれそうな気持ちになる。

エターブルにおける三日間はそんな風に過ぎていった。ニックとボビーと私は庭で食事をとる時にテーブルの同じ側に座り、お互いにいたずらを仕掛けつづけた。ボビーはいつもおかしなことを言って、ニックと私を散々笑わせた。朝食の席で彼女がニックの友人のデヴィッドの物真似をすると、彼はヒステリックに笑った。私たちは彼をダブリンの文芸イベントで一度見かけただけだが、ボビーの声色はそっくりだった。ニックは私たちの語学力の向上に一役買おうとフランス語で話しかけ、「r」の発音を何度もやってみせてくれた。本当は話せるくせにニックのレッスンを受けたくてフランシスができないふりをしているんだ、とボビーは彼に言いつけた。そう言われてニックが顔を赤くすると、ボビーは部屋の向こうから私に目をまたたいてみせた。

午後はビーチで過ごし、パラソルの下でメリッサが新聞を読んでいるかたわらで、私たちは日向で寝そべってボトルから水を飲み、日焼け止めを互いの肩に塗り合った。泳ぐのが好きなニックが海から戻ってくると、濡れて輝く姿がまるっきりコロンの広告写真だった。見ていると去勢された気分になるとデレクはこぼす。私は聞かなかったふりをして、ロバート・フィスクの本のページをめくった。メリッサ、彼はいつもくちばしで身づくろいでもしているのかな？ デレクに聞かれても、彼女は新聞から目を上げなかった。いいえ、彼は何もしなくても美しいの、嫌になるよね。見た目で夫を選ぶとこんな目に遭うの。ニックは笑った。私は前のページを読み終えてもいないのに、またページをめくった。

二晩続けて、私はみんなが寝静まった後にベッドを抜け出し、階段を上ってニックの寝室へと向かった。夜更かしは平気だったけど、日中はビーチや庭でしょっちゅう寝落ちしていた。私たちは四、五時間しか睡眠を取らなかったが、ニックは疲れたとも言わず、私がどんなに遅くに現れても追い返さなかった。初めて二人で過ごした夜以降、ニックは夕食にお酒を飲まなかった。断酒でもしているみたいだ。デレクはしょっちゅうそう口にしたし、見ているとメリッサは彼が断った後でもワインを勧めていた。

一緒に泳いで海から戻って来る途中で一度、私はニックに聞いた。みんな、気がついていると思う？ 私たちの半身はまだ海の中だった。彼は片手を目の上にかざして、私を見た。他の人たちはもうビーチに戻って、タオルを手にしている。私の肌は日差しの下でライラックのように青白く、鳥肌がたっていた。

いいや、ニックは言う。大丈夫だろう。

でも夜に声を聞かれたかも。

俺たちは静かにしている方だと思うけど。

私たちがしてることってすごく危険だよね、私は言った。

ああ、もちろんそうだよ。今まで考えなかったのかな？

海水に手を浸すと塩分でヒリヒリした。すくうと水は手のひらからこぼれ落ちていく。

じゃあ、どうして、するの？　私は聞いた。

ニックは手を下ろして首を振った。彼の身体は大理石のように白い。その姿には何か禁欲的なところがあった。

そうやって誘っているのかな？

ほら。私としたくて我慢できないって、言ったらどうなの。

彼が海面を叩くと水がはねた。顔に当たった飛沫《しぶき》が痛いくらい冷たかった。見上げると雲ひとつない空が果てしなく拡がっている。

消えちまえよ、ニックは言った。

私はニックを好きだけど、彼はそれを知らなくていい。

四日目の夜、夕食を済ますと私たちはみんなで村まで散歩に出かけた。埠頭の上の空は淡いサンゴの色で、海は鉛のように暗い色だった。ドックには数々のヨットがもやってあって、ルックスのいい裸足の男女が、ワインボトルをデッキに運び込んでいた。メリッサは肩にカメラを下げていて、気が向くと写真を撮っている。私はボタンのついた紺色のリネンのワンピースを着ていた。

アイスクリームの店まで来たところで携帯が鳴った。父の番号からだ。私はとっさにみんなに背を向けて、身を守るようにして電話を取った。父の声はくぐもっていて、背後では何か雑音がしている。彼の声を聞いて私は爪を嚙み始め、齧《かじ》った破片が歯の隙間に刺さった。

どうかしたの？　私は聞いた。

何だ、感じが悪いな。俺は好きに一人娘に電話もできないっていうのか？

父は変な節《ふし》をつけて喋っている。彼が酔っ払っているのを聞くと、自分が汚れたような気分になった。シャワーを浴びて新鮮なフルーツが食べたくなる。気がつくと他のみんなから離れてしまっていて、これ以上遠くには行かないよう気をつけた。他の人たちがアイスクリームの店に入ろうかと言い合いっているのを耳にしながら、私は街灯のところに残った。

そんなことない、いつでもかけてきていいけど、私は言った。

それで、どうなんだ？　仕事は上手くいっているのか？

私がフランスにいるって、知ってるんだよね？

何だって？　父の声がする。

だから、フランスにいるの。

他のみんなが聞いているはずもなかったが、こんな単純なことをくり返し相手に言い聞かせている自分が恥ずかしかった。

ああ、じゃあ、お前はフランスなんだな？　父が言う。そうか、悪かったな。そっちはどんな感じだ？

楽しくやってるよ、ありがとう。

そりゃ良かった。いいか、お前の母さんが来月、金を渡すからな？　大学の学費だ。

うん、分かった、私は言った。分かったから。

みんなでアイクリームの店に寄ることにしたと合図するボビーに私は微笑んで手をふったが、気持ち悪い笑顔をしてしまったかもしれない。

お前、金に困ったりしてないよな？　父が言った。

えっ何？　別に大丈夫だよ。

後々を考えて取っておけよ。今から習慣にしておくといい。

分かったよ、私は言った。

店の窓越しに、様々なフレーバーのアイスが並ぶガラスのショーケースが見えて、イヴリンがカウンターで何かを指差している。

今、貯金はどれくらいあるんだ？　父が言う。

分かんない。そんなに沢山じゃない。

金を取っておくんだぞフランシス、分かるな？　覚えておけよ。貯金するんだ。

その言葉のすぐ後で電話は切れた。みんなはちょうどアイスクリームの店から出てきたところで、ボビーは両手に持っていたアイスクリームのひとつを私にくれた。彼女の親切が何だか染みた。受け取ってありがとうと言うと、ボビーは私の顔をじっと見て、ねえ大丈夫？　と言ってから、電話は誰からだったのと聞いた。私は目をしばたいた。父さんから。別に何でもなかった。ボビーはニッと笑って、うん、なら、いいよと言う。あ、アイスクリームのお礼は結構。あんたがいらなかったら私が食べるつもりだったから。メリッサがこちらに向かってカメラを構えたのを目の端でキャッチすると、私はふいに背を向けた。これではまるで彼女が何か失礼なことをしたか、ずっと前にされたことを私が根に持っているみたいだ。相手は気づかなかったかもしれないが、子供っぽい真似をしてしまった。

その夜はみんなで散々マリファナを吸ったので、他の人が寝静まってからニックの部屋に行った時も、彼にはハイになった時の余韻が残っていた。ニックは服を着たままでベッドの端に座ってマックブックで何かを読んでいたが、画面がよく見えないのか、それとも内容が理解できないのか、目を細めている。そうしている彼は本当にハンサムだった。少し日焼けしているようだ。私もまだハイだったのかもしれない。ニックの足元に座り込むと、私は彼のふくらはぎに寄りかかった。

どうしてそんなところに座るんだ？　ニックが聞いた。

ここにいるのが好きなの。

あ、そうだ。さっきの電話は誰からだったの？

私は目を閉じて、やめろと言われるまで彼の脚に頭を強く押しつけた。

電話は父からだった、私は言った。

君の居場所を知らなかったのか？

私はベッドに登るとニックの背後にまわって彼の腰に腕を巻きつけた。のぞき込むと、彼が読んでいたのはキャンプ・デイヴィッド合意についての長い記事だった。私は笑って、ハイになっているのに中東に関するレポートなんか読む？　と聞いた。

面白いぞ、彼は言う。なあ、それで、父さんは君がここにいるのを知らされてなかったのか？

言ったよ、でもうちの父は人の話をちゃんと聞かないの。

私は自分の鼻をそっとなでると、白いTシャツを着た彼の背中に額を寄せた。石鹼のような、清潔な香りとかすかな海の匂いがする。

父はお酒の問題を抱えているの、私は言った。

そうなのか？　その話は今までしてくれたことがなかったよね。

彼はマックブックを閉じるとこちらを向いた。

誰にも話したことがない、私は言った。

ニックはヘッドボードに寄りかかった。どんな問題なんだ？

何だか酔っぱらうと私にやたらと電話をかけてくるの、私は言った。そもそも今まで、ちゃんと会話したこともなかったのに。私たちは仲がいいとは言えなくて。

そう言って私がニックの膝に乗り、二人が向かい合わせになると、彼が自然に私の髪をなでたので、私を誰か別の人と間違えているのではないかと思った。彼は普段、そんな風に私に触れたりしない。でもちゃんと顔を見ていたから、私だって分かっているはずだ。

お母さんは知ってるのか？　ニックが言った。いやつまり、二人がもう一緒にいないのは知ってるけど。

私は肩をすくめて、父はいつもあんな調子なのだ、と言った。私はひどい娘なの、と彼に言う。父ときちんと話し合ったこともない。大学の学費も出してもらってるっていうのに、それってひどくない？

そうかな？　ニックは言う。君が彼にお酒についてとやかく言わないのは、面倒を見てもらってるからなのか。

私がニックを見つめると、彼も疲れたような顔に真心をにじませて私を見つめ返した。彼には何の偽りもなく、髪をなでてくれたのも本当の思いやりの心からだったのだと気がついた。うん、と私は答える。そうだと思う。

じゃあ、本当はどうしたらいいと思うんだ？　彼は言う。全部が親がかりだなんてまったく嫌になるよな。俺は両親から金を借りなくなってから、いろんなことが好転したよ。

でもあなたは両親が好きでしょう。仲がいいんじゃないの。

ニックは笑った。いや、何だって。ありえないよ。冗談だろう？　だって、十歳の俺にブレザーを着せてテレビでプラトンを語らせた連中だぞ。

じゃあ強制だったの？　私は聞いた。自分からやりたいって言い出したのかと思ってた。

ないよ。あの頃は大変な時期だったんだ。俺の精神科医に聞いてくれ。

本当に精神科医にかかってたの？　それともそこは冗談なの？

ニックはうなると、物珍しそうに私の手を取った。どうやらまだハイなようだ。

いいや、もう気が滅入るような話ばかりだよ、彼は言う。今も薬物治療やら、いろんなことをしてる。

そうなの？

ああ、昨年はずっと調子が悪くてね。それに、ほら。エジンバラでは一、二週間、それに加えて肺炎まで患ってひどかった。こんなの君にはどうでもいいことかもしれないけど。でも今はもう大丈夫だ。

どうでもよくないよ、私は言った。

ボビーは公共政策についての記事を読んでいてメンタル・ヘルスに関する見識があったから、こういう時に何を言うべきか分かっているはずだ。私は彼女の考えを声に出した。抑鬱状態は近年の資本主義に対する人間的な解答だって、ボビーは言っている。それを聞いて彼は微笑んだ。健康状態について話したいかとニックに聞いてみたが、彼は首をふった。いや、そこまで深刻じゃない。彼が私の後ろ髪に指を走らせるのを感じて、私は口をつぐんだ。

私たちはずっと言葉の代わりにキスを交わしていたが、合間に私が激しい欲望の数々をささやくと彼の息は荒くなり、吐息のような短い音節がいつものようにその口からこぼれた。彼は私の服の下に手を入れて、太ももの内側をなでた。私は衝動的にいきなりその腕をつかむと彼の顔をまともに見た。これがあなたの欲しいものなの？　私は聞いた。混乱した表情が彼の顔に浮かんだ、自分には解けなかった謎かけの答えを、謎をかけた当人である私の口から聞いたような顔をしている。ああ、そうだな、彼は口を開いた。これは……君の欲しいものなのか？　気がつくと私はくちびるをきつく閉じて、歯を軋《きし》ませていた。

　あのね、あなたはときどき、私のことなんかどうでもいいって思っているように見えるの、私は言った。

　ニックが笑ったので、私の期待は裏切られた。ただ優しくしてもらいたかったのに。彼はうつむいて、赤くなっている。俺ってそんな感じなの？

　そう言われて私は傷ついた。私ばかりがあなたが欲しいとか、一緒にいると楽しいとか言っていて、あなたからは聞いたことがない。私はあなたをちっとも満足させてないんだっていつも思っている。

　ニックは自分の首の後ろに手を回して、そこを揉みはじめた。そうか、彼は言った。そうだったんだ。それは悪かった。

　こっちは一生懸命なんだよ。もし何か間違ったことをしていたら教えて欲しいの。

　どういう訳だか傷ついたような調子でニックはこう言った。君は何も間違えたことなんかしていない。俺が悪いんだよ、こういう時にどうしていいのか分からなくなるんだ。

　彼が言ったのはそれだけだった。どんなになりふりかまわずぶつかったところで、彼が応える気がないのが分かって、私は言うべきことをなくした。キスを続けて、もうこれ以上は考えないようにしよう。四つんばいになってくれるかと言われたので、承諾した。私たちはお互いを見ずに服を脱いだ。ベッドにうつ伏せに寝ると、ニックが髪を触ってきた。彼は私の身体を両手で引き寄せて、ちょっとでいいからもっと近くに来てくれと言う。膝をついて起き上がると背中に彼の胸が触れたので、振り向こうとするとニックは私の耳のはしにくちびるを寄せた。フランシス、君が欲しくてどうにかなりそうだ、彼が言う。私は目を閉じた。その言葉は私の頭をすり抜けて直接身体に入り込み、きっとずっとそこから消えない。口を開くと濡れたようにハスキーな声が出た。私としないと死んじゃう？　そうだ、と彼は答えた。

ニックが中に入ってくると、私はもう呼吸をするのさえ忘れてしまう。彼は両手で私の腰をつかんだ。本当はそうされると少し痛いくらいなのに、私はもっと激しくしてと言い続けた。こうしても痛くないのか、と彼は気にしている。私は本心なのかも分からずに、痛くして欲しいのと言っていた。彼もうなずく他はできない。それからはもう快楽で目の前が霞んできて、まともな言葉も出てこなかった。彼に何をせがんでいるのかも分からずに、お願いという言葉を何度もくり返していた。静かにしてくれというように彼が私のくちびるに指を当てると、私はそれをくわえて喉の奥まで吸い上げた。彼が喘いでやめてくれと言うのが聞こえた。でも、もう手遅れで、彼はそのまま果ててしまった。ニックは汗をかいて、悪態と謝罪の言葉をずっと言い続けている。私の方は痙攣したように震えていた。二人に何が起こったのかさえ、もう分からない。

窓の外ではもう夜が白み始めていて、私が部屋に戻らなければいけない時間が来ていた。ニックは座ったまま、私が服を着るのを見ていた。彼にかける言葉は見つからなかった。互いに見つめ合うと切なさに眉をひそめ、私たちは視線をそらした。下階の部屋に戻ってからも、私は眠れなかった。ベッドの上に座り込んで膝をギュッと抱き、ブラインドの隙間から光が差し込むのを見ていた。しばらくしてから窓を開けて、海を眺めた。夜明けで空が銀色に輝いて、壮観だった。上階でニックが歩きまわる音が聞こえる。目を閉じると、彼がすぐそばにいて息づかいさえ聞こえるような気がした。私は窓辺に腰かけ、上階でドアが開く音や犬の鳴き声、朝食の準備のためにコーヒーマシンが起動する音に耳を傾けていた。

15

次の夜、イヴリンが提案したゲームをするために私たちは二手に分かれ、各々《おのおの》有名人の名前を書いた紙片を大きな器に入れた。器から一人が紙を引き、チームメイトの質問に、はい、か、いいえだけで答えて名前を当てさせるというルールだ。日が落ちて暗かったので、私たちは明かりのついたリビングに集まって座り、ブラインドは開けたままにしておいた。時折、蛾が飛び込んでくると、ニックがつかんで外に放り出した。デレクは殺しちゃえよと言う。そんなこと言うのはやめてとボビーが彼を諌《いさ》めたら、動物の権利は今や蛾にも適用されるなんて言うんじゃないだろうな？　と返された。ボビーのくちびるはワインで黒く染まっていて、明らかに酔っ払っていた。

そうじゃないの、ボビーは言う。殺したいのなら自分でやりなよ、ってこと。

私はメリッサとデレクのチームで、もう一方はニックとボビーとイヴリンだった。私たちが名前の書いた紙を器に入れていると、夕食の席で散々飲んだはずなのにメリッサがまた新しいワインボトルを持ってきた。メリッサが一杯勧めると、ニックは水を飲んでいた空のコップに手でふたをした。メリッサは彼と奇妙な視線を交わした後、自分のグラスにワインをそそいだ。

最初は相手チームの番で、ニックが紙を引いた。書かれた名前を見て彼は眉をひそめたが、まあいいだろうと言った。男なのとボビーが聞くと、彼はいいえと答える。じゃあ、女？　はい、とニックは彼女に言った。その女性は政治家か、女優か、スポーツ選手なのかというのがイヴリンの質問だった。そのどれでもないという答えだ。ミュージシャン？　ボビーは聞いた。自分の知る限りでは違うとニックは言う。

その人は有名人？　ボビーが聞いた。

まあ、有名と言えるかね。

私たちはみんなその人のことを知ってる？　イヴリンが聞いた。

間違いなく二人とも知ってる、ニックは答える。

そうかーとボビーが声をあげた。分かった、じゃあ、私たちが実際に知っている人？

彼はそうだと答えた。メリッサとデレクと私は一言もしゃべらずにそのやり取りを見ていた。

私は持っているワイングラスを意識して、グラスの脚をぎゅっと握った。

あんたはその人のことが好き？　ボビーが質問する。それとも嫌い？

個人的にってこと？　うん、好きだよ。

相手もあんたが好き？　ボビーは続ける。

それは答えを当てるのに有効な質問なのかな？　ニックが聞いた。

そうかもよ、ボビーは言う。

さあね、彼は答えた。

じゃあ、あんたは相手が好きだけど、相手があんたを好きかは分からないんだね、ボビーは言った。相手のことはよく知ってるの？　それとも謎が多いタイプなの？

こんな質問は全部馬鹿げていると言いたげに、ニックは首をふって一人で笑っている。気がつくとメリッサとデレクと私は黙り込んでいた。もう誰も喋ったり飲んだりしていない。

どちらの要素も少しずつあるね、ニックは言った。

あなたは彼女のことをよく知らないから、謎が多いタイプに見えるのね？　イヴリンが言った。

彼女はあんたよりも頭がいいの？　ボビーが聞いた。

ああ、でもそれを言ったら大抵の人がそうだけどね。そういうのは、答えにつながる質問のように思えないんだが。

分かった。じゃあさ、ボビーは続ける。彼女は感情的なの、それとも内省的なの？

ああ、内省的だと思う。

つまり非感情的で、ボビーは言う。感情面において非知性的なんだ。

何だって？　違う、そんな意味じゃないよ。

顔がのぼせてぼうっとしてきて、私はグラスをずっと見つめていた。ニックは少しばかり動揺しているというか、いつものようにくつろいでクールな彼を演じるのに苦労しているようだが、私はいつから彼が演じていると決めつけるようになったのだろうか、とふと思った。

外交的、それとも内向的？　イヴリンが聞く。

内向的だと思うとニックが答える。

若い、それとも歳を取っている方？　イヴリンは質問を続けた。

若いね、それは間違いない。

その人は子供なの？　ボビーが聞いた。

いや、違う、大人だよ。何だよ一体。

なるほど、大人の女性なんだね、ボビーは言った。それで彼女の水着姿にはそそるものがあると思う？

ニックは痛いところを突かれたという顔でしばらくボビーを眺めると、紙片を置いた。

ボビーにはもう、答えが分かっているようだ。

他の人にも分かっているよ、メリッサが静かに告げた。

私には分からないけど、イヴリンが言う。ボビー、あなたのことなの？

ボビーは悪ガキみたいな顔でニヤッと笑うと、フランシスだよと答えた。私は彼女の方を見ていたが、この茶番にどんな狙いがあるのか理解できなかった。面白がっているのは本人だけだが、ボビーはそんなことは気にしていない。自分が意図した通りに事が運んでご満悦だった。今さら気がつくなんて馬鹿みたいだが、私の名前を書いた紙を器に入れておいたのは彼女に決まっている。真実を見つけ出して暴露するためなら何でもする、そんなボビーの性分を思い出して恐くなったが、よく考えればいつものことだった。彼女は私が心に隠していたものを暴いて、その秘密を冗談かゲームに変えてしまおうとしていた。

ニックの番が終わると、部屋の雰囲気は一変した。誰かが夜中に物音がしたことを思い出して、しかもそれがメリッサで私たちのことに感づいたのかもしれないと最初は動揺したが、どうやら違うようだ。デレクとイヴリンはニックが隠していた私への想いを暴露されたと思い込んで、彼のために気まずい思いをしていて、私の方はそれを迷惑に感じて苛立っているのではないかと考えてはらはらしているようだ。イヴリンは同情するような目で私を見ていた。メリッサがビル・クリントンの名前を当てたあと、私はみんなに断って、廊下の向かいにあるトイレに向かった。冷たい水の流れに手を浸し、目の下にはたき、それから黄色いタオルで顔を拭った。

廊下に出ると、メリッサがトイレを使う順番を待っていた。通り過ぎようとすると、彼女は大丈夫なの？　と声をかけてきた。

平気です、私は言った。何がですか？

メリッサはくちびるをきゅっと締めた。その日彼女が着ていた青いリネンのワンピースは胸元が大きく開いていて、スカートの部分はプリーツになっていた。私はロールアップしたジーンズにくしゃくしゃの白いシャツという格好だ。

彼はあなたに何かしてないでしょうね？　メリッサが言った。あなたを困らせるようなことを、っていう意味だけど。

ニックについて言われているのだと分かって、気が遠くなりそうになった。

誰がですか？　私は聞いた。

それを聞いたメリッサは私に失望したのか、非難するような眼差しをこちらに向けた。

もういいの、彼女は言った。忘れて。

メリッサにとってはそんなのは苦痛でしかないはずなのに、わざわざ私を思いやってくれたのだと思うと気がとがめた。私は消え入りそうな声で言った。すみません。いえ、あの、何もないです。はっきりとは言えないんですけど……何もないはずです。すみません。

そうだね、彼は単にのぼせているだけかもね、メリッサは言った。ボビーが勘ぐってるだけで。ただ、あなたが困るようなことがあったら知らせて欲しいって言いたかったの。きっと害はないんでしょう、そうします、ご親切にどうもありがとう。でも、本当に……本当に困るようなことは何もないんです。

私が大丈夫だと言って、自分の夫が何も不適切なことをしていないと分かると、メリッサは生き返ったかのように微笑んだ。こちらがにっこりと微笑み返すと、彼女はワンピースのスカートで手を拭った。

彼はそんなことをする人じゃないけど、メリッサは言う。でもあなたはタイプだと思って。

私は足元に視線を落とした。めまいがしてくる。

そんなことを言うなんて、自分を買いかぶりすぎかな？

目が合って、メリッサがそう言って私を笑わせようとしているのだと分かった。だから私も、彼女の優しさと揺るぎない信頼への感謝を込めて笑ってみせた。

買いかぶられているのは私の方でしょう、と彼女に言った。

彼に買いかぶられても仕方ないけどね、あの人はまったくの役立たずだから。女の趣味だけはいいけどね。

メリッサはトイレを指さした。私が入口から退くと、彼女はそこに入っていった。手首で自分の顔を拭うと、じっとりと汗をかいていた。それにしても、ニックが「役立たず」っていうのはどういう意味なのだろう。愛を込めたからかい半分の言葉だったのか、辛辣な悪口なのか、メリッサはいつもどちらにも取れる物言いをする。

ゲームはその後すぐに終わった。ボビーが寝室に退散するまで、私は彼女と口を利かなかった。他の人がいなくなるまでリビングに居座っていたら、数分後にニックが一人で戻ってきた。彼はブラインドを閉めると窓辺に腰かけた。私はあくびをして、自分の髪に手をやった。ニックが話しかけてきた。なあ、さっきは気まずかったよな？　ボビーのせいで。私もその点には同意した。ニックがボビーの名前を出すときにためらっているように見えたのは、私がこの件で彼女のことをどう思っているか彼には判断がつかなかったせいかもしれない。

もうお酒を飲むのはやめたの？　私は聞いた。

飲むと疲れるんだ。それにどっちにしろ、これのためには素面《しらふ》でいた方がいいしね。

私がすぐにでも一緒に立ち上がるのを期待しているかのように、ニックはソファの肘掛けに腰を下ろした。これのためって、どういう意味？　と聞いた。すると彼は、ほら、俺たちの深夜の刺激的な会話のためだよ、と言う。

酔ってセックスするのが好きじゃないんだ？　私は言った。

俺が酔っていない方がみんなのためにもいいんだと思う。

待って、それは能力に影響するの？　私は別に不満はないけど。

そうだな、君を悦ばせるのは簡単だから、彼は言った。

自分でも気がついていたし、彼がそう思っているのも薄々分かっていたけど、そんなことを口に出して言われるのは好きじゃなかった。彼は私の手首の裏を触ってきて、私の身体に震えが走った。

実はそうでもない、私は言った。どんな風にすごいって言えばあなたが喜ぶか知ってるだけ。

ニックは顔をしかめた。それはひどいな。私は笑った。あれ、やだな、ファンタジーを壊しちゃった？　そっちがよかったら、またため息まじりであなたがどんなに力強くて男らしいか言ってあげるよ？　そう言われて彼は黙り込んだ。

どっちにしろ、自分のところに戻るね、私は言う。疲れてるの。

でも彼が私の背中に手を置くと、思いがけない触れ合いの優しさにとろけてしまいそうになる。私はそこから動けなくなった。

どうして今まで浮気をしなかったの？　私は聞いた。

うーん。たぶん、今まで相手と出会わなかったんだよ。

それってどういう意味なの？

ほんの一瞬、ニックがこう言ってくれるものだと本気で期待した。君のように俺の欲望をかき立てる相手がいなかったんだ。でも彼はこう言っただけだった。そうだな、よく分からないけど。

メリッサと二人で長い間幸せだったから、そんなことを考えたりしなかったのかもしれない。ほら、人は恋をすると他のことなんかどうでもよくなるんだよ。

その愛はいつ、冷めたの？

そう言った瞬間、彼が私から手を離したので、触れ合いは終わった。

愛が冷めたなんてことはないと思う、ニックは言った。

じゃあ、今も彼女を愛しているんだね。

うん、そうだ。

私は天井に備えつけられた照明を見上げた。明かりはついていない。ゲームが始まる前につけておいたテーブルランプが窓まで長い影を落としていた。

もし傷つけたのなら、ごめん、彼が言った。

ううん、もちろんそんなことはないよ。でも、だったら、これってあなたが彼女としているゲームみたいなものなの？　大学生と浮気して彼女の気を引いたりするの？

おい、何だって。彼女の気を引くって何だよ？

そうでしょ？　だってあなたが私を見ているのに彼女が気がつかない訳ないじゃない。さっきも、あなたが私に気まずい思いをさせてないか聞かれたもの。

まいったな、彼は言う。俺は気まずい思いをさせてるのか？

違うと答える気になれなかったので、私は呆れたように目を回してソファから立ち上がり、シャツのしわを伸ばした。

ということは、寝室に戻るんだな、ニックは言う。

私はそうだよと答えた。下の階に行こうと携帯をハンドバッグに入れて、彼を見ようともしなかった。

分かっているだろうけど、痛々しいぞ、彼は言う。君が今、言ったことは。

私はカーディガンを床から拾ってバッグに押し込んだ。サンダルは暖炉のそばに並べてあった。

俺が気を引きたくてこんなことをしているとでも思っているのか、ニックが言う。何だってそんな風に考えるんだ？

もう彼女はあなたに興味がないのに、そっちは自分の妻に未練があるっていう事実からじゃないかな。

ニックは笑ったが、私はそちらに顔を向けなかった。暖炉の上にかかっている鏡には私が映っていて、あまりにもひどい顔をしているのでショックを受けた。頬は誰かに殴られたかのような色で、くちびるは乾いて白くなっていた。

嫉妬しているんだな、フランシス、そうなんだろ？　彼の声が聞こえる。

私があなたに本気だとでも思ってるの？　馬鹿言わないでよ。

そう言い捨てると私は階段を降りた。寝室に入ると気分が悪くなったが、悲しみというよりもきっとショックと奇妙な虚脱感のせいだ。必死の抵抗も虚しく、誰かに激しく肩を揺さぶられているみたいだ。悪いのは自分だと分かっている。ニックを怒らせようとして、行き過ぎた真似をした。こうやって一人、みんなが寝静まった後の家でベッドに横たわっていると、自分がコントロールできるものは何ひとつないような気がする。ニックとセックスするか、しないかという選択肢があるだけ。それでどんな気持ちになるのか、それがどんな意味を持つのかは私が決められることじゃない。彼と喧嘩はできても、喧嘩の内容も、相手の出方も、自分がどれだけ痛手を負うかも分からない。自分を抱きしめてベッドの上で丸まっていると苦い思いがこみ上げてきた。彼が全権を握っていて、私は無力なのだ。もしかしたらそれは真実ではなかったかもしれないけれど、今夜、私は自分が考えていたよりもずっと傷つきやすいのだと思い知らされた。私はみんなに嘘をついていた、メリッサにも、ボビーにさえも、ニックにだってついていたかもしれない。誰かに頼るなんて甘えたことが許される身分ではなく、同情の余地もなかった。それに結局のところ、彼は他の人を愛しているのだ。私はギュッと目を閉じて、頭を枕に押しつけた。彼が私を欲しいと言ってくれた前夜のことを思い、それを聞いた瞬間を思った。認めなよと自分に言い聞かせる。彼はあなたを愛していない。それがこんなにも辛いの。

16

翌朝、ボビーと私が帰る前日だったが、メリッサが朝食の席でヴァレリーがここにやって来ると告げた。みんながどの部屋を片づけて彼女に使ってもらうか話し合っていたが、私は鋼鉄のようにつややかな赤いてんとう虫が角砂糖を目指して果敢にテーブルを横切っていくのを眺めていた。機械の脚を持ったミニチュアのロボットみたいだ。手分けしてディナーの準備をしなくては、メリッサが言っている。何人かでスーパーにお使いに行って欲しいんだけど、いいかな？　買う物のリストを作るから。

自分が行ってもいい、イヴリンが申し出た。

メリッサはクロワッサンを割って中にバターを塗っていたが、そのナイフを何となく振りまわしながら指示を出した。

ニックに車を出してもらってね、彼女は言う。デザートになる物も買ってこなくっちゃ、何かフレッシュで高級感のあるのがいい。それと花もいる。もう一人手伝いを連れていって。フランシスがいい。行ってくれるよね？

てんとう虫は砂糖の器までたどり着いて、キラキラした角砂糖の縁を登り始めていた。私は迷惑そうな表情をしないよう気をつけて顔を上げる。もちろん大丈夫です。

それと、デレクには庭にもっと大きなダイニングテーブルを設置して欲しいの、メリッサは続ける。ボビーと私は家の中を片づけるから。

役割分担が決まると、私たちは朝食を終えて食器を家の中に戻した。ニックは車のキーを探しに行き、イヴリンは玄関の階段に座って肘を膝について、メガネの奥から若者たちを眺めていた。メリッサが窓辺に腰かけて買い物リストを書いていると、ニックがソファのクッションを持ち上げながら言った。誰か、車のキーを見なかったか？　私は人の邪魔にならないように、廊下の壁にぴったり背をつけていた。フックにかかっていますよと言ったが、声が小さくて彼には届かない。ポケットかどこかに入れっぱなしにしたのかもとニックは言った。メリッサはカップボードを開けて、材料が揃っているかチェックしている。見なかったか？　という彼の質問には答えなかった。

仕方なく私は黙ってフックからキーを外し、通り過ぎようとするニックに手渡した。ああ、何だここかと彼は言う。そうか、どうもありがとう。ニックは私の目を見ようとしなかったが、気にしないことにした。みんなの目を避けているようだったから。見つかったの？　メリッサの声がキッチンから聞こえる。フックのところは探してみた？

イヴリンと私とニックは車に向かった。霧深い朝だったが、メリッサは晴れてくれるはずだと言っている。振り向いてボビーを探すと、寝室の窓を開けて姿を見せたところだった。ボビーはブラインドを上げていた。ああ、そうかよ、彼女は言う。私を見捨てるんだね。新しいお友達とスーパーで楽しんでくれれば。

もう帰ってこないかもよ、と私は返事をする。

じゃあ帰ってくるなよ、ボビーは言った。

私は後部座席に乗り込みシートベルトを締める。イヴリンとニックが前の席に乗ってドアを閉めると、自分の居場所がない内密な空間に封じこめられた。イヴリンが疲れたと言いたげに大げさなため息をつくと、ニックはエンジンをかけた。

それで車の件はどうなったんだ？　ニックがイヴリンに聞いている。

だめ、デレクがディーラーに電話させてくれないのとイヴリンは答えた。「自分が面倒を見るから」って。

車は私道を抜けてビーチに向かう道路に出た。イヴリンはメガネの奥の目をこすり、頭を振っている。小雨がまるで灰色のヴェールのようにかかっている。私は自分の腹を殴ることを夢想した。

は、自分が面倒を見る、なるほどね、ニックは言う。

彼がどういう人か知ってるでしょ。

ニックはまあねと鼻を鳴らした。車は埠頭に沿って走っていて、霧の向こうに船らしきものがぼんやりと浮かび上がっている。私は窓に鼻を押しつけた。

彼女はずいぶんとお行儀がいいなって、イヴリンが言う。思ってたのよ、今日まではね。

そうだな、ヴァレリーのなせる業だなとニックは言った。

こんな騒ぎになる前は、イヴリンは言う。比較的落ち着いているなって、そうじゃなかった？

いや、君の言う通りだ。大丈夫だったよ。

ニックはウィンカーを倒して車は左折させて、私は黙ったままでいた。二人は明らかにメリッサについて話している。イヴリンはメガネを外して、柔らかなコットンのスカートでレンズを拭った。かけ直して、バックミラー越しに私と目が合うと、彼女は顔をしかめてみせた。

結婚なんかしちゃダメよ、フランシス。イヴリンは言う。

それを聞いてニックは笑った。フランシスはそんなブルジョア的な制度に身を落としたりしないよ。彼はハンドルをまわして車をコーナーに寄せ、前方だけを見ている。イヴリンは微笑んで、窓の外のボートに視線を移した。

ヴァレリーが来るなんて知りませんでした、私は口を開いた。

言わなかったっけ？　ニックが答える。昨夜言ったと思うけど。ヴァレリーは夕食に寄るだけで、泊まってはいかないかもしれない。でも彼女はいつも甘やかされて最高のもてなしを受けるんだ。

メリッサはちょっとばかり彼女にうんざりしているの、イヴリンは言う。

ニックはバックミラーを見たが、私には目を留めなかった。向き合うと気まずくなるから、話をするぐらいなら彼が運転に集中してくれていた方がいい。もちろん、ニックがヴァレリーのことを私に話したはずがない、だって彼は自分の妻を愛していて、私の存在は何の意味もないという話をしていたんだから。代わりに、本当はしなかったヴァレリーの話をさもしたように言われたことで、私たちの関係はもう永遠に終わってしまったのだと思い知った。

でもきっと大したことにはならないと思う、イヴリンは言う。

ニックも私も、それに対して何も言わなかった。私と違って、今回の成り行きについてのニックの意見は重要だったから、彼の沈黙が物語るものは大きい。

少なくとも、どうにか耐えられるものにはなるんじゃないかな、イヴリンは言い足した。フランシスとボビーが場を和ませてくれるだろうし。

それで彼女たちは呼ばれたのか？　ニックは言う。ずっと疑問に思っていたんだけど。

イヴリンはミラー越しにまた私に微笑みかけた。そうね、彼女たちがいると華やぐし。

俺はそういう考え方には反対だね、彼は言う。断固として。

スーパーマーケットは町外れにある大きなガラス張りの建物で、エアコンでキンキンに冷えていた。私たちはカートを押すニックに後ろからついていって一方通行の入口ゲートを抜けると、ペイパーバックの本と盗難防止のタグ付きのプラスティックケースに入った男性用腕時計が並ぶコーナーに来た。デザートと花だけは手で運ぶ必要があるが、他のものはカートに入れればいいとニックが言う。彼とイヴリンはケンカの火種になる危険性がもっとも低いデザートは何かについて論議し、苺をふんだんにあしらった高級そうなものという結論に達した。イヴリンがデザートを探しに行ってしまうと、私はニックと二人で店内を巡る羽目になった。

途中で花を売っているコーナーに俺も一緒に寄るから、ニックは言う。

そこまでしてくれなくていいよ。

ああ、でも選んだ花がダメだった場合でも、少なくとも俺のせいにできる。

コーヒーの棚に来て、ニックは様々なサイズと種類の粉コーヒーを見定めようと立ち止まった。

そんな過保護にならなくてもいい、私は言う。

いや、君とメリッサが揉めたら今日の俺はとても対処できそうにないんだ。

私がスカートのポケットに手を入れると、彼は黒いパッケージの粉コーヒーの袋をいくつもカートに投げ込んだ。

でも少なくともどちらに味方するかは決まっているじゃない、私は言った。

ニックは左手にエチオピアコーヒーのパックを持ってこちらを向くと、皮肉めいた表情を顔に浮かべた。

どっちなんだ？　彼は言う。俺に興味を失くした方か、俺の身体だけが目当ての方か？

急激に血が上ってきて、自分の顔が赤くなるのが分かった。ニックはコーヒーをカートに入れると、私に何も言わせず立ち去っていった。私はデリのコーナーを抜けて、生簀《いけす》があるスーパーの裏手までたどり着いた。中にいる甲殻類はまるで古代の生き物か神話時代の残骸みたいだ。生簀のガラス板に虚しく爪を叩きつけ責めるような目でこちらを見ている。私は手の冷えている側で顔に触れて、意地悪く見つめ返した。

青みがかったプラスティックの大きなボックスに入った苺タルトを抱えて、イヴリンがデリのコーナーから戻ってくる。

ロブスターもリストにあったなんて言わないでよね、彼女は言った。

いや、覚えている限りではありませんでした。

彼女は私を見るとまた励ますように笑った。どういう訳か、この人は私と仲良くしたいと思うとこうするようだ。

今日はみんな何だかピリピリしているよね、彼女は言った。

ニックが別の通路からカートを押して出てくるのが見えたが、こちらを見ずに角を曲がっていった。右手にメリッサのメモを持って、左手でカートをコントロールしている。

昨年はちょっとした騒動があってね、イヴリンは言う。ヴァレリーのことで。

はあ。

ニックのカートを二人で追いながら、私は彼女が詳細を教えてくれるものだと思って待っていたが、それ以上の話はなかった。このスーパーにはレジの近くに花屋のコーナーがあって、真新しい鉢植えや、カーネーションや菊の切り花を入れたバケツが置かれている。ニックはピンクの薔薇とアレンジ・フラワーの二種類の花束を選んだ。大ぶりのピンクの薔薇は官能的な花びらに包まれた中心が固く締まっていて、性的な悪夢を思わせる。花束を手渡されても私は彼の顔を見なかった。黙ってレジにそれを運んだ。

私たちは特に何も話さずスーパーを後にした。雨粒が肌や髪に当たってきて、駐車場の車がみんな死んだ昆虫みたいに見える。イヴリンがデレクと一緒に車でフェリーに乗ってきて、エターブルに来る途上でパンクした話を始めた。ニックが車で来て、タイヤを取り替えてくれたのだという。彼女は無意識に、彼の過去の善行を持ち出して奇妙な形でニックを励まそうとしているのかもしれない。あなたを見てあんなに嬉しかったことはなかった、イヴリンは彼に言った。自分たちでタイヤ交換もできたはずだ、ニックは言う。君が結婚したのがあんな独裁者じゃなかったら。

家に戻って車を停めると、足元に犬をまとわりつかせてボビーが飛び出してきた。もうお昼も近いのに、相変わらず霧が深かった。リネンのショーツからのぞくボビーの長い脚は日焼けしている。犬が甲高い声で二度吠えた。荷物を運ばせてとボビーは言う。ニックが気づかうように食料品の入った袋をボビーに渡すと、彼女は何かを訴えるような目で彼を見た。

俺たちが行ってから、何もなかったか？　ニックは聞いた。

もう緊張感が半端ないんだけど、ボビーは言う。

それを聞いてニックは毒づいた。

彼にまた別の袋を渡されると、ボビーはお腹で荷物を支えて運んだ。イヴリンと私は花とデザートを大事に抱えて、エドワード朝時代の陰気な小間使いみたいに静々と家に入っていった。椅子とテーブルが取り払われて空っぽになったキッチンに、メリッサがいた。ボビーはヴァレリーの寝室の掃除を仕上げるために上階へと消えた。ニックは何も言わずに窓辺に買い物袋を置くと食料品を片づけ始め、イヴリンは冷蔵庫の上にタルトのパックを置いた。私は花束をどうしていいのか分からずに、抱えたままでいる。花は瑞々《みずみず》しい疑惑の香りを漂わせていた。メリッサは手の甲で口を拭うと、あら、ようやく帰ってくることにしたのねと言った。

俺たち、そんなに長い間留守にしていたか？　ニックは言う。

どうやら雨になるようだから、メリッサは言う。テーブルと椅子を表のダイニングに移したの。でもひどい有様で、椅子も全然揃っていない。

あれはヴァレリーのものなんだし、ニックは言う。揃ってないのくらい本人も知っているだろ。ニックがメリッサの機嫌をちゃんとなだめようとしているようには見えなかった。私は花束をぎゅっとつかんでこう言おうとしていた。これ、どこかに置きましょうか？　でも言葉が出てこない。イヴリンはニックを手伝って買い物袋の中身を片づけている最中だったし、メリッサは私たちが買ってきたフルーツをチェックしている。

後、レモンは忘れてないでしょうね？　メリッサは言う。

買ってきてないとニックが答える。リストにあったか？

メリッサは持っていたネクタリンを落とすと、気絶寸前という様相で額に手を当てた。信じられない、彼女は言う。あなたが出ていく時に言ったじゃない、レモンを忘れないでと念を押したはず。

ああ、じゃあ聞こえなかったんだ、ニックは言った。

沈黙が流れた。自分の指の柔らかい腹に花の刺が食い込んで、紫になりそうなのに私は気づいた。みんなにここにいることを悟られずにどうにかしようとして、私は花を持ち替えた。

俺が近くの店まで行って買ってくるよ、ようやくニックが口を開く。この世の終わりって訳じゃないだろう。

こんなの信じられない、メリッサはくり返した。

これ、どこかに置きましょうか？　私は声に出した。花瓶に入れるとか？

部屋にいる全員が私に振り向いた。メリッサは私から花束のひとつを取り上げてじっと見た。カットが必要ねと彼女は言う。

自分がやります、私は言った。

じゃあお願い、メリッサは言う。ニックが花瓶のしまってあるところを教えてくれるから。私はダイニングでデレクの片づけを手伝う。みんな、今朝は色々とやってくれて本当にどうもありがとうね。

彼女はドアを叩きつけるように閉めて、部屋から出ていった。私は考えてしまう。この女が？こんな人があなたの愛する女性なの？　ニックは私から花束を取り上げるとカウンターに置いた。花瓶はシンクの下の棚にあった。イヴリンがはらはらしながらニックを見ている。

ごめんなさいと彼女は口にした。

謝るなよ、とニックは答える。

私も行って手伝った方がいいかも。

そうだな、君も行くといい。

イヴリンがいなくなると、ニックは花を束ねていたビニールの紐をハサミで切った。自分で全部やるからと私は彼に言う。だからレモンを買ってきて。ニックはこちらを見なかった。彼女は茎を斜めに切るのが好みなんだと彼は言う。分かるかい？　こんな風にだ。そう言って彼は角度をつけて茎を切る。私も彼女がレモンについて言ったのは聞いてなかったと言ってみた。そう聞いた彼が微笑んだところで、ボビーが私たちの背後から部屋に入ってきた。

今になって俺の味方をしてくれるんだな？　ニックは言った。

あんたは私を置き去りにして友だちを作る気なんだね、ボビーが口を挟む。

寝室を掃除しているんじゃなかったのか、彼はボビーに言った。

あの部屋だけだしと彼女は答えた。ちょっと片づければいいだけだった。私を除《の》け者にしたいの？

俺たちがいない間に何があったんだ？　ニックは言う。

ボビーは窓枠に飛び乗って足をプラプラさせていて、私は花の茎の一本一本にハサミを入れて、シンクに切れ端を落としていった。

あんたの妻は今日ちょっと尖っているよね、ボビーは言う。さっき私がリネンをたたむテクを披露しても感心してくれなかった。しかもヴァレリーが来たら「富裕層についての意地悪な発言は控えてちょうだい」だって。

ニックは物真似にゲラゲラと笑った。ボビーがいつもニックを楽しませて喜びをもたらす一方、私はどちらかというと苦悩を与えている。

午後の残りも、メリッサから様々な雑用を言い渡されて私たちは走り回った。彼女の目にはきれいに見えないというので、私はグラス類をシンクで洗い直した。デレクは花を生けた花瓶と炭酸水のボトル、清潔なグラスをヴァレリーの寝室に運んでベッドサイドテーブルに置いた。ボビーとイヴリンはリビングで枕カバーにアイロンをかけた。ニックはレモンを買いに出て、また角砂糖を買いに戻った。夕方早く、メリッサが料理をしてデレクが銀食器を磨いている間、残りのメンバーはニックの寝室に集まって座り込み、お喋りもせずにぼんやりしていた。まるで強情な子供みたい、イヴリンは言った。

ワインのボトルを開けよう、ニックは言う。

あんたは自殺願望でもあるの？　ボビーが言った。

あら。いいじゃない、イヴリンは言った。

ニックはガレージまで行って、プラスティックカップとサンセールのワインを持ってきた。ボビーは、果てた後の私みたいにニックのベッドで仰向けになって寝ている。イヴリンと私は並んで床に座っていた。ニックがカップにワインを注いでいると、デレクとメリッサがキッチンで話しているのが聞こえてきた。

ヴァレリーって本当のところはどんな人なの？　ボビーが聞いた。

イヴリンは咳払いをして答えなかった。

ボビーは了解したような声を出した。

みんなが最初の一杯を飲み終えると、キッチンからメリッサがニックを呼ぶ声がした。彼は立ち上がると、私にボトルを渡した。私も一緒に行くとイヴリンが言った。ドアを閉めて二人は一緒に出ていった。ボビーと私は部屋に残り、黙って座っていた。ヴァレリーは七時に来ると言っていた。今は六時半だ。私は自分とボビーのカップにワインをそそぎ、ベッドにもたれてまた座り込む。

ニックが自分に気があるって気づいてるんだよね？　ボビーが言う。みんなが気づいてるんだよ。あいつはいつもあんたを見ていて、自分の冗談に笑ったか気にしてるの。

私はパリッと音がするまでカップの飲み口をしゃぶっていた。見ると、白い水平な線がカップの縁についている。私は昨日のゲームの、ボビーの茶番劇について考えていた。

彼とは仲がいいの、ようやく私は口を開いた。

マジでありがちじゃない。俳優としてのキャリアはもう終ってて、結婚もダメになりかかっていて、条件は揃っているんだよ。

彼は俳優としてはそこそこ成功してるんじゃないの？

違う、彼はどう見ても有名になりたかったのに上手くいかなくて、もう歳になっちゃったんだよ。若い女と浮気でもすれば自尊心を取り戻せると思ってるんだよ。

彼はまだ三十二だよ、私は言う。

エージェントはもう見放しているんじゃないかな。それに、もう生きているだけで恥だって自分でも思っているようだし。

ボビーが言っていることを聞いている内に、肉体的にゾワッとするようなかすかな感覚が肩から広がってきた。最初はそれが何なのか分からなかった。めまいというか、ひどい病気になる直前の言葉にできないあの不快感みたいだ。こんな風になるなんて何か悪いものでも食べたか、今日の車中で何かあったかを思い出そうとした。でも前夜のことまでたどり着いて、ようやく分かった。これは罪悪感だ。

絶対に彼はメリッサをまだ愛していると思うよ、私は言った。

人は愛していても浮気するものなんだよ。

別の人間を愛している人と寝るなんて、考えただけでもへこむんだけど。

ボビーが立ち上がる気配がする。彼女はベッドから足を下ろして、今は私のつむじを見ているに違いない。

あんたはこの件についてずっと考えていたように見えるんだけど、ボビーは言う。彼に言い寄られたりしたの？

そんなんじゃないよ、誰かの二番手は面白くないだろうなって思っただけ。

そんなんじゃないって？

彼はあの人を嫉妬させたいだけなんじゃないかってこと、私は言った。

ボビーはベッドから滑り落ちてきて、持っていたワインボトルを私に手渡した。私たちは今や二の腕をぴったりくっつけて、床で一緒に座っている。私のコップの裂け目から、ワインが少しこぼれた。

複数の人間を愛せるものだよ、ボビーは言う。

異論ありだね。

複数の友だちを持つのと何が違うの？　あんたは私と友だちで他にも友だちがいる、でもだからって私を大事にしてないってことにはならない。

私は他に友だちなんかいないと言った。

ボビーは肩をすくめて、ワインボトルを取り戻す。私はカップの向きを変えて、裂け目からこぼすことなく生ぬるいワインを二口飲んだ。

あいつ、あんたを口説いたの？　彼女は聞いた。

ううん。でもそうされても興味がないって言いたいの。

あのさ、私はメリッサと一度キスしているんだけど。このことは言ってなかったよね？

私はボビーの方を向くと、首を突き出して彼女の顔を見た。ボビーは笑った。彼女はおどけて夢見るような表情をしてみせたので、いつもより余計に魅力的に見えた。

マジで？　私は聞いた。いつ？

ごめん、ごめん。誕生日パーティの日に、庭で。どっちも酔っていて、あんたはもう寝ていた。馬鹿だったよ。

ボビーはワインボトルを見つめている。いつも見る顔を半分に割ったような、彼女の横顔の不思議なラインを私は見つめていた。引っかいたのか耳の縁に小さな赤い傷跡があって、鮮やかな花のような色をしている。

何なの？　ボビーは言う。私を非難する気？

いや、まさか。

ヴァレリーの車が私道に入ってくる音が聞こえて、私たちはボトルをニックの枕の下に押し込む。ボビーは私と腕を組むと頬に軽いキスをしたので、びっくりした。彼女の肌は柔らかくて、髪からはヴァニラの匂いがする。メリッサについて私は勘違いしていたみたい、ボビーは言った。私は息を呑んだ。そうだね、私たちは勘違いばかりしている。

17

夕食には鴨とローストしたベイビー・ポテト、サラダが出た。鴨の肉はリンゴ酒のように甘く、黒くなった骨がホロホロと崩れた。失礼がないようにゆっくり食べようとしたが、私は疲れていて空腹だった。板張りの広いダイニングの窓の外では、通りに雨が降っている。ヴァレリーはいかにも上流階級といった英国アクセントで話す、冗談も言わなそうな金満婦人だった。他のメンバーが黙りこくっている中、彼女とデレクは出版業界についてのおしゃべりに興じていた。ヴァレリーによると業界の人間のほとんどが詐欺師か無能だったが、彼女は残念だというよりもそれを面白がっているかのようだった。ヴァレリーがワイングラスの汚れをナプキンの端で拭いたので、みんなが思わずメリッサを見ると、彼女の顔はバネが伸び縮みするようにこわばり、崩れていった。

メリッサが食事の前にみんなをきちんと紹介したにもかかわらず、デザートが出るとヴァレリーは私たちのどちらがボビーなのか聞いてきた。ボビーが自分だと告げると、彼女はああ、もちろんそうよねと言った。でもその美貌は長持ちしないでしょうね、残念だわ。私が歳を取ったから言えることだけど。

幸いなことにボビーが恵まれているのは美貌だけじゃないんですよ、イヴリンが言った。

まあ、でも若い内に結婚するんですね。私からの忠告ですよ、ヴァレリーは言う。男性は気まぐれですから。

そりゃクールですね、ボビーは言う。でも正直言うと、私はゲイなんで。

メリッサは顔を赤らめて、グラスに視線を落とした。私はくちびるをひき結んで、無言を通した。ヴァレリーは眉を上げ、フォークでボビーと私の間を指した。

つまり、彼女は言う。あなたたち二人は……？

いえ、違います。ボビーは答える。そうだった頃もあるけど、今は。

そうね、違うでしょうね、ヴァレリーは言った。

私とボビーはすばやく視線を交わし、笑ったり叫び出したりしないようまた目をそむけた。

フランシスは作家なんです、イヴリンが言った。

まあ、そんなようなものです、私は言った。

そんなようなものなんて言っちゃ駄目だよ、メリッサは言う。彼女は詩人です。

才能はあるの？　ヴァレリーは言った。

そう口にしながらも、彼女は私の方を見ようとはしなかった。

もちろんです、メリッサは答える。

ああ、そう、ヴァレリーは言う。詩は将来性のない分野だといつも思っていましたけど。

素人の彼女に詩の将来性について見識があるとは思えなかったし、そこにいる私の存在についても無視を決め込むような人だったので、何も言い返さなかった。ボビーはテーブルの下で私の爪先を踏むと、咳払いした。デザートを終えて、ニックがコーヒーを淹れるためにダイニングを離れたとたん、ヴァレリーはフォークを置いてドアを振り返った。

どうやら彼は具合が良くないようね、そうでしょう？　彼女は聞いた。健康状態はどうなの？

私は彼女に目をやった。私に何も言わず何も聞かないこの人が、こちらの視線を無視するのは分かっていた。

良くなったり悪くなったりです、メリッサが答える。しばらくは調子が良かったんですけど。先月はエジンバラでちょっとしたこともあって。

そう、肺炎を起こしたのよね、イヴリンが言った。

ただの肺炎じゃなかったの、メリッサが答える。

残念ねとヴァレリーは口にした。彼は本当に気概がなくて。ああなるともう自分ではどうにもできないの。昨年を覚えているでしょう。

女の子たちをこんな話に巻き込まなくてもいいんじゃないですか？　イヴリンがたしなめる。

隠し立てする必要もないでしょう、とヴァレリー。私たちはみんな知らぬ仲じゃないんだし。ニックはうつ病で大変だったの、気の毒にね。

はい、私は彼女に言った。知っています。

メリッサがこちらを見たが私は無視した。ヴァレリーはフラワーアレンジメントに目を留めると、心ここにあらずという様子で花のひとつを左にずらした。

彼のことをよく知っているようね、フランシス？　ヴァレリーは言った。

私たちはみんな知らぬ仲じゃないんじゃないですか、私は言った。

ここにきてようやく、彼女は私を見た。ヴァレリーは茶色の樹脂で作られた芸術的なアクセサリーをつけていて、美しいリングを指にいくつもはめていた。

そう、彼は私が健康状態について尋ねても気にしませんよ、ヴァレリーは言った。だったら彼がここにいる時に尋ねたら良かったんじゃないですか、私は言った。

フランシス、メリッサが私の名を呼ぶ。ヴァレリーは本当に古くからの私たちのお友だちなの。

ヴァレリーは笑い出した。やめてよ、メリッサ、私はそこまでの歳じゃないでしょう？　私のあごは震えていた。椅子を後ろに引くと、失礼させてもらって部屋を出た。遠ざかる車のリヤウィンドウから見送る犬のように、イヴリンとボビーが私を目で追っている。ニックはコーヒーカップを両手に持って廊下にいた。やあ、と彼は言った。おい、何かあったのか？　私は馬鹿みたいに何の意味もなく首を振って肩をすくめた。彼をすり抜けて、裏階段から庭へと降りた。追ってくる気配もなかったから、ニックはきっとみんなの待つダイニングに戻ったのだろう。

私は庭を下っていって、門を開けて裏道に出た。雨が降っていたが、半袖のブラウスでも寒くなかった。戸を荒っぽく閉めて、ビーチに向かって突き進む。足が水浸しになってきて、私は手の甲で自分の顔を乱暴に拭った。車のヘッドライトが白い閃光となって通り過ぎる他は、周囲に人気はなかった。街灯のない小道まで来ると、身体が冷たくなってきた。でもあの家には戻れない。雨がブラウスに染みて、コットンの布地が肌にはりつくのを感じて、私は両手で自分の身体を抱いて震えながら立ち尽くした。

ニックはヴァレリーの発言に傷ついたりしないだろう。知ったとしても、肩をすくめてやり過ごしたはずだ。まるで自分のことのように私が感じた苦痛と彼自身の思いは何の関係もなかったし、私にとってもこれが初めての経験という訳ではなかった。高校の最終学年、ボビーは生徒会長に立候補したが、三十二対十二で別の女子に投票で敗れた。ボビーはがっかりしているようだったが、精神的ダメージを受けている風ではなかった。彼女がにっこり笑って勝った子におめでとうと言ったところでベルが鳴り、みんな教科書を手にした。私は教室に戻らず、上階のトイレの個室にこもってベルがランチの時間を告げるまで泣いた、肺が痛くなり顔がすりむけるまで泣いていた。どうしてそんな激情に駆られ、屈辱に打ちのめされたのか分からないが、今もあの選挙について思い出すと、どうしようもなく目に涙が溢れてくる。

裏門が開き、サンダルの音がして、ボビーがこう言うのが聞こえた。本当にどうかしているよ。何、馬鹿な真似をしているの？　戻ってコーヒーを飲もうよ。暗闇のせいで最初はボビーの姿が見えなかったが、ごわつくレインコートから彼女の腕が私のものに差し込まれるのを感じた。なかなかの見ものだったよとボビーは言う。あんな風にカッとなる人間なんて、そうはお目にかかれない。

こんなのマジでムカつく、私は言った。

そう怒らないで。

ボビーは小さくて温かな顔を私のうなじに寄せた。私は彼女が湖で服を全部脱いだことを思い出した。

あの女は嫌い、私は口にした。

ブラックコーヒーの苦い後味がする息が顔にかかったと思った次の瞬間、ボビーが私のくちびるにキスしてきた。彼女が離れると私は手首をつかんでその顔を見ようとしたが、暗くて見えなかった。ボビーは思考のように私をすり抜けていった。

しちゃいけないよね、ボビーは言う。分かってる。でも正義に燃えるあんたはたまらなく素敵なんだもの。

私が力なく腕を下ろすと、彼女は家に戻っていった。ボビーがレインコートのポケットに手を入れて水たまりを蹴飛ばしてしぶきを上げる姿を、通り過ぎる車のヘッドライトが照らしていた。私は黙って彼女の後を追った。

家ではパーティがお開きになって人がリビングとキッチンに散らばり、音楽がかかっていた。鏡で自分の顔を見ると、血の気を失っている上に不自然なピンク色になっている。ボビーと私がキッチンに入ると、イヴリンとデレクとニックが立ったままコーヒーを飲んでいた。まあ、フランシス。イヴリンが言う。びしょ濡れじゃない。ニックはシンクを背にしていて、ポットからカップにコーヒーを注ぐと私に手渡した。目が合うだけで、お互いに何が言いたいか分かったような気がする。ごめんなさい、私は言った。イヴリンが私の腕に触れる。コーヒーをするとボビーが言った。この子にタオルを持ってくるから、いいでしょ？　まったく、あんたたちときたら。彼女はドアを閉めて出ていった。

ごめんなさい、私はまた口した。ついカッとなって。

ああ、見られなくて残念だったよ、ニックは言う。カッとなるほどの気性があるとは知らなかった。

私たちは見つめあった。ボビーが戻ってきて私にタオルを手渡す。懐かしくて不思議な彼女のくちびるを思い出し、身震いがした。何が起きているにせよ、これから何が起きるにせよ、私には抵抗する力がないみたいだった。長い間苦しめられていた高熱がようやく退いて、ただ横たわって回復するのを待っている時みたいな感じがする。

私の髪が乾くのを待って、みんなでリビングに戻ってメリッサとヴァレリーに合流した。ヴァレリーは私の姿を見て大げさに喜び、作品を是非読ませて欲しいと言ってきた。私はぎこちない微笑みを返したが、何を言えばいいのか、どうしたらいいのか分からなくて視線が泳いだ。もちろんです、私は言う。書いたものを何作かお送りします、ええ。ニックがブランデーを運んできて、ヴァレリーのために慎重に注ぐと、彼女は彼の手首を母親のように握った。ああニック、私にもあなたのようにハンサムな息子がいたらね。ニックは彼女にグラスを手渡すと言った。これほどの男が他にいますか？

ヴァレリーが寝室に退散すると、はりつめた空気の中、私たちは不機嫌に黙り込んだ。イヴリンとボビーはある映画について話し合っていたが、どうやらお互い別々の作品について言及しているらしいと分かると議論は立ち消えになって、会話は途切れた。メリッサは空《から》のグラスをキッチンに運ぶために立ち上がり、フランシス、手伝ってくれるかなと言った。私は立ち上がった。自分の母親が校長室に呼ばれるのを見ている小学生のように、ニックがこちらを気にしていた。

残りのグラスを集めてキッチンに行くと、そこは暗かった。メリッサは明かりをつけなかった。彼女は持ってきたグラスをシンクに置くと立ちすくみ、自分の顔の前で両手を握り合わせる。私は自分が運んできた分をカウンターに置くと、大丈夫ですかと声をかけた。ずっとそのままでいるので、叫び出すか、何か物を投げてくるのではないかと思った。でも彼女は急にすばやく蛇口をひねると、シンクに水を溜めようとした。

私だってあの人は嫌いなの、メリッサは言った。

私はただ彼女を見ていた。薄暗闇の中で、メリッサの姿は銀色にかすんでいる。

私があの人を好きだなんて思わないで、メリッサは言う。あの人がニックについて言っていることが正しいとか、あんな振る舞いが許されるなんて思っていない。そんなことは考えていないの。あなたが夕食の席で腹を立てたのも当然だよ。

いいえ、すみませんでした、私は言う。見苦しい真似だったって分かっています。どうしてあんなことをしてしまったんだか。

謝らないで。私だってガッツがあったら同じことをした。

私は息を呑んだ。メリッサは蛇口をひねって水を止めると、シンクの中でグラスを適当にすすぎ始めた。汚れが残っているかチェックする気もないようだ。

あの人の助けなしで次の本が出版できるか分からないの、メリッサが言う。こんなことをあなたに言うなんて悔しいけどね。

いや、そんな風に思わないでください。

それと今日の午後は動転していてごめんなさい。あなたの目にどんな風に映ったかは分かってる。昨年にいろんなことが起こってただナーバスになっていたの。でも知って欲しい、普段はあんな口をニックに利かない。見れば分かる通り私たちの関係は完璧ではないけれど、私は彼を愛しているの。嘘じゃない、本当に。

もちろんです、私は言った。

彼女はグラスをずっとすすいでいた。私は何と声をかけていいのか分からずに、冷蔵庫のとなりに突っ立っていた。彼女は濡れた手で目の下に何かを押し当てると、また作業に戻った。

あなたは彼と寝てたりしないよね、フランシス？　メリッサは聞いた。

え、何言っているんですか、私は言う。まさか。

そうだよね。ごめんなさい。こんなことを聞くんじゃなかった。

だって、あなたと結婚しているじゃないですか。

ええ、分かってる。

私は冷蔵庫のとなりで立ち尽くす。汗をかいていた。首の後ろを伝って、肩に流れていくのを感じた。舌を噛んで、何も言わないようにしていた。

よかったら戻って、みんなと一緒にいて、彼女は言った。

何て言っていいのか、メリッサ。

行って、大丈夫だから。

私はリビングに戻った。みんなが一斉に振り向いて私を見た。もう寝ますと私は告げた。みんなもそうした方がいいと言った。


その夜、ニックの部屋をノックした時、部屋の明かりは消えていた。入ってくれという声が聞こえたので、ドアを閉めて、フランシスだよ、とささやいた。ああ、そうだといいなと思っていた、彼は言った。ニックが起き上がって電気スタンドを点けると、私はベッドのそばに寄った。メリッサが投げかけた質問について話すと、私が雨の中で外にいる時に彼も同じことを聞かれたという。

俺は否定したけど、ニックは言う。君もそうした？

もちろん否定したよ。

サンセールのボトルがベッドサイドの棚にあった。私は手に取って、コルクをひねった。ニックは私が飲むのを見ていて、私がボトルを差し出すと受け取った。彼は残りを飲み干すとボトルを棚に戻した。ニックは自分の爪に視線を落とし、それから天井を仰いだ。

こういうことを喋るのは苦手なんだ、彼は言った。

じゃあ、喋らなくていいよ、私は言った。

そうか。

ベッドに入っていくと、ニックは私のネグリジェを脱がせた。私は彼の首に腕を巻きつけてギュッと引き寄せる。ニックは私のお腹にキスをして、それから太ももの内側に同じことをした。彼の舌を感じながら私は声を上げないように自分の手を噛んでいた。ニックは口を強く押しつけた。親指から血がにじむのを歯で感じる、顔が汗で濡れる。彼はこちらを見上げると、大丈夫かい？　と言った。私はうなずいたが、ベッドのヘッドボードは壁をこすっていた。ニックが膝をついて起き上がると、私の口から動物が鳴くような長い喘ぎ声が漏れた。ニックが触れると、私は脚をぴしゃりと閉じて彼に言った。ダメ、もういきそうなの。ああ、そうなんだ、ニックは言った。

彼がコンドームの箱をベッドサイドの引き出しから取り出す間、私は目を閉じていた。不意にニックが覆いかぶさるのを感じて、温もりや身体の様々な場所の重みが伝わってきた。私は彼の指に自分の指を絡ませて、その手を圧縮しようとするかのようにギュッと握る。歓喜の言葉が口から出た。焦ってすぐに終わってしまわないようにしなくては。でも深く差し込まれて、死んでしまいそうになった。彼の背中に脚を絡ませると、そうされるのがたまらなく好きだ、君がそうするのが好きなんだというニックの声が聞こえた。私たちはお互いの名前をくり返しささやき合った。そして絶頂に達した。

終わると、私は彼の胸に頭を載せて心臓の音を聞いていた。

メリッサはいい人なんだね、私は言う。あの、つまり、本当は。

ああ、俺はそう信じている。

すると私たちは悪人かな？

そうじゃないといいけど、彼は言う。少なくとも君は違う。俺はもしかしたら、そうかも。

彼の心臓は動揺しているような、惨めな時計のような音がしていた。私はボビーのオープンな恋愛関係に関するドライで観念的な意見を思い出し、冗談として持ち出そうかと考えた。本気の話ではなく、ひとつの可能性として彼の意見を聞いてみたかったのだ。

私とのことを彼女に打ち明けようとしたことはある？　私は聞いた。

彼はまるで言葉みたいなはっきりとしたため息をついた。私が起き上がると彼は話題の重さに耐えているかのような悲しげな目でこちらを見た。

言わなければいけないと分かっている、ニックは言う。俺のために嘘をついている君を見るのは苦しい。それに自分も嘘が得意なタイプじゃない。この前、君に気があるんじゃないかとメリッサに聞かれて、そうだと答えてしまったんだ。

彼の胸に手を置くと、皮膚の下で血流が脈打つのがあばらの間から伝わってきた。そうだったの、私は言った。

打ち明けてどうなる？　彼は言う。つまり、何が起こるっていうんだ？　俺が君のところに押しかけてきて欲しいとは君も思ってはいないようだし。

私が笑うと、彼もそうしてくれた。自分たちの関係の難しさに笑っていたとしても、嬉しかった。

そうだね、私は言う。でも彼女だって浮気しても家から出なかったじゃない。

そうかもしれないけど、分かるだろう。今回は状況がだいぶ違う。そりゃ、彼女に打ち明けて、好きにして、自分の思うままに生きたらいい、何を気にすることがあると言ってもらえるならいいよ。そういうことが起こらないとも言えないけど、無理かもしれないんだ。

私は彼の鎖骨を指でなぞって言った。こういうことについて最初から考えていたか思い出せない。どんな風に駄目になって不幸に終わるかなんて。

ニックはうなずいて、私を見つめた。俺は考えたよ、彼は言う。でもそうなってもかまわないと思ったんだ。

私たちはしばらく黙り込んだ。今はどう思ってる？　私は聞いた。どれだけひどい終わり方かによるとは思うけど。

いいや、と彼は言う。おかしな話だが、そういう風にはならないと考えている。でも、彼女に打ち明けるよ、それでいいかい？　どうなるか試してみよう。

私が何か言う前に、裏の階段を上ってくる足音が聞こえた。静かにしていると、足音はドアのところまで来た。それからノックの音とボビーの声がした。ニック？　彼は明かりを落とすと言った。ああ、ちょっと待ってくれ。ベッドから出てニックはスウェットパンツをはいた。私は横たわったままで彼を見ていた。ニックがドアを開ける。光の加減のせいでボビーの姿は見えなかったが、彼の背中とドア枠にもたれる腕のシルエットは見えた。

フランシスが部屋にいないの、ボビーは言う。どこに行っちゃったのか分からない。

そうなんだ。

トイレも探したし、庭にも出たんだけど。探しに行った方がいいと思う？　みんなを起こすべきかな？

いや、やめてくれ、ニックは言う。彼女は、その。ああ、まいったな。彼女は俺と一緒なんだ。長い沈黙が流れた。私からは二人のどちらの顔も見られなかった。ボビーが今日、キスをして、私が正義に燃えていると言ったのを思い出した。こんな風にニックが彼女に打ち明けるなんてひどい。どんなにひどいことか考えていると胸が痛くなる。

気がつかなかった、ボビーは言う。ごめんね。

いや、いいんだ。

そんなことない、悪かったよ。じゃあ、おやすみ。

彼もおやすみと言うとドアを閉めた。ボビーの足音が裏の階段から下階の部屋に降りていくのが聞こえた。ニックは毒づいた。畜生。私は感情を露わにしないようにした。彼女は誰にも言いつけないよ。ニックは苛立ち混じりのため息のような声を上げた。ああ、そうだな。そう願うよ。彼は別のことに気を取られていて、私の存在を忘れてしまっているようだ。私はネグリジェを着ると下階の部屋で寝ると告げた。うん、分かった、彼は言った。

翌朝、私とボビーが出発する時、ニックはまだ寝ていた。メリッサが荷物を運んで停留所まで来てくれて、バスに乗る私たちを黙って見送った。

第2部

18

八月の後半になっていた。空港でボビーに聞かれた。二人はいつからそんな関係だったの？　だから答えた。ああ、そういうことね、彼女は肩をすくめた。ダブリン空港からのバスで、私たちは病院で亡くなった女性のニュースを聞いた。気になって追っていたはずの事件なのに、もうすっかり忘れていた。ニュースについて話し合う気力はもう私たちには残されていなかった。大学に着いて降車する頃、雨がバスの窓を叩き始めた。バスのトランクルームからボビーのスーツケースを下ろすのを手伝うと、彼女はまくっていたレインコートの袖を戻した。荒れ模様だね、ボビーは言う。いつものことだけど。私は電車でバリーナに戻って母のところで何日か過ごす予定だったので、あとで電話するとボビーに約束した。彼女は手を挙げてタクシーを停め、私はヒューストン行きのバスに乗るために145番の停留所に歩いていった。

バリーナに着いたその夜、母にボロネーゼを作ってもらいながら、キッチンのテーブルで私はまとめ髪をひっぱってほどいていた。窓の外では、木々の葉がモアレの四角い布切れのように雨をしたたらせている。母から日焼けしたと言われた。指の間から髪の毛が床に落ちていくのも気にせず、私はそうかなと答えたけど、自分でもそう思っていた。

向こうに行っている間、お父さんから連絡あった？　母に聞かれた。

一度、電話してきた。私がどこにいるか知らなかったみたいで、酔っ払ってる感じだった。

母はガーリックブレッドが入っているビニール袋を冷蔵庫から出してきた。私は喉に痛みを感じて、何を言うか考えられなくなった。

あの人、いつもあんなじゃなかったよね？　私は言った。悪化してるみたいだけど。

自分の父親でしょう、フランシス。あなたの方が知っているはず。

でも毎日顔を合わせているって訳でもないし。

ヤカンのお湯が沸いて、暖炉の棚やトースターに蒸気の雲を吐き出した。私は寒さに震えた。今朝はフランスで目を覚ましたのだとは思えない。

つまりさ、あの人は結婚当初からああだった訳？　私は聞いた。

母は答えなかった。私は庭に目を向けて、カバノキに設置されている鳥のエサ箱を見た。母は愛らしく繊細な小鳥が好きで、エサ箱は彼らのためのものだ。カラスは絶対にそこには含まれない。母は見るたびに追い払う。鳥に変わりはないのではと言ったことがある。そうだけど、助けを必要としていない鳥もいるの、母は言った。

テーブルのセッティングをしていると、かすかに頭痛の気配を感じたが、無視しようとした。頭が痛いと訴えると、きちんと食事を取っていないせいで低血糖なのだと母にいつも叱られるのだが、私はその主張に裏づけとなるような医学的根拠があるのかは調べていなかった。神経か筋肉がダメージを受けたのか、食事の準備ができる頃には痛みは背中まで広がっていて、座って背筋を伸ばすだけで辛くなってきた。

食事が終わって食洗機に汚れた皿を入れるのを手伝っていると、母はテレビを観ると言った。私は自分の部屋にスーツケースを運んでいったが、階段を上っている内にまっすぐ立って歩くのさえ苦しくなってきた。目がチカチカして視界がまぶしくなってきた。身体に力を入れると、痛みが溢れて更に悪化しそうだ。私はゆっくりとバスルームに入るとドアを閉めて、洗面台に両手を押しつけた。

また出血していた。今回は服に染み出して血痕が広がっていたが、すぐにそれを脱ぐ気力もなかった。それでも洗面台で自分の身体を支えながら、いくつかの段階に分けてどうにか服を脱いだ。濡れた衣服は傷口の皮膚のようにはがれていった。ドア裏のフックにかかったままのバスローブを羽織ると、血のついた服を床に放置したまま、私はバスタブの縁に腰かけてお腹をぎゅっと押さえた。すると痛みが和らいだように思ったが、またぶり返してきてひどくなった。シャワーを浴びたかったが、こんな調子だと倒れるか気絶でもしそうだと思ったら無理だった。

血の中に皮膚の組織のような灰色のかたまりが混じっているのに私は気がついた。今まで見たこともないものに戦慄が走り、自分をどうにか落ち着かせるために、「きっとこれは現実ではない」と思い込もうとした。気がおかしくなったり幻覚によってありもしないものが見える方が、現実に起こっていることを認めるよりもマシだと考えているのか、私はパニックに陥りそうになるとそう思うのがくせになっていた。きっとこれは現実ではない。私は手の震えが止まって正常な状態に戻るのをずっと待っていたが、やがてこれが気のせいではなく、自分の身に何かが起きているのだと認めざるを得なくなった。客観的な事実を前にして嘘はつけない。こんな激しい痛みは今まで感じたこともなかった。

私はしゃがんで携帯を手に取ると、家の番号にかけた。母が出ると私は言った。ちょっとこっちに来てくれない？　すごく具合が悪いの。母が階段を上ってくるのが聞こえた。フランシス？　どうしたの？　彼女が入ってくると私は何があったか話した。あまりに辛くて、恥ずかしがって隠したりしている場合ではなかった。

あなた、生理が遅れていたの？　母に聞かれた。

どうだったか思い出そうとした。私の生理はいつも不順だったが、前の生理からは五週間、もっと言うと六週間近く経っているはずだ。

どうかな、そうだと思うけど、私は言った。どうして？

妊娠していたって可能性はまったくないの？

私は息を呑んだ。何も言わなかった。

フランシス？　母の呼ぶ声が聞こえる。

ほとんどありえないと思う。

でもまったくないとも言えないのね？

つまり、理論的にはどんなこともありえるだろうけどってこと。私は言った。

そう、なんて言っていいのか分からないけど。でもそんなに痛いのなら病院に行かなくちゃ。私は拳が白くなるほど力を入れて左手でバスタブの縁をつかんだ。そして肩越しにバスタブの中に吐いた。しばらくしてもう吐き気が襲ってこないのを確かめてから、手の甲で口を拭って言った。そうだね、病院に行かないと。

私たちは散々待たされた末、ようやく救急科病棟のベッドにありついた。母は家に戻って二時間ほど眠るというので、何かあったら電話で知らせると約束した。痛みは少し薄らいできたが、まだ消えてはいない。じゃあねと言われて母の手を握ると、彼女の手の平は大地から生えてきたかのように大きくて温かだった。

ベッドに横たわると看護師に点滴をつながれたが、何を投与しているかは教えてもらえなかった。私は天井を見て気を落ち着かせ、十から一まで数を逆に数えた。私のベッドから見る限りでは、ここの病棟の患者はほとんどが老人だったが、一人だけ泥酔しているか薬物でハイになっている若い男がいるらしい。姿は見えなかったが、叫び声と、看護師たちが通りがかるたびに男が詫びる声が聞こえてくる。そうねケヴィン、大丈夫よ、いい子ねと看護師たちが口々になだめていた。

私とたいして年齢が変わらないように見える医師が、血液サンプルの採取にやって来た。大量の血液ばかりではなく尿も必要だと言い渡されて、今までの性体験についても聞かれた。私が避妊なしでセックスをしたことはまったくないと告げると、彼は下くちびるを突き出して、まったく、ですね、そうですか、と疑わしそうに言った。私は咳払いをした。まあ、完全にという訳ではないです。そう聞いて医師はクリップボード越しに私を見た。私のことを馬鹿だと思っているのがありありと伝わってくる。

完全に避妊なしだった訳ではない？　彼は聞いた。どういう意味か分かりませんが。

自分の顔が熱くなるのを感じたが、私は精一杯平静を装ってそっけなく答えた。

いや、だから、完全なセックスではなかったという意味です。

なるほど。

そこで私は医師の顔を見た。つまり相手は私の中で射精したんじゃないっていう意味ですけど、通じていますか？　私がそう言うと彼はクリップボードに視線を落とした。今や二人の間に互いに対する敵意があるのは明らかだった。医師は最後に、尿検査で妊娠していたか判明するだろうと告げた。通常、十日間はｈＣＧが高い数値のままですから、そう言うと彼は立ち去った。

妊娠検査をするのは、私が流産したと思われているせいだ。あの組織のかたまりからそう判断したのだろうか。そう考えると、私の内部で不安が炎のように広がってきた。ちょっとしたきっかけでいつも陥る思考のパターンに、これはよく似ている。まず自分は死ぬ運命にあるのだと思い、次に他のみんなも死ぬのだと気がつき、さらにはこの宇宙のすべてが「熱的死」に至るというように、ネガティブな思考の連鎖がどんどん広がっていって、しまいには自分の体内に収まり切らなくなる。震えが止まらず、両手がじっとりと汗で濡れてきて、また体調が悪くなっていくのが分かった。そんなことをしても宇宙の死を防げるはずもないのに、私はどういう訳か自分の脚を拳で殴っていた。すると、枕の下にあった携帯からニックの番号にかかってしまった。数コール目で彼は電話に出た。自分が喋っている声は聞こえなかったけど、彼にとにかく何かを言おうとはしていたはずだ。歯をカタカタ鳴らして私は早口でまくしたてた。ニックの方はささやき声だった。

君は酒でも飲んでいるのか？　彼は聞いた。こんな電話をかけてくるなんてどういうつもりなんだ？

私は分からないと答えた。肺が焼けつくように熱くて、額が濡れているのを感じた。

こっちは夜中の二時なんだ、分かっているのかとニックは言う。他の人もまだ起きていて、みんながいる部屋から出てきたところなんだ。俺をトラブルに巻き込むつもりなのか？

もう一度私が分からないと答えると、酔っ払っているように聞こえるとまた言われた。ニックの声にはひそやかさと怒りが特別な形で入り混じっていた。ひそやかさは怒りを呼び、その怒りがひそやかさと結びついている。

もし君が俺に電話してきているのを誰かに見られたりしたら、彼は言う。まったくもう、フランシス。聞かれたらどう説明すればいいんだ？

私はそれを聞いてだんだん腹が立ってきたが、パニックになっているよりはマシだった。分かった、私は言った。さようなら。そして電話を切った。彼はかけ直してこなかったが、？マークが並んだテキストメッセージを送ってきた。今、病院と私は携帯に打ち込んだ。それからメッセージが全部無くなるまで削除キーを押し続け、一文字ずつきれいに消してしまった。終わると携帯を枕の下に戻した。

私は物事を論理的に考えようと努力してみた。不安は悪感情によって引き起こされるただの化学的な現象に過ぎない。感情はようするに単に感情であって、実体のある現実ではない。仮に私が妊娠していたとしても、もう流産しているかもしれないのだ。だったら何だろう？　もう妊娠していないのだから、アイルランド憲法や、移動の自由や、ここ最近の懐具合その他について思い悩む必要もない。それでも、ある時期まで自分でも気がつかないままニックの子供をお腹に抱えていた、というか、私とニックが不思議な形で半々に混じり合ったものでできた子供が自分の体内にいたのだ。この事実には順応しなくてはならないようだが、この「順応」というのが何を、どのようなことを意味するかは自分でも謎だし、こんなことに対してきちんと論理的でいられるのかも分からない。ここまで考えるともう疲れ果てて、私は目を閉じた。気がつくと子供は男の子だったろうかと考えていた。

数時間後に医師が戻ってきて、私は妊娠しておらず、従って流産もなく、感染症やその他の異常も血液検査からは認められなかったと断言した。この診断を聞いている時にも、こちらが汗びっしょりになって震え、怯えた犬みたいになっているのが見えているはずなのに、彼は大丈夫かとも聞かなかった。しかしだから何だというのだろう。私はもう平気なはずだ。婦人科医が八時からの回診で私を検査すると医師は言う。そして仕切りのカーテンも閉めずに行ってしまった。外は明るくなり始めていて、私は眠れなくなった。実在しない子供は消滅した存在からもともと存在していなかったものへと、新たなる非実在カテゴリーへと移動した。自分が馬鹿みたいだったし、妊娠していたと考えたなんておめでたくて今では悲しく感じる。

婦人科医は八時にやって来た。彼女は私の月経周期についていくつか質問すると、カーテンを閉めて婦人科内診を行った。彼女の手が何をしているのかはよく分からなかったが、それが何であろうと、悲惨な気持ちになるほど痛かった。まるで内部のデリケートな傷口をねじりまわされているみたいだ。終わると私は自分の身体を両腕に抱いて彼女の言うことにうなずいていたが、本当に聞いていたかどうかは分からない。相手は私の中に手を入れて今まで経験した中でも最悪の痛みを引き起こした張本人で、そんな人が自分の言ったことをこちらが覚えるものと信じて話し続ける様は、私にはとうてい正気の沙汰だと思えなかった。

他にも色々と言われたはずだが、超音波検査を受ける必要があるというのだけは覚えている。それから彼女は避妊薬の処方箋を書いて、私がそうしたかったら二種類のピルを飲んで生理を六週間に一度にすることもできると言った。私はそうしたいと答えた。超音波検査の通知は何日かしたら封書で送られてくるという。

そういう訳で、彼女は言った。もう退院していいですよ。

母が病院の玄関まで私を迎えに来てくれた。通用口のドアを閉めると、彼女は言った。戦争からどうにか帰ってきたみたいだね。もし出産が内診のようなものだったら、人類がこんなに長く存続しているなんて驚きだ、私は母に言った。母は笑って私の髪に触れた。フランシス、かわいそうに、彼女は言う。あなたをどうしたものやらね？

家に戻ると、私は午後までソファで眠り込んだ。仕事に行くけど何か必要だったら連絡して、という母のメモが残っていた。その頃にはだいぶ回復していて、背中も曲げずに歩けるようになっていたので、自分でインスタントコーヒーを淹れてトーストを焼いた。トーストにはバターを厚く塗って、小さくかじってゆっくりと食べた。それから自分が本当に清潔になったと思えるまでシャワーを浴びて、身体にタオルを巻いてのろのろと部屋まで戻った。ベッドに座ると髪から背中に水が流れ落ちてきて、私は泣いた。誰も見ていないから泣いても大丈夫だったし、このことを誰かに言うつもりもなかった。

泣き終わると、すごく寒くなった。指先が不気味な白っぽいグレイの色になりかかっている。私は身体からタオルをはがすと、髪がきしむまでドライヤーで乾かした。それから左ひじの内側の柔らかいところに手を伸ばし、親指の爪と人差し指でつまんで傷をつけた。これでいい。これでもう終わったんだ。もう何もかも大丈夫だ。

19

その午後、仕事を早引けしてきた母が冷製チキンを用意する間、私はテーブルでお茶を飲んでいた。食事の支度をしている時の母は少し私に対して冷淡に見えたので、食卓につくまで言葉は交わさなかった。

じゃあ、妊娠はしていないのね、母が口をきいた。

うん。

昨夜は確信が持てなかったみたいじゃない。

うん、でも検査の結果では確実にないって。

母はおかしそうに少し微笑むと、塩入れを取った。彼女は自分のチキンに慎重に塩をふって、胡椒引きの隣に戻した。

付き合っている人がいるなんて聞いてなかった、母は言った。

付き合ってるなんて誰が言ったの？

一緒にバカンスを過ごしたお友達じゃないでしょう。ほらあのハンサムな、俳優よ。

私は落ち着いているふりをしてお茶をすすったが、食欲はがぜん薄れた。

バカンスに招いてくれたのはその人の妻なんだけど、私は言った。

もう彼についてあんまり話さないのね。前はよく名前を聞いたものだけど。

その割に、どういう訳か名前が出てこないみたいじゃない。

それを聞いて母は声を上げて笑った。覚えてますとも、ニック・何とか。ニック・コンウェイ。顔のいい人ね。夜のテレビに彼が出ていたことがあったの、あなたのためにハードディスクに録画したと思うけど。

お気遣い、痛み入ります、お母様。

そうね、この件にあの人が関わっているとは考えたくない。

私はご飯がおいしいと口にした。料理してくれたことを母に感謝した。

私が言ってることを聞いているの、フランシス？　母が言った。

こんな話をする気分じゃないの。本当にしたくないの。

私たちは黙って食事を終えた。それから私は二階に行き、自分が爪で引っかいた腕のところを鏡で見た。少し腫れて赤くなっていて、触るとヒリッとした。

それから数日間は家にいて、寝っ転がって本を読んでいた。新学期の準備のために読んでおいた方がいい課題図書が山積みだったが、私は代わりに新約聖書を読み出した。どういう訳だか母が私の本棚のオースティンの『エマ』と『アメリカ西部開拓時代選集』の間に、革張りの表紙の小型福音書を差しておいたのだ。ネットで調べたところ、マルコ伝から始めてマタイ、ヨハネ、ルカの順番で読んでいくのがいいという。マルコ伝はあっという間に読み終わった。各章がとても短いので読みやすく、私は興味を惹かれた箇所を抜き出して赤いノートに書きとめておいた。マルコ伝ではキリストはあまり雄弁ではなかったので、他の福音ではどうなっているのか読むのが楽しみになった。

子供の頃は宗教が嫌いだった。十四歳になるまで日曜日には必ずミサに連れて行かれたが、母は神を信じていなかったし、ミサは彼女にとって私に髪を洗わせる口実として使われる社会的風習に過ぎなかった。それでも、聖書の中で、キリストは何か哲学的なことを言っているに違いないと私は考えていた。ところが実際に読んでみると、彼の言葉の大半は不可解であるどころか不愉快でさえあると判明した。持たざる者は持っているものさえさらに奪われるだなんて、私はそんなのは好きになれなかったが、自分が本当に聖書を理解しているかどうかも自信がなかった。マタイ伝にはパリサイ派が結婚についてキリストに尋ねる一節があって、私がそこを見つけたのは夜の八時か九時だったか、母は新聞を読んでいるところだった。キリストに言わせると婚礼によって男女は結ばれて一体になるのだという。だから、神が結び合わせたものを人は離してはならない。これを読んで相当に落ち込んだ。私は聖書を押しのけたが、それで気持ちは楽にならなかった。

病院を出た日、私はニックからメールを受け取った。

やあ、昨日は電話であんな態度を取ってごめん。携帯画面に君の名前があるのを誰かに見られたら大事になると思って恐かったんだ。でも誰も見ていなかったので、母からだと言っておいた（あまり心理学的に深く突っ込まないでくれ）。ただ、やっぱり様子がおかしかったようだけど。何があったんだい？

Ｐ・Ｓ　君がいなくなってから不機嫌になったってみんなに言われているよ。イヴリンは俺が君に「恋わずらい」しているなんて言うので、気まずい。

私はこのメールを何度も読み返したが、返事はしなかった。翌朝、病院から届いた封書には、私の超音波検査は十一月に予定されていると書いてあった。ずいぶんと待たされるものだと思ったが、母に言わせると公的医療だから仕方がないそうだ。でも病院ではどこが悪いか診断できなかったんだよ、私は言った。何か深刻な問題があったら退院させたりしないだろうと母は言う。私にはどうなのか分からなかった。とりあえず処方箋通りに薬を飲み始めることにした。

何度か父に電話をしたが、父は出なかったし折り返してもこなかった。街の反対側にある父の家に「ちょっと寄って」みたらと母は言う。私はまだ具合が悪いし、電話に返事がないところを見ると無駄足になりそうだから嫌だと答えた。私の言葉に対して母は、フランシス、あなたの父親でしょうと言うだけだった。これは彼女にとっておまじないのマントラのようなものらしい。私は問題を棚上げにした。父は連絡をしてこなかった。

私がまるで父のことを単なる他人のように話し、特別な恩恵を施してくれる支援者やちょっとした有名人のように扱わないのが母には気に入らないらしい。母はその苛立ちを直接私にぶつけてきたが、それは彼女が望むような形で父が私の尊敬を勝ち取れなかったという失望の表れでもあった。二人が結婚していた時代、母が枕カバーに財布を隠して寝なければならなかったのを私は知っている。父が下着のまま階段で眠りこけているのを見て母が泣いているのを目撃したこともある。父は巨大なピンクの身体を横たえ、片腕を枕にしていた。彼は人生最良の眠りであるかのようにいびきをかいていた。母は私が父を愛せないのを理解できなかった。愛さなくては駄目でしょうと十六歳の頃に言われた。自分の父親なんだから。

誰が愛さなくては駄目だなんて言ったの？　私は聞いた。

そうね、私はあなたが自分の両親を愛する人間だと信じたいの。

自分が信じたいものを信じれば。

私はあなたを人に対して親切な子供に育てたと信じている、母は言った。それが私の信じるところね。

私は人に親切だろうか？　はっきりと答えるのは難しい。もし自分の性格が、不親切だと判明したらどうしようか。この問題が気になるのは単に、私が女性で自分よりも他人を優先させるように求められていると感じているせいなのか？　「親切」というのはつまり、対立を前にした服従を表す別の言葉に過ぎないのでは？　十代の時に、日記にこんな風に書いた。フェミニストとして、私には誰かを愛さない権利がある。

私はボビーがフランスで言っていたドキュメンタリーのビデオを見つけた、一九九二年にテレビで制作された『キッド・ジーニアス！』だ。ニックは番組の主役という訳ではなく、子供は全部で六人いてそれぞれ興味の分野が異なっていた。ビデオを早送りすると本を読んでいるニックが出てきて、「ニコラス」はまだ十歳だが、古代哲学の代表作を読み形而上学について論文を書いているというナレーションが入った。小さな頃のニックはナナフシのように細い。二台の派手な車が表に停めてあるダルキーの巨大な邸宅が最初に映し出された。それからブルースクリーンを背にニックが出てきて、プラトンの理想主義について女性レポーターからの質問に得意げな顔もせずにスラスラと答えた。途中でレポーターがこんなことを聞いた。どうしてそんなに古代の世界が好きなのかな？　するとニックは、両親を探しているかのように不安げに目を泳がせた。あの、好きではないんです、彼は言う。ただ勉強しているだけで。自分を新進気鋭の哲学の一番手だと思うかな？　レポーターはユーモアたっぷりに聞いた。いいえと答えるニックの方は真面目だった。彼はブレザーの袖を引っぱっていた。まだ目が泳いでいて、誰かが来て助けてくれるのを期待しているみたいだった、そんなことになったら最悪のシナリオですね、ニックは言った。レポーターが笑うと、ニックはあからさまにほっとしていた。この人はいつも女性が笑うと安心する、私はそう思った。

病院の騒動の何日か後に、私はボビーに電話してまだ友だちかどうか聞いた。冗談っぽく聞きたかったのだが、実際に声に出すと馬鹿みたいだった。あんたは着いてすぐの夜に電話してくるかと思ってたんだけど、ボビーは言った。病院にいたのと私は打ち明けた。舌が大きくなって口の中で暴れ出したみたいだった。

それってどういうこと？　彼女が聞いた。

私は何があったか説明した。

妊娠して流産したと思われたんだね、ボビーは言う。それってちょっとありえなくない？　かな？　分かんないけど、もうどう考えていいかも分かんなかったし。

ボビーは電話に向かって聞こえるようにため息をついた。私は自分がこの件でどれだけ悲しむのが許されているかも分からないし、あの時点で感じたことについても本当は許されないことだったのではないかと考えていると説明したかった。パニックだったの、彼女にそう言いたかった。また宇宙の熱的死が頭をもたげた。あの時、私はニックに電話をかけて、そして切った。みんな自分の身に大変なことが起きたと思ってしでかしたことだったが、結局のところは何も起きていなかった。抱えきれないほどの精神的な重石になりそうな、永遠の悲しみを引き起こす可能性のあった赤ん坊という存在は、どこかに消えてなくなってしまった。私は妊娠していなかったのだから。そう感じた時点はリアルだったとしても、ありもしなかった妊娠について嘆くなんて不可能なだけではなく、不謹慎ですらあった。今までは私が自分の苦悩について分析するとボビーがそれを受け止めてくれたが、今回は議論を始めたら電話口で泣かずに済む自信がなかった。

私がニックのことについて嘘をついたと君が思っているなら、悪かったと思う、私はそう言った。

思っているなら悪かったと思う、なるほど。

色々と面倒だったんだよ。

だろうね、とボビーは言った。婚外恋愛ってきっとそういうものなんだろうよ。

まだ友だちでいてくれる？

もちろん。それで超音波のやつはいつやるの？

十一月だと私は答えた。医師に避妊なしのセックスについて聞かれた話をすると、彼女は鼻を鳴らした。私はベッドに座って足を上掛けに入れていた。反対側の壁にかかっている鏡には私の左手、つまり電話を持っていない方の手が落ち着かなげに枕カバーのシームを撫でているのが映っている。私は手を下ろして、キルトの上に置いてじっと眺めた。

それでも、ニックがコンドームなしでしようとしたなんて信じられないよ、ボビーが言う。そんなの最悪じゃん。

私は弁解がましいことを言おうとして口ごもった。ほら私たちは別に……そういうのってあるでしょう、本当にしようとした訳じゃ……。

あんたを責めているんじゃないよ、彼女は言う。あいつに驚いたって、それだけ。

私はどう答えるべきか考えようとした。ニックはいつも私の求めに応じていただけで、自分たちの犯した過ちの責任が彼だけにあるとは思えなかった。

多分、そうしようと言ったのは私だと思う、私は言った。

あんたがそういうことを言うと、まるで洗脳されてるみたいだよ。

違うの、彼って本当に言われるがままなの。

そう、でも彼は拒否できたはず、ボビーは言う。彼が言われるがままなのは、そうしておけば責任を取らずに済むからなのかもしれない。

鏡を見て、私は自分の手がまた同じことをしているのに気がついた。こんなのは私がしたかった会話ではなかった。

彼が計算高いみたいに言うんだね、私は言った。

意識的にそうしているとは言わないよ。病院にいたって、彼に話した？

私は言わなかったと答えた。泥酔しているのではないかと電話で責められたと話そうとしてまた口を開きかけたが、打ち明けるのはやめにして、同じ言葉をくり返した。ううん、言わなかったの。

でも深い仲なんでしょ、彼女は言う。あいつにいろんな話をしているじゃない。

どうかな。本当にどれだけ深いのかは分からないよ。

でも、私に話す以上にあいつに話している。

違うよと私は言った。君以上じゃないよ。彼は私が何にも打ち明けないと思ってるんじゃないかな。

その夜、私は過去にボビーとインスタントメッセージで交わした会話をまた読み直そうと決心した。彼女と別れたばかりの時にも似たようなプロジェクトを試みたが、それから何年も経って会話の記録もその分増えていた。私とボビーの友情を示すものが記憶だけではないと知ると安心するし、過去に彼女が私を好きだった証拠としてテキストが残っているおかげで、いざとなればそれで実際の愛情をつなぎとめることができるかも。あからさまだけど、それがボビーと別れた時点に真っ先に心に浮かんだことだった。彼女がある時期、私をとても好きだったのをどうしても否定できないようにしたかったのだ。

今回は、私たちの会話を時刻情報付きの長いテキストファイルにしてダウンロードした。最初から通して読むのにはあまりに量が多かったし、時系列的な一貫した流れもないので、私は決まった単語やフレーズを検索して、出てきた会話だけを読むことにした。最初に「愛」で試してみると、六ヶ月前のこんな会話が出てきた。

ボビー：もしあんたが愛を対人関係が生み出す現象以上のものとして見ているのなら
ボビー：そしてその社会的価値の構造を理解しようとしているのなら
ボビー：どちらも資本主義の真逆を行っていると言えるし、利己主義の公理に挑戦するという点では
ボビー：不平等の論理全体を規定している
ボビー：そして卑屈だし促進的だよね
ボビー：つまり、母親は何の見返りも求めず、無欲に子供を育てるけど
ボビー：それはあるレベルでは市場の要求と矛盾しているように思える
ボビー：実際にはただ無償の労働者を提供するために機能しているのに
私：それね
私：資本主義は利益のために「愛」を利用している

私：つまり言いたいのは、それを理解しているがゆえに私はアンチ・ラブなんだってこと

ボビー：それじゃ面白くないよ、フランシス

ボビー：アンチだっていうなら、言葉よりも行動で示さないと

この会話を読んだ後、私はベッドから起き上がり、服を脱いで鏡を見た。衝動のようなものに駆られて定期的にこうするのだが、いつもと特に変わったところは見られなかった。私の寛骨《かんこつ》は相変わらず不格好に骨盤の両側から突き出ているし、腹部はまだ触ると固くて丸い。私はきちんと固まる前にスプーンから振り落とされたみたいだった。肩のところには紫色の毛細血管が散らばっている。どれだけ恥辱を感じられるかチャレンジするかのように、しばらくの間、私はそこに立って自分を見つめ、自己嫌悪をどんどん募らせていった。しかし携帯の音が聞こえたのでやめて、自分のバッグを探しにいった。

携帯を手にすると、父親からの不在着信があった。折り返したが、父は出なかった。そうしている内に寒くなってきたのでまた服を着ると、私は下の階に降りて父の家に寄ってみると告げた。母はテーブルで新聞を読んでいて、目を上げなかった。いい娘ね、彼女は言った。私が元気かと言っていたと伝えてちょうだい。

私はいつものルートで街を抜けていった。上着を持たずに出てきたので、父の家について呼び鈴を鳴らしながら足踏みして自分の体を温めた。私の息でガラスが曇る。もう一度呼び鈴を押したが返事はなかった。ドアを開けても、家の中からは何の音もしない。廊下は湿気と、何か強烈

な、少し酸っぱいような臭いがした。口を縛ったゴミ袋が廊下の机の下に放置されている。私は父の名前を呼んだ。デニス？

キッチンの明かりが漏れているのが見えたのでドアを開けたが、私は反射的に顔を覆った。腐った臭いは濃厚で、熱や何かに触れたかのようにはっきりとした形で分かった。傷み具合もまちまちな食べかけの皿がテーブルやカウンターにいくつも積まれていて、その周囲に汚れたティッシュや空のボトルが散乱している。冷蔵庫のドアは半開きで、三角形の黄色い光を床に落としていた。キンバエが一匹、開けっ放しのマヨネーズの大瓶に突っ込んであるナイフに這いつくばっていて、他の四匹は飛んではキッチンの窓にぶつかっていた。ゴミ箱では、炊き上がった白米のように見える一握りの白い蛆虫が闇雲にうごめいている。私は後退りするとキッチンを出て、ドアを閉めた。

廊下でまたデニスの番号に電話をかけた。彼は出なかった。彼の家で立ちすくんでいると、見知った誰かに微笑みかけられているかのような気分だったが、その口からのぞく歯は欠けていた。自分の肉体の安全性を確保したと感じるために、また自分を傷つけたくなった。代わりに私は背を向けてそこを立ち去った。袖で手を覆って家のドアを閉めた。

20

九月の初めに文芸エージェンシーのインターンシップが正式に終わった。私とフィリップは将来の計画とここで得た学びについてサニーと最後の面談を行うことになっていたが、私は何を話せばいいのか見当がつかなかった。最終日、彼女のオフィスに行くと、サニーはドアを閉めて私に座るように言った。

それで、あなたは文芸エージェンシーの仕事はしたくないんでしょう、彼女は言った。

冗談を言われたかのように微笑んでいる私を見ようともせず、サニーは書類に視線を注いでいたが、それをそばにどけた。デスクに肘をついてあごの下で手を組むと、彼女は思案するような顔になった。

あなたについて色々と考えたんだけど、サニーは言う。何かプランがあるようには見えないの。

はい、確かにそういうものはありません。

あなたはただ落ちぶれていいと思っているのね。

サニーの背後にある窓の向こうに、ジョージアン様式の美しい建物と通り過ぎるバスが見えた。また雨が降っている。

バカンスについて教えて、彼女は言う。メリッサの記事はどんな風になりそうなの？

エターブルについて話すと、デレクはサニーの知人で、ヴァレリーについても話に聞いたことがあるという。彼女はヴァレリーを「食えない女《ひと》」と呼んだ。私は鼻にしわを寄せてみせると、彼女も私と一緒になって笑ってくれた。私は本当は自分がサニーのオフィスを離れたくないと思っているのに気がつき、完徹せずに仕事を放棄したような気持ちになった。

何をしていきたいのか自分でも分かっていないんです、私は口にした。

サニーはうなずいて、表現力豊かに肩をすくめた。

そうね、あなたのレポートはいつも出来が良かったと彼女は言った。推薦状が必要な時は当てにしてちょうだい。それにまた会う機会もすぐにあるはず。

ありがとうございます、私は言った。お世話になりました。

サニーは心配しているのか、諦めているのか分からないような顔で最後に私を見ると、またデスクの上の書類に視線を戻した。戻りがてらにフィリップを呼んできて、彼女は言った。私は言われた通りにした。

その夜、私はアパートで執筆中の長い詩の句読点の位置をいじりながら、遅くまで過ごしていた。するとニックがオンラインなのに気がついて、ハローとメッセージを送ってみた。冷蔵庫にあったミルクが酸っぱくなっていたので、私はキッチンテーブルで代わりにミントティーを飲んでいた。彼が返信してきて五日前に送ったメールは届いているかと尋ねたので、受け取ったと答えて、あの気まずい電話については気にしないで欲しいと書いた。病院についても、そこにいた理由についても彼に話す気にはなれなかった。まだ原因も分からないし、どちらにしろ面倒だ。フランスではみんなボビーと私がいなくて寂しがっていると彼は書いてきた。

私：二人とも同じくらい？
ニック：うけるね
ニック：そうだな、俺は君の方が少し上回っているかな
私：それはどうも
ニック：うん、夜に階段を上ってくる足音が聞こえると眠れなくなって
ニック：それからもう君はここにいないんだって思い出すんだ
ニック：失意のどん底に突き落とされるよ

周囲には誰もいないのに、つい笑い声を上げてしまった。こんな風に彼が付き合いやすい時は、二人の関係が一緒に書き込みをしながら編集しているワードの書類か、お互いだけに通じる長いジョークみたいに思えて嬉しい。彼が私の共作者だと思えるのが嬉しい。彼が夜中に起きて私を想っていると考えると嬉しい。

私：それはまたえらく可愛らしいね
私：私もあなたのハンサムな顔が見られなくて寂しいよ
ニック：君を思い出すバラッド（民衆の間に伝承されてきた抒情的な物語詩）があったんで送ろうかと思ったんだけど
ニック：どんなに意地悪な反応が返ってくるかと考えたら恐くなってやめちゃったよ
私：笑笑笑
私：送ってよ！
私：意地悪になったりしないから
ニック：電話で話しても大丈夫かな
ニック：飲みながらキーを打っているともどかしくて
私：そっか、酔っているんだ、どうりで優しいと思った
ニック：ジョン・キーツの詩に君みたいな名前の女が出てきたと思う
ニック：フランス風の名前だけど
ニック：この詩で何をしようとしているのか分かってくれると思うけど
私：とにかく電話して

ニックは電話してきた。電話だと酔っているようには聞こえなかったけど、眠たそうで可愛い。会えなくて寂しいとまた言い合った。手の中のミントティーが冷たくなっていった。ニックはあ

の夜の電話について何度も謝った。ひどい男だよな、彼は言う。そんなことは言わないで、私は返した。いや、俺はひどいとニックは続けた。悪い人間なんだ。エターブルでみんなどうしてるのか、あちらの天気やみんなでお城に出かけたことについて彼は話してくれた。私がインターンシップの終了のことを話すと、どっちにしろ君はあまり打ち込んでいるようには見えなかった、と彼は言う。まあ、私生活のドラマの方に気を取られていたからね、私は答えた。

あ、そうだ、聞こうと思ってたんだけど、ニックは言った。ボビーとの間はどうなってる？

俺たちの仲を知らせるのにあれは最良の方法じゃなかったけど。

うん、気まずくはある。何だか面倒だよね。

二人が別れてから、君にとってこれが初めての関係なんだろ？

そう思う、私は答えた。そのせいで落ち着かないのかな？

そうだな、君たち二人は別れてからもすごく仲が良かったし。いつも二人が一緒だったところを見ると。

でも、私を振ったのは彼女の方なんだよ。

ニックは一旦黙ってから、面白がってからかうように言った。うん。それは前も聞いたけどさ。

それって何か関係があるの？

呆れて目を回したけど、私は楽しんでもいた。カップをテーブルに置く。あー分かった、私は彼に言った。何で電話をしてきたか分かったよ、うん。

何なんだ？

テレフォン・セックスがしたいんでしょう。

ニックは笑い出した。狙い通りだったので私の気持ちは明るくなった。彼はゲラゲラ笑った。そうだな、ニックは言った。ばれてるよな。今なら彼も機嫌がいいから、慰めの言葉も聞けるかもしれないと思って病院について打ち明けたくなったが、でもそうしたら会話が深刻になるのは分かっていた。そんな暗い話をして彼を追いつめたくない。ところでさ、ニックは言った。今日、ビーチで君みたいな娘を見かけたんだ。

私みたいな娘を見かけたって人によく言われるの、私は言った。で、そう言われた人を見ると大抵平凡な容姿なんで、私は傷ついてないふりをするんだよ。

いや、俺が見た娘は違ったよ。とても魅力的だった。

他の魅力的な娘に目移りしたって話をするんだ、優しいんだね。

君に似てたんだって！　彼は言う。こんなに険のある感じではなかったかもしれないけどね。あんな娘と関係を持った方がいいのかもしれないな。

私はミントティーを一口すすって、ごくんと飲み込んだ。ニックのメールに返信もせずにずっと放っておいたなんて愚かだったけど、彼がそれについてしつこく言ったり、傷ついたふりをしないのでほっとしていた。今日は何をしていたのと聞くと、両親からの電話を避けていたので後ろめたい思いをしている、と彼は答えた。

お父さんもあなたみたいに顔がいいの？　私は言った。

何だよ、まさか彼に会いに行こうとしているの？　父はすごい右翼だよ。それに言っておくとまだ結婚しているけど、そんなの君には妨げにならないんだよな？

うお、忠告をありがとう。険があるのはどっちの方なのかな？

悪かったよ、彼は言った。君の言う通りだ、俺の父を誘惑するといい。

私って彼のタイプかな？

そりゃ、もちろん。君は俺の母にすごく似ているところがあるからね、何しろ。

私が吹き出す番だった。お芝居をしたつもりではなかったけど、笑った声がちゃんと彼に伝わるようにしていた。

冗談だよ、ニックは言った。笑ってるの、それとも泣いてる？　君は俺の母には似ていない。

お父さんは本当に右翼なの、それともそれも冗談なの？

ああ、いや、父は本当に富が作った人間なんだ。女嫌いだ。貧乏な人を本気で見下している。

彼がどんなに俺を愛しているか想像できるだろう、女みたいで俳優なんかやっている息子を、さ。

それを聞いて本気で笑った。女みたいじゃないじゃないと私は言った。あなたは猛々《たけだけ》しいほどヘテロじゃない。二十一歳の愛人までいるんだから。

そこは父に褒めてもらえそうだよ。幸いなことに、彼は知らないけどね。

私は空っぽのキッチンを見渡して言った。今日、あなたがフランスから帰ってくるのにそなえて部屋を片づけたの。

本当に？　それはいいね。テレフォン・セックスをしているんだって気になってきたよ。

うちに来るでしょう？

しばらく黙り込んでから彼は言った。もちろん。会話が本当に途切れた訳ではなかったけど、何か別のことを考えていたのは明らかだ。ニックは話題を変えた。あの夜の電話なんだけど、態度がおかしかったのは、本当は酔っていたからなのか？

あれはもう忘れて。

君は普段、電話で感情をむき出しにしないから。何か平静ではいられない状況だったんじゃないの？

電話の向こうにいるニックの背後で何かが聞こえて、それから物が割れるような音がした。どうしたんだ？　彼が声を上げた。それからドアの開く音がしてメリッサの声が聞こえた。あ、電話中だったんだ。ああ、ちょっと待っていてくれ、ニックは言った。ドアはまた閉まった。私は黙ったままでいた。

会いに行くよ、彼が静かな声で言った。もう行かなくちゃ、いいかな？

分かった。

ごめんね。

もう行ってと私は言った。自分の生活に戻って。

ニックは電話を切った。

翌日、ブルックリンに行っていた友人のマリアンヌが帰国して、向こうで遭遇したセレブリティたちについて逐一話してくれた。コーヒーを飲みながら、彼女は携帯に入っている写真を私たちに見せた。ブルックリンブリッジやコニーアイランドでマリアンヌは微笑んでいたけど、一緒に写っているピントの合っていない男がブラッドリー・クーパーのはずがないと私は内心考えていた。おおっ、とフィリップは感心している。これはクールだね。ボビーはティースプーンの裏を舐めるだけで何も言わなかった。

私はマリアンヌに再会できて嬉しかったし、彼女の抱えている問題を聞いていると、自分の人生はまったくいつも通りのように思えた。彼女の彼氏のアンドリューがどうしているか、彼が新しい仕事を気に入っているか、Facebookに元カノからメッセージが届いた時にどんな応対をしたか聞いてみた。私の方はフィリップの文芸エージェンシーでのインターンシップについて彼女に少し盛って話して、彼が作家から搾り取って大金を稼ぐエージェントになっていく様を話すと、フィリップは満更《まんざら》でもなさそうだった。武器商人になるよりはマシだろう、彼は言う。ボビーが鼻を鳴らした。何だよ、フィリップ。それがあんたの基準な訳？　彼女は言った。少なくとも武器は売らないよ、っていうのが？

この時になるともう、私の心は会話から離れていた。マリアンヌに向かってまた何か質問しようとする前に、フィリップがエタープルについて聞いてきた。ニックとメリッサはまだ向こうにいて、二週間は帰って来ないよ。向こうは「楽しかった」とボビーは彼に言った。

ニックとはチャンスがなかったの？　フィリップが私に言った。

私は彼をじっとにらんだ。マリアンヌに彼は付け加えた。フランシスは既婚者と訳ありなんだ。

ううん、なかったよ、私は言った。

フィリップはふざけているんだよ、ボビーは言う。

ニックってあの有名な？　マリアンヌが話に入ってきた。彼のこと知りたいんだけど。

私たちは友だちなのと答えた。

でも彼の方は君にもう夢中なんだよな、フィリップは言う。

フランシスったら、意外とやるね、マリアンヌが言う。彼って結婚してなかったっけ？

幸せにね、私は言った。

話題を変えようとして、ボビーは引っ越したいので近場にアパートを探しているというような話を始めた。マリアンヌがニュースで知った話によると、今は賃貸物件が不足しているらしい。

それに学生には貸してくれないって、彼女は言う。マジだよ、不動産広告を見れば分かるから。

引っ越すの？　フィリップが聞いた。

学生の受け入れ拒否が法律的に許されているなんて、マリアンヌが言う。差別だよね。

どこで探しているの？　私は聞いた。うちのアパートの部屋にひとつ、空いている寝室があるのは知っているよね？

ボビーは私を見つめて、ちょっと吹き出した。

ルームメイトもいいかもね、彼女は言う。家賃はいくらなの？

父さんに掛け合ってみるよ、私は言った。

家を訪ねたあとも、父とは話をしていなかった。その日の夕方、コーヒーを飲み終えて電話をかけると父はちゃんと出て、割合まともそうな感じだった。マヨネーズの瓶とガラスに当たる蠅の羽音を、私はどうにか頭から追い出そうとした。話すなら清潔な家に住んでいる人がよかったし、何なら私生活について知らなくて済む、声だけの相手がよかった。私たちは電話でもうひとつの寝室について話し合った。おじが内覧の準備をしていると言うので、私はボビーが部屋を探しているのだと説明した。

それは誰だ？　彼が聞いた。ボビーってのは？

ボビーは知っているでしょ、私の同級生だった。

お前の友だちだな？　それでどの友だちだ？

あの、友だちはひとりしかいないんだけど、私は言った。

お前が一緒に住みたいのは女の子じゃなかったのか。

ボビーは女の子だよ。

ああ、リンチのところの娘だな？　父は言った。

ボビーの名字はコノリーだが、母親の旧姓がリンチだったので私は訂正しなかった。おじは月六百五十ユーロで部屋を貸してくれるだろうと言われたが、ボビーの父親なら払える額だ。彼に勉強できる静かなところがいいだろうって言われたよ、とボビーが言っていた。ほんとに何も分かってないんだから。

翌日、父親が運転するジープに荷物を全部積んでボビーがやってきた。ベッドシーツとバランスアームランプの他に、三箱分の本があった。車から荷物を下ろしてボビーの父親がいなくなると、私は彼女のベッドメイキングを手伝った。私が枕カバーに枕をつめていると、ボビーは壁にポストカードや写真を貼り出した。制服姿の私たちがバスケットコートに座っている写真もある。長いタータンチェックのスカートはひどい代物で靴もぼろぼろだったが、私たちは笑っていた。自分たちの小さな二つの顔は古い祖先、あるいは私たち自身の子供であるかのようにこちらを見つめ返していた。

新学期は翌週にならないと始まらないので、ボビーは赤いウクレレを持ってきて、私が夕食を準備している間にソファに寝転んで「スペイン革のブーツ」を弾いたりしていた。彼女は私がいない日を見計らって、家具の配置を自分がくつろげるように変え、窓ガラスには雑誌の切り抜きを貼りつけた。ボビーはご近所との付き合いに興味津々だった。ある日、ひき肉を買うために精肉店に寄ると、ボビーはカウンターの向こうにいる店員に手はもう大丈夫なのかと聞いた。何の話をしているのか見当もつかなかったし、彼女が前にここに来たのも知らなかったが、見ると彼は手首に青いギプスをしている。治らないね、と彼は答えた。もう手術や何やらが必要になった。彼は赤身の肉をすくってビニール袋に詰めた。それは大変だとボビーは言った。手術はいつなの？　クリスマスだと彼は言う。どっちにしろ休みにしなくちゃならないんだから最悪だよ。ここを閉める前にマッシーのところに寄らなくちゃいけないね。彼はボビーに肉の袋を渡した。自分の墓場に行くようなものだ。

私たちの記事が掲載された雑誌はちょうど学期が始まる頃に出た。発売日の朝に私はイーソン書店に行き、雑誌のページを指でなぞって自分の名前を探した。すると、エタープブルの庭にいるボビーと私の写真が全面に載ったページにぶつかった。メリッサはいつこんな写真を撮ったのだろうか。朝食のテーブルで隣同士に座り、私は自分の顔をボビーの耳元で何かをささやくように傾け、ボビーは笑っている。光が美しい印象的な写真で、前にポーズを取らされた時のものと違って自然で温かな雰囲気があった。ボビーはこれを見てなんて言うだろう。写真に続く記事は短く、私たちのスポークン・ワードのパフォーマンスとダブリンのスポークン・ワードのシーン全般について称賛していた。記事を読んだ友人たちは私たちの写真がいいと言い、サニーもメールで褒めてくれた。フィリップはしばらく、雑誌を持ち歩いてわざとらしい声で記事を朗読していたが、そのジョークも最後には飽きられた。この手の記事はマイナーな雑誌にしょっちゅう載っているし、それにボビーと私はもう何ヶ月もパフォーマンスをしていなかった。

授業が始まると、私は再び勉強に忙殺された。フィリップと私は十九世紀の小説家たちについて意見を戦わせながら教室から教室へと渡り歩いたが、このちょっとした議論は大抵、まあ、君が正しいんだろうな、と彼が言って終わりになった。ボビーと私はメリッサに記事のお礼が言いたくて、ある日の夕方に電話をかけた。私たちはテーブルのところで一緒に腰かけてお喋りがしたかったので、スピーカーフォンで彼女を呼び出した。メリッサは私たちがいなくなってから起こった大嵐やお城への遠出について話してくれたが、私はその話ならもう知っていた。ボビーと私が同居していると知って、メリッサは喜んでいる様子だ。近い内にうちらのところに寄ってくれなくちゃ、ボビーが言う。メリッサは是非そうしたいと言った。彼女たちは明日こちらに戻ってくるという。私は袖で手を包み、テーブルの表面の小さな染みをぼんやりとこすった。

ボビーとの会話のログは引き続き読んでいたが、わざと自分を困らせているような単語を選んで検索しているんじゃないかという気持ちになってきた。「感情」という言葉で出てきたのは、大学二年の時のこんな会話だ。

ボビー：ほらあんたは自分の感情について本当のところ話さないじゃない
私：君はその考えに固執しているよね
私：私には打ち明けていない内面的な感情があるって
私：こっちは感情的じゃないってだけなのに
私：私がそういうのについて話さないのは話すことが何もないからなんだよ
ボビー：「非感情的」なんてものが人間の性質にあるとは信じないね
ボビー：そんなの思考がないって言ってるようなものじゃない
私：君は自分が感情の起伏の激しい人生をおくっているから他の人もそうだと思い込んでる
私：それと話さないからって何かを隠しているとは限らない
ボビー：もういい、分かったよ
ボビー：この件については意見の相違があるって

やり取りがみんなこういう訳ではない。「感情」では、一月のこんな会話も出てきた。

私：私は権威というものに元からいい感情を抱いてなかったんだけど
私：でもその感情が本当の信念として固まったのは君に会ってからなの
私：分かってくれてると思うけど
ボビー：でもあんたは私抜きでも結局はそこに行き着いたと思うよ
ボビー：共産主義者的な本能でね
私：そうじゃなくて、私が権威嫌いだったのは多分こうしろって命令されるとムカつくってだけの話で
私：君がいなかったらカルト教団のリーダーにでもなってたかもしれない
私：それかアイン・ランドの愛読者に
ボビー：ねえ、こうしろって命令されると私もムカつくよ！
私：でもそれは純粋な精神の発露であって
私：権力が欲しいからじゃない
ボビー：あんたはあらゆる意味において、最悪の精神分析医だよ

この会話を交わした時のことは覚えている。ボビーが私を誤解しているというだけではなく、私の言おうとしていることからわざと目をそらしているのではないかと思ってどんなに辛い気持ちがしたか。私は母の家の二階の寝室でキルトに潜り込んでいたが、手は冷たくなっていた。ボビーと離れてバリーナで過ごすクリスマスがどれだけ寂しいか分かって欲しかった。それが私の

伝えようとしていたこと、伝えようと考えていたことだった。

フランスから戻ってきて数日後、ボビーが講義でいない午後にニックがアパートにやって来た。彼を部屋に入れ、私たちは数秒間見つめ合ったが、冷たい水を飲み干しているかのようだった。彼は日焼けしていて、髪の色が明るくなっていた。もう、やだ、なんでそんなにかっこいいの、私は言った。それを聞くとニックは笑った。真っ白な美しい歯が見える。彼は廊下を見渡した。いや、いいアパートじゃないか。街の中心部だし、家賃はいくらなんだ？　父のきょうだいが持っている物件だと告げると、彼は私をじっと見た。そうか、君はちょっとした信託財産娘だったんだな。家族がザ・リバティーズに不動産を持っているなんて聞いてなかったぞ。この建物の全部、それともアパートだけ？　私は彼の腕を軽くパンチした。アパートだけだよ。彼が私の手に触れてからまたキスをすると、そうだよ、そうだよと私の喜びはささやきになって溢れ出した。

21

翌週、ボビーと私はメリッサのエッセイが掲載される本の出版記念パーティに出かけた。会場となるテンプル・バーには、メリッサがニックと一緒に来ているはずだ。私は彼が特別に気に入っているブラウスを選び、鎖骨が見えるようにいくつかボタンを外しておいた。顔の小さなしみを消そうと時間をかけて丹念にメイクし、パウダーをはたいた。ボビーは自分の準備ができるとバスルームのドアをノックして、もう行かなくちゃと言った。こちらの外見については特にコメントなしだ。どうせ私ががんばったところで、グレイのタートルネックを普通に着た彼女の美しさには敵わない。

その週、ボビーが講義でいない時を見計らって、ニックは何度か私のところにやってきた。彼はいつも、私のためにちょっとした贈り物を携えてきた。アイスクリームを持ってきたかと思うと、水曜日はオコネル・ストリートの屋台で買ったドーナツのボックスという具合だ。私たちはまだ熱々のドーナツを頬ばりながらコーヒーを飲んで、おしゃべりに興じた。最近は父と連絡を取ったかと聞かれて、私はくちびるについた砂糖をぬぐった。あの人の状況は色々と心配なんだよね。私はニックに父の家の有り様について話した。そりゃひどいと彼は言った。聞くだけでトラウマになりそうだ。私はコーヒーをひと口飲み込んだ。そうなの。もう気が動転しちゃって。

ニックにこの話をした後、ボビーとは父について話せないのに、彼が相手だと大丈夫なのはどうしてだろうと考えた。ニックは知的で、彼に話を聞いてもらうとほっとすることが多いけど、それを言うならボビーだってそうだ。ただニックは無条件に私の肩を持って、こちらが何をしようと応援してくれるけど、ボビーには誰に対しても譲れない一線というものがあって、相手が私だろうと容赦はしてくれない。ボビーと違って、ニックにはどう思われても私は恐くない。とりとめのない考えでも、私の本性が露《あら》わになるようなひどい話でも、彼は喜んで聞いてくれる。

単に私のアパートに来るだけなのに、ニックはいつもと同じように高価そうな洒落た服を着てきた。彼は服を脱ぐと、床に投げ捨てる代わりにきちんとたたんで寝室の椅子の背にかける。ニックは淡い色のシャツが好きで、洗いざらしのリネンでも、ボタンダウンのオックスフォードでも二の腕まで袖をまくるのが決まりだった。キャンバス生地のゴルフジャケットがお気に入りでしょっちゅう着ていたが、寒い日には青いシルクの裏地がついたグレイのカシミアのコートを着てきた。私はこのコートと、その匂いが大好きだった。ごく細い襟のシングル仕立てのコートだ。

水曜日、ニックがバスルームに行っている隙に私はそのコートを試してみた。ベッドを抜け出して、むきだしの腕にコートの袖を通すと、シルクの冷たさが肌に心地よかった。携帯や財布、鍵といった彼の私物のせいでポケットは重い。それが自分の物であるかのようにポケットの中身を手に取ってみた。私は鏡で自分の姿を見た。ニックのコートの中の裸身は痩せていて血の気がなく、白いろうそくみたいだった。部屋に戻ってくるとニックは私の姿を見て優しく笑った。ボビーが突然に帰ってきた場合に備えて、彼はいつも服を着てからバスルームに行く。鏡越しに二人の目が合った。

それはあげないよ、彼は言った。

でも好きなの。

残念だけど、俺も好きなんだ。

高かったの？　私は聞いた。

私たちはまだ鏡の中で見つめ合っていた。ニックは私の背後に立ち、コートをつまんで前を開いた。私は私を見ている彼を見ていた。

これは、そうだな……と彼は言う。いくらだったか覚えていないんだ。

千ユーロとか？

え？　いや、二、三百ユーロだったと思うよ。

お金があるといいよねえ、私は言った。

ニックはコートの中に手を滑り込ませて、私の胸に触れた。君が金銭について話す時の淫らな様子には興味をそそるものがあるね、彼は言う。でもこちらを不安にさせるところもある。君は俺から金は欲しくないだろう？

欲しくもあるよ、私は言う。そういう考えがよぎったりもするけど、でもそれが本当に自分が欲しいものだとは思っていない。

だけど、妙なことになるよな。俺は別に金を必要としていないから、何なら自分が持っている分を君にあげたっていい。でも君とそんな取引をするのは気がとがめるんだ。

自分が優位な立場にいるって考えるのがイヤだからじゃないの。それか、優位な立場について自覚しているって思わされるのがイヤなのかも。

ニックは肩をすくめた。彼の手はまだコートの中にあって、私に触れている。気分が良かった。ただでさえモラル的には危うい関係なのに、彼は言う。これで君にお金をあげたりしたら、もう俺の手には負えなくなるんじゃないかと思って。でも、どうだろう。君はもらったら幸せなのかもしれない。

鏡の中の彼を見ていたら、あごを少し突き出している自分の顔が視界に入ってきた。目の端でとらえた私はぼやけていて、何だか手ごわそうな女に見えた。私がコートから抜け出すと、彼の手はコートを吊るしたままになった。そしてベッドに戻ると舌を突き出してくちびるをなめた。

この関係について葛藤があるの？　私は聞いた。

ニックは抜け殻になったコートを手にして立ち尽くしている。やりとりを楽しむあまり、彼は自分の手の中に服だけが残っていることを忘れていた。

いいや、と彼は言った。うん、そうだな、でもあったとしてもぼんやりとしたものだ。

私と別れたりしないよね？

ニックははにかむように微笑んだ。そうなったら寂しい？　彼は聞いた。

私はベッドに寝そべり、よく分からないけれど笑った。彼はコートを掲げてみせた。私は脚を一本上げて、もう片方の脚とゆっくり組んだ。

あなたを言葉で打ちのめすことができなくなるのは寂しいかな、私は言った。

ニックはそばに来て横たわり、私のお腹の上に手を置いた。続けろよ、彼は言った。

あなたも私がいなくなると寂しいと思う。

打ちのめされなくなって？　きっと、そうだろうな。俺たちにとってはもう前戯みたいなものだから。君が俺には理解不能な謎めいた言葉を口にして、それに対して俺がとんちんかんなことを言って、君が嘲笑って、それからセックスするのが。

私は声を上げて笑った。彼は起き上がって、笑う私を見ていた。

最高だよと彼は言った。自分の不甲斐なさをこんな風に楽しめるなんて。

私は片方の肘をつくと、ニックのくちびるにキスをした。待ち望んでいたかのようにニックが顔を寄せくると、吸い込まれるように自分のエネルギーが彼に向かって流れていくのを感じた。

あなたに気まずい思いをさせてるの？　私は聞いた。

君は俺に時々辛く当たる。ひどいとまでは言わないけれど。だけど、今この瞬間は俺たちは上手くいってると思う。

私は自分の両手を見下ろした。じっくりと、慈しむように。私があなたにひどいことを言っているとしたら、あなたがそれで傷ついたりなんかしないように見えるからだよ。

するとニックは私を見た。馬鹿にされたと思っているのか笑顔が消えて、眉をひそめていた。

そうか、と彼は言った。でもひどいことを言われて喜ぶ奴なんていないと思うね。

でもあなたはそんなことで傷つくようなタイプじゃないでしょ、ってこと。例えば、私にはあなたが服を試着している姿が思い浮かばない。自分に何が似合うかなんて鏡を見ながら考えるような人だとは思えない。そういうのは恥ずかしいと考えてそう。

そうだな、と彼は言った。つまり、俺も人の子なので服を買う前に試着くらいはする。でも君が何を言いたいかは理解できるよ。俺は冷たくて面白味のない人間だと思われがちなんだ。

自分だけだと思っていた経験を彼と分かち合っていたと知って、興奮のあまり弾かれたように私は言った。私も人から冷たくて面白味がないって思われているよ。

本当か？　彼は言った。俺にはいつだってチャーミングに見えるけど。

突然に心をつかまれて、ニックに愛していると言いたい衝動に駆られた。椅子から立ち上がった途端に自分が酔っていると気がついた時みたいな、何だか愉快でクラクラするような感覚で、悪い気分ではなかった。ただ心から思った。私はニックに恋をしている。

そのコートが欲しいんだけど、私は言った。

ああ、そうか。あげないよ。

次の夜、出版記念パーティに私たちが着くと、ニックとメリッサはもう来ていた。二人を囲む人々の中にはデレクをはじめ、私たちが知っている顔もちらほらいた。会場に入ってくる私たちの姿が見えたはずなのに、ニックは私が彼を見ても目を合わせようとしなかった。私に気がつくとわざと目をそらして、素知らぬふりをしていた。購入する気もないくせに、ボビーと私は置いてある本をパラパラとめくった。知り合いに挨拶していると、ボビーがフィリップの居場所をメッセージで聞いている間、私は作者の経歴を読んでいるふりをした。そうしている内に朗読が始まった。

ニックは朗読しているメリッサを熱心に見つめ、ジョークには即座に反応して笑った。血迷っているのではなくて、私はニックに対して真剣な気持ちを抱いていて、自分がこの先ずっと幸せでいられるかどうかは彼との絆にかかっているのだと気がついて以来、メリッサに対してこれまでとは違う嫉妬心が芽生えていた。ニックが彼女のために毎晩家に帰るなんて、二人で一緒に夕食をとってテレビで映画を見たりするなんて信じられない。二人は何を話し合っているのだろう？　ふざけ合ったりするのだろうか？　お互いの内面について議論したり、打ち明けたりするのか？　彼は私よりもメリッサを尊敬しているのだろうか？　私よりも彼女が好きなのか？　もし私たち二人が同じ建物にいて火事で死にそうで、一人しか助けられないとしたら彼は私ではなくメリッサを選ぶのだろうか？　あんなに何度も私とセックスしておいて炎の中で見殺しにするなんて、いくら何でもひどすぎるんじゃないだろうか。

朗読を終えると、メリッサは私たちの歓声ににこやかに応えた。ニックのもとに戻って彼が耳元で何かをささやくと、彼女は歯を見せ目尻を下げて、今度は本当の笑顔を見せた。ニックは私に話す時はいつもメリッサを「俺の妻」と呼んでいる。まるで彼女が本物の配偶者ではないかのようにそう言うので、最初はそれも皮肉めいていていて面白いと思えた。今はそう思えない。ニックは私に別の人を愛しているのを知られてもかまわないと考えていて、何なら知っていて欲しいとさえ思っているのに、私たちの関係をメリッサに悟られることについては死ぬほど恐れている。この関係を恥じていて、彼女をその恥辱から守ろうとしている。彼が他の人といる時は振り返って考えたくもない人生の一部に、私の存在は封印されているのだ。

朗読が全部終わると、私はワインを一杯もらいにいった。すると炭酸水のグラスを手にメリッサと立ち話をしていたイヴリンが、こちらに向かって手を振った。朗読は素晴らしかったと私はメリッサに言った。彼女の肩越しにニックがこちらに来るのが見えたが、私に気がつくと彼はためらいを見せた。イヴリンは本の編集者について喋っている。ニックがやって来てイヴリンの肩に触れると二人は抱擁を交わし、ぎゅっと抱き合ったせいで顔からずれた眼鏡を彼女はかけ直した。ニックと私は礼儀正しくうなずき合った。今度は急に目をそらさず、こんな形で会うなんて残念だという顔で彼はそのまま私を見ていた。

とても元気そうね、イヴリンは彼に言った。本当にいい感じよ。

ニックはジムで暮らしているのも同然なの、メリッサが言う。私はワインをガブ飲みし、うがいをするように口の中で転がした。なるほど、彼女にはそう言い訳しているんだ。

じゃあ、効果があったのね、イヴリンは言う。健康で活力がみなぎっているって感じだもの。

ありがとう、ニックは言った。絶好調なんだ。

長い闘病生活から脱することができたのは自分の看病の賜物だと言わんばかりに、メリッサは誇らしそうにニックを見つめていた。でもニックの「絶好調なんだ」ってどういう意味なのだろう、私に何が言いたくてその言葉を聞かせたのだろうか。

それで、あなたの方はどうなのフランシス？　イヴリンが聞いてきた。どうしてるの？

元気でやっています、おかげさまでと私は答えた。

今日は何だか暗いよね、メリッサが私に聞いた。

イヴリンは陽気に言った。私があなたでも暗くなっちゃうよ、四六時中私たちみたいな古代人に囲まれていたらね。ボビーはどこなの？

ああ、彼女ならあそこですと私は言って、ボビーが本当にそこにいるのか確かめもせずにレジの方を指した。

古代人の相手はもう、うんざりって感じ？　メリッサに聞かれた。

いえ、まったく。何ならもっと古代でもいいくらいで。

ニックはグラスをのぞきこんでいた。

あなたに素敵な歳上の恋人を見つけなくちゃね、メリッサが言う。うんとお金持ちの女性がいい。

私にはニックの方を見る図太い神経はなかった。ただ指が痛くなるくらいワイングラスの脚をぎゅっとつかんでいた。

そんな人と付き合っても、自分が何をしたらいいのか分からないんですけど、私は言った。

彼女に愛のソネットを書いてあげればいいんだよ、イヴリンが言う。

メリッサは歯を見せて笑った。それに若さと美しさの持つ効力は侮れないよ、彼女は言った。

そのふたつって猛烈なまでの不幸を呼ぶ組み合わせじゃないんですか、私は言った。

あなたは二十一歳でしょ、メリッサは言う。猛烈に不幸で当たり前じゃない。もう、そのさなかを生きています、私は彼女に言った。

人がやって来てメリッサに話しかけたので、私はそれを機にボビーを探しにいくことにした。彼女は店の入口近くでレジ係と話し込んでいた。ボビーは自分で働いたことがないので、人の仕事の話を聞くのが大好きだ。どんなに退屈な内容であっても熱心に耳を傾けるが、だいたい聞いたそばから忘れてしまう。レジ係はニキビ面のひょろっとした青年で、自分のバンドについてボビーに夢中で話している。すると書店の店長がやって来て、私たちが誰も読んでもいなければ買ってもいない本について語りはじめた。彼らのそばに立っていると、会場の向こう側でメリッサが何気なくニックの背中に腕をまわすのが見えた。

ニックがこちらを見た瞬間、私はボビーに顔を向けて微笑み、彼女の髪をかきあげて耳元にささやきかけた。ボビーはニックに気がつくと、突然に私の手首をつかみ、それまで私が経験したこともないような強い力で握りしめてきた。痛くて思わず声を漏らすと、彼女は私の腕を離した。私は手首を自分の胸に当ててさすった。ボビーはまっすぐに私の顔を見て、恐いほど静かな声で言った。私を利用するな。鬼気迫るような表情で一瞬そのまま私を見つめると、彼女は顔をそらしてレジ係との会話に戻った。

私は上着を取りにいった。誰も私に注目していないし、私が何を考えて何をしようが気にかけたりしない、そう思うと今まで体験した覚えのないような自由を感じて、その倒錯したパワーが自分の内部で脈打ってくるかのようだった。したければ叫んだり服を剝いだりしてもいい、家に着くまでバスの前を歩いても構わない、そんなことを誰が気にするというのだろう？　ボビーは私を追いかけてこない。ニックは人前で話しかけるのも嫌がる。

誰にも帰ると告げずに、私は一人で家に戻った。表玄関のドアを開ける頃には足がガクガクしていた。その夜、ベッドに座ったまま自分の携帯にマッチングアプリをダウンロードした。更に自分の写真までアップした。メリッサが撮ったポートレートで、私が口を半開きにして大きな目をしたおばけみたいに見えるやつだ。鞄を壁にかける代わりに床に投げ捨てる音がして、ボビーが家に戻ってきたのが分かった。どうやら酔っ払っているらしく「グリーン・ロッキー・ロード」を大声で歌っている。私は暗闇の中に座り、自分の近所に住んでいる見知らぬ男たちの写真をずっとスクロールしていた。この男たちについて考えようと決めて、彼らとキスするところを想像しようとしたが、代わりにニックのことばかり考えてしまって、彼が私の枕に頭をのせてこちらを見上げ、自分の物であるかのように私の胸に手を伸ばす場面が心に浮かんだ。

革張りの福音書をダブリンに持ち帰ったのを、母には黙っていた。母はなくなったのに気がつかないだろうし、説明したとしても、私が聖書に興味を持った理由も理解してくれないだろう。福音で私が好きなのはマタイ伝で、キリストがこう言うところだ（フランシスはマタイ伝五章四十三とルカ伝六章二十七を混同している）。あなたの敵を愛しなさい、あなたを悪く言う者に祝福を与え、あなたを憎む者に親切にして、あなたを侮辱する者のために祈りなさい。敵対する相手よりもモラル的に優位でいたいというこの願望は、私にもよく分かる。キリストはより良い人間であろうとしたし、私だってそうだ。自分がキリスト的な生き方を理解していることを示すために、私はこの一節に赤鉛筆で何度もアンダーラインを引いた。

ボビーをキリストの役に当てはめてみると更に聖書を理解できる気がしたし、ほとんどに納得がいった。ボビーは聖書の言葉を真面目に朗読せずに、皮肉な調子でわざとおかしな棒読みをするに違いない。彼女は夫婦の下りは風刺的に、敵を愛すべきだという一節は心を込めて語るだろう。ボビーならば姦婦たちとも心を通わせられるだろうし、自分のメッセージを拡散する弟子の集団を率いていてもおかしくない。

出版記念パーティの翌日の金曜日、私は書店で起こったことについて長い謝罪のメールをボビーに書いた。あの時に自分がとても心細かったことを「心細い」という言葉やその同義語を使わずに説明しようとした。ごめんなさいと何度も書いた。ボビーは数分の内に返信してきた。

いいよ許す。でも最近何だかあんたが消滅していくのを見ているような気持ちになったりもする。

このメールを読んで椅子から立ち上がった瞬間に、大学の図書館にいるのを思い出したが、周囲を見渡して自分がそのどこにいるか確かめようとはしなかった。ただそのままトイレに向かって、個室に入ってドアを閉めた。酸っぱい胃液が込み上げてきて、私は便器を抱え込んで吐こうとした。自分の身体がなくなって、誰も見つけられないような場所に消えてしまったかのようだ。

そうなっても誰も悲しんだりしないよね？　ティッシュを一枚だけ取って口を拭うと、トイレに流してから上の階に戻った。私のマックブックの画面はスリープ状態になっていて、天井の明かりを反射して光っていた。また座り、メールアカウントからログアウトすると、ジェイムズ・ボールドウィンのエッセイの続きを読んだ。

出版記念パーティがあった週末、すぐに神に祈りを捧げる代わりに、とりあえずインターネットで瞑想の方法を調べてみた。目を閉じて呼吸をしながら、心を落ち着けて邪念を手放すというのが基本らしい。私は呼吸に集中して、何をするのも私の自由だと考えた。呼吸の数を数えてもいい。最終的には何を考えてもいい、自分が考えたいことは何でも考えていいはずなのだが、呼吸を数えながら五分も経つと、何も考えたくなくなった。私の心はガラスの瓶のように空っぽだった。自分が完全に消滅してしまうのではないかという恐怖を、私はこのスピリチュアルな修行に流用しようとした。私の存在は世界に溶け込んで消滅してしまうのではなく、消滅の中に生息していて、その中で浄化されて生まれ変わるのだ。しかし私の瞑想はたいがい上手くいかなかった。

父が月曜日の夜の十一時頃に電話をしてきて、今日、生活費を銀行に振り込んでおいたからと言う。呂律も回らずおかしな調子の彼の声を聞いて、罪悪感でいたたまれなくなった。そう、ありがとう、私は言った。

ちょっとばかり色をつけておいたからと彼は言う。いつ必要になるか分からないからな。

そんなことしなくてよかったのに。お金なら足りているから。

そうか、じゃあ何かいいものでも買ってくれ。

電話を切ると、階段を駆け上がってきたかのように動悸がして身体が熱くなってきた。横になってみても、落ち着かなかった。ニックがジョアンナ・ニューサムの曲のリンクを貼ったメールを送ってきていた。お返しにビリー・ホリデイの歌う「恋は愚かというけれど」のリンクを送ったが、彼は返事をくれなかった。

リビングに行くと、ボビーがアルジェリアに関するドキュメンタリーを見ていた。彼女が自分の隣のクッションをポンポンと叩いたので、私もソファに座った。

今までの人生で、自分が何をやっているのか自分でも分からないって思ったことってある？ 私は聞いた。

私はこれを見ているんだけど、ボビーは言った。

画面を見ると、古い戦争の映像に合わせてナレーションがフランス軍の役割について解説していた。時々そんな風に思えてくるの、私は言った。ボビーは人差し指をくちびるに当てて言った。フランシス、邪魔しないで。

水曜日の夜、アプリでマッチングしたロッサという男子からいくつかメッセージを受け取った。よかったら会わないかと言われたので、もちろんと返事をした。私たちはウェストモアランド・ストリートのバーに飲みにいった。彼も学生で、薬学専攻だ。子宮の問題については黙っていた。いかに自分が健康体か相手に自慢したくらいだ。彼は学校で勉強に打ち込んでいるという話をして、大変だがそれによって自分が磨かれていると感じるというので、それはよかったねと私はうなずいた。

私は今まで何かに打ち込んだことがないの、彼に言った。

だから文学なんか専攻しているんだ。

冗談だよ、ロッサは言って、学校の作文で金メダルを取ったこともあると打ち明けてきた。詩が好きなんだ、彼は言う。イエーッは最高だ。

そうだね、私は答えた。ファシズムに関してひとつ言えることがあるとしたら、いい詩人を生んだってことだよね。

ロッサはその後、詩については何も語らなかった。飲んだ後で彼のアパートに招かると、私は相手にブラウスのボタンを外されても抵抗しなかった。これって普通のことだよね、と私は自分に言い聞かせていた。みんなやっていることだよ。彼の上半身はニックとは全然違っていて貧相で柔らかく、ニックのようにセックスの前に私の身体にずっと触れながら囁きかけたりもしなかった。イントロもなく、すぐさま突入。何の快感もなく、煩わしさしかなかった。私は硬直して無口になり、ロッサがそれに気がついてやめてくれないかと願ったが、彼はやめなかった。やめてくれと頼もうかとも考えたが、そう言って無視されたら、必要以上に事態を深刻にしてしまうのではないかと思うと何も言えなかった。法律的にやばいことになるような真似はやめておこうと、私は考えた。私は横たわって、されるがままになっていた。乱暴なのは好きかと聞かれて、そんなことはないと答えたが、彼はそれでも私の髪をつかんだ。笑いたくなったが、後で優越感に浸った自分が嫌になった。

　家に帰ると、私は自分の部屋に戻って棚から絆創膏を一枚取り出した。自分は正常だと自分に言い聞かせた。私の身体も他の人と変わらない。自分の腕に爪で傷をつけると、傷口からにじんだ血がしずくに変わっていった。それから三つ数えて包みを開き、傷口の上に絆創膏を注意深く貼ると、ビニールの包みをゴミ箱に捨てた。

22

翌日、短篇を書きはじめた。木曜日は三時まで授業がなかったので、私はベッドサイドテーブルにブラックコーヒーのカップを置いて、ベッドにそのまま座り込んでいた。物語にしようなんて考えてもいなかったのに、リターンキーも押さずに打ち込んでいたら、気がついた時には短いフレーズの数々が文章を構成し、連なって散文に姿を変えていた。書き終わると三千ワード以上にふくれ上がった。何も口にしないまま、三時を過ぎてしまった。キーボードから離れた頃には、窓の外ではもう日が傾いてきていた。ベッドから出た途端に怒濤のようなめまいが襲ってきて、目に映るすべてが騒音のシャワーとなって押し寄せてきた。私はバターも塗らずにトーストを四枚食べた。ファイルに「b」とタイトルをつけて保存する。私が書いた初めての小説だ。

その夜、ボビーとフィリップと映画を観た後、ミルクシェイクを飲みに行った。ニックから返信が来ていないかと気になって、私は映画の最中に六回も携帯をチェックしてしまった。返信はなかった。ボビーはデニムのジャケットを着て、黒に近いダークなパープルのリップをつけていた。私はミルクシェイクのレシートを複雑な幾何学形に折りたたみながら、またボビーと二人でパフォーマンスをするべきだというフィリップの説得を聞いていた。私たちはやらないことについて言い訳めいたことを口にしたが、本当の理由は自分でも分からなかった。

こっちは勉強で忙しいし、ボビーが言う。それにフランシスには秘密の彼氏がいるし。

私はぎょっとしてボビーを見上げた。ショックのせいで歯がガタガタと鳴り出して、神経の末端に響いてきた。彼女は眉をひそめた。

何でよ？ ボビーは言う。こいつはもう知ってるんでしょ。この前もそれについて話してたし。

何について話してたって？ フィリップが聞いた。

フランシスとニックのことだよ、ボビーが言う。

フィリップはボビーに向かって目を見開くと、今度はこっちに視線を向けてきた。ボビーはゆっくりと片手を横にひろげて口を押さえて、小刻みに頭をふった。それだけで彼女がふざけていた訳ではなく、本気で動転しているのだと分かった。

知ってると思ってた、ボビーは言う。だってあの日、話してたから。

僕をからかっているんだよね、フィリップは言う。本当に彼と不倫なんかしている訳じゃないんだろう？

私は口元を動かして、どうにかして平静な顔を装おうとした。週末にメリッサが姉妹の家に行くというので、こっちのアパートで一緒に過ごさないかというメッセージを私はニックに送っていた。ボビーなら大丈夫とも書いた。メッセージは既読になっていたが、返信は来ていない。

だってあいつ、結婚しているじゃないか、フィリップが言う。

モラリストぶらないで、ボビーは言った。そんな態度だけは避けるべきだよ。

私がキュッとくちびるを結ぶと、口はどんどん小さくなって顔から消えていった。

あいつは離婚する気あるの？　フィリップが聞いた。

ボビーは拳で目をこすった。私は口を小さくしたまま静かに言った。ないね。

私たちのテーブルを長い沈黙が支配した後、フィリップが私を見据えて言った。君がこんな不利な立場に甘んじる人間だなんて知らなかった。当惑した顔で息をつまらせながらそんなことを口にする彼を見ていたら、私たちみんなが大人のふりをしている小さな子供みたいで、自分たちが哀れになってきた。フィリップがそのまま立ち去ると、ボビーはテーブルに残った彼の飲みかけのミルクシェイクをこちらにスライドしてきた。

ごめんと彼女は言った。あいつが知ってると本当に思ってたの。

私は息が切れるまでずっとミルクシェイクを飲んでいようと決めた。口が痛くなってきてもストローを吸っていた。頭が痛くなってきても飲み続けた。ボビーに言われるまでやめなかった。フランシス、ここで窒息するつもり？　私は平然とした顔で彼女を見返した。なあに？

その週末、ニックの招待を受けて彼の家に泊まりに行った。金曜日の夜、家に着くとニックは料理をしている最中で、その姿を見てほっとしたのか、私は彼の腕の中に飛び込むような馬鹿馬鹿しくてロマンティックな真似をしてみたくなった。でも、しなかった。ただテーブルで席に座って爪を噛んでいた。無口だねと言われて親指の爪を噛み切ってしまってから、自分で割った爪をしげしげと眺めた。

そうだ、これは言っておかなくちゃいけないかもしれないんだけど、私は言った。この間、ティンダーで会った男と寝たの。

へえ、そうなんだ？

ニックはいつものように几帳面に野菜を小さく切っている。彼は料理が好きで、しているとリラックスできると私に言っていた。

それで怒ったりしないよね？　私は聞いた。

どうして俺が怒るんだ？　君がしたかったら好きな奴と寝ればいいよ。

だよね。でも何だか馬鹿みたいだった。本当に馬鹿みたいな真似をしたと思う。

そうなんだ？　とニックは言う。どんな奴だった？

彼はまな板から目を離さなかった。みじん切りにした玉ねぎを包丁の腹でまな板の端に寄せると、今度は赤ピーマンの薄切りにかかった。

ひどかったの、私は言った。イエーツが好きだなんて言うんだよ、信じられる？　もう、マジで「インスフリーの湖島」をバーで朗読し出すのを止めなくちゃいけなかったんだから。

うわ、そりゃ君が気の毒だ。

セックスもよくなかったし。

イエーツの愛好者で、肉体関係に長けた奴なんていないよ。

私たちは互いに触れ合わずに夕食を済ませた。犬が起きてきて外に出たがったので、私は食洗機で汚れ物をきれいにするのを手伝った。ニックは煙草を吸いに外に出て、私たちは開け放したドア越しにおしゃべりをしていた。本当は私に帰って欲しいのに、失礼になると思って彼は言い出しかねているのかもしれない。ボビーはどうしているのかと聞かれた。元気だと私は答えた。メリッサはどうしているの？ 彼は肩をすくめた。ニックがようやく煙草を消すと、私たちは二階に向かった。私は彼のベッドで服を脱ぎ始めた。

それで、これは本当に君のしたいことなんだよな？ ニックが聞いた。

彼がそんな風に念を押してくるのはいつものことで、それに対して私はうんと言うか、ただうなずいて自分のベルトを外すことにしていた。ニックが不意にこう口にするのが背後で聞こえた。でも、何だか感じるんだよ、分からないけど。私が振り返ると、彼は立ち尽くしたまま自分の左の肩をさすっていた。

どうやら上の空みたいだから、と彼は言う。もし君が……もし君が他に行きたいところがあるのなら、ここに囚われたと思わなくていいんだ。

ううん。ごめん。上の空みたいに見えたのなら。

いや、俺はただ……俺は君と上手に話せていないみたいなんだ。自分のせいなのかもしれないけど、分からない。でも何だか……。

普段のニックはこんな風に言葉を濁したりはしない。私は不安になってきた。上の空みたいに見えたのならごめんともう一度言ってみた。彼の意図が理解できなくて、次に何を言い出すのかと恐くなってきた。

もし君がそうしたいという理由以外でこういうことをしているのなら、彼は言う。もうやめてくれ。俺は本当に、分かっているだろう、俺は本当にそういうのには興味がないんだ。

口ごもりながら、うん、もちろんだよと一応は答えたものの、彼が何を伝えようとしているのかよく分からなかった。私が彼に本気になるのを恐れていて、セックス以外のことには興味がないと言いたいのだろうか。でもそれがどういう意味だろうと、私はとにかくうなずいた。

ベッドでニックが上になった後は、私たちはあまり目も合わせなかった。衝動的に私は彼の手を取って自分の喉に当てて、そこに押しつけた。ニックはしばらくそのまま固まっていたが、口を開いた。俺に何をさせたいんだ？　私は肩をすくめた。殺して欲しいと心の中で言った。ニックは私の首の筋を指でなぞると、手を離した。

セックスが終わると、ニックに腕の絆創膏について聞かれた。怪我したの？　彼は言った。私は絆創膏に目を向けたが、何も言わなかった。疲れているようなニックの激しい息づかいが聞こえてくる。感じたくもないような様々なことが心を占拠してきた。自分が何にも値しない欠陥品みたいに思えた。

殴ってくれる？　私は言った。もしも私が頼んだら。

ニックはこちらを見ずに、目を閉じていた。彼は言った。うーん、どうだろう。何でそんなことを？　そうして欲しいのか？　私も目を閉じて、肺から空気がなくなりお腹がへこんでくるまでゆっくりと息を吐いた。

そう、私は言った。今殴って欲しいの。

何だって？

殴って欲しいって言ったの。

そんなことしたくない、彼は言った。

彼が起き上がって私を見下ろしているのが、目を閉じていても分かった。

そういうのが好きな人もいるよ、私は言った。

セックスの最中に？　君がそんなことに興味を持っているとは思わなかった。

私はそこで目を開けた。彼は顔をしかめていた。

なあ、大丈夫か？　彼が聞いた。どうして泣いているんだ？

泣いてなんかないよ。

でも自分が泣いているのに気がついた。話している内に目から涙がこぼれていたのだ。ニックは濡れている方の頬に触れた。

泣いているんじゃないの、私は言った。

俺に傷つけられると思っているのか？

自分の目から溢れるものが本物の涙だとは思えなかった。冷たくて湖のせせらぎみたいだ。

分からない、私は言った。ただできるかどうか聞いてみただけ。

でもそれが君のして欲しいことなんだな？

あなたになら何をされてもいい。

そうか、彼は言った。ごめん。それに何て答えていいのかが分からない。

私は手首で顔をぬぐった。気にしないでとニックに言う。もう忘れて。少し眠ろうよ。彼は最初、何も言わずに隣に横たわっていた。ニックの方を見なくても、ベッドに横たわった彼の身体から緊張感が伝わってきて、今にも起きあがろうとしているのが分かった。とうとうニックが口を開いた。前もこのことについて話したと思うけど、自分が気まずいからっていつも俺に当たらないで欲しいんだ。

そんなことはしてないでしょう、私は言った。

俺が他の女と寝てから君の家に来て、それについて自慢したら、どんな気がする？

私は固まった。ロッサとデートしたことなんてもうすっかり忘れていた。話した後のニックの反応が薄かったので、大事ではなかったかのような気がして、思い返すこともなかった。それでニックがおかしな感じになっているとは想像もしなかった。だけど、同じことを私が彼にやられたとしたら――ニックが別の女性と会って、考えなしにセックスをして、私が彼の食事を用意している時にそのことについて軽薄に話したりしたら――彼とはもう会いたくなくなるに違いないと密かに思った。でも、それとこれは話が違う。

だって、あなたは結婚しているじゃない、私は言った。

ああそうだな、ありがとう。有益な情報だな。俺が結婚しているから、君は俺にどんなひどいことをしてもいいと思っている。

被害者ぶるなんて信じられない。

そんなことはしていない、彼は言う。でも君はどんな勝手な真似をしても、何だって俺のせいにできるから、本音では俺が既婚者で得したと思ってるんじゃないのか。

こんな風に責められるのには慣れていなかったので、私は恐怖を覚えた。私は自分を自立した人間だと信じてきて、他人よりも自分の意見を優先してきた。でもニックの言うことは正しいのかもしれない。批判されない立場に自分を置いてさえいれば、私は正義の側にいると信じたままでいくらでもひどいことができる。

私たちのことをメリッサに話すって約束したよね、私は言った。みんなにいつも嘘をつかなくちゃいけなくて、私がどんな気持ちでいると思ってるの？

君はそんなに困ってなんかいないんだろう。本当のところは、俺たちの喧嘩が見たくて、彼女に告白しろとけしかけているだけなんじゃないか。

私をそんな風に見ているなら、どうしてこんなことをしているの？

分からない、彼は言った。

それを聞くと私はベッドから出て服を着始めた。私はニックにとって、彼の結婚生活を破滅させようとしている残酷で、つまらない存在なのだ。いまだ私に会っている理由がわからないし、理解できない、と彼は言う。どうしようもないほどの恥辱を感じて息もできない中で、私はブラウスのボタンをはめた。

何をしているんだ？　ニックは聞いた。

ここにはいられないと思って。

そうか、彼は言った。私はカーディガンを羽織るとベッドから立ち上がった。こんなにも悔しい思いをしているのに、それでもまだ足りないとばかり、私は彼に対して信じられないほど絶望的なことを口にしようとしていた。

問題はあなたが結婚してるってことじゃない、私は言った。問題は、私はあなたを愛しているのに、あなたの方はどうしても私を愛しているように見えないってことなの。

ニックは深く息を吸い込んだ。ずいぶんと大げさなんだな、フランシス。

馬鹿野郎、私は言った。

寝室のドアを叩きつけるように閉めて私は出ていった。階段を降りる途中で彼が怒鳴っているのが聞こえたが、何を言っているのかは分からなかった。バス停まで歩きながら、これ以上の屈辱はもう感じることはないだろうと考えた。ニックが私を愛していないのはとっくに知っていたはずなのに、求められればいつでも彼と寝たし、彼は私からどんなものを受け取っているのか理解していないだけだと、救いがたいまでに無邪気に信じていた。もう、そんな希望は消え去った。ニックは私が彼を愛していると知っていて、純粋な気持ちを利用してもかまわないと思っていたのだ。もう、どうしようもない。家に戻るバスの中で、私は窓の外の暗闇を見ながら口の中に血の味がしてくるまで頬の内側を嚙んでいた。

23

月曜日の朝、食費のために現金を引き出そうとしたら、残高不足の表示が出てATMに拒否された。私は目の奥に痛みを感じて、キャンバス地のバッグを抱えたまま雨の中、トマス・ストリートで立ち尽くした。背後にできた列に並ぶ人から「お前は観光客か、クソが」という罵倒が聞こえてきたが、もう一度キャッシュカードを入れてみた。ATMはカタカタと音を立てて私のカードを吐き出した。

バッグを頭にかざして私は銀行まで行った。四番窓口にどうぞ。涼しげな女性の声が案内をアナウンスする中、ビジネススーツの人々に混じって列に並ぶ。順番が来て窓口に通されると、ガラス越しに銀行員の少年がカードを挿入するようにと指示してきた。「ダレン」という名札をつけたその銀行員は思春期前の子供にしか見えなかった。ダレンはコンピューターの画面に目を通すと、私の口座は三十六ユーロの当座貸越になっていると告げた。

何ですって？　私は聞いた。すみません、あの、どういうことでしょう？

彼は画面をこちらに向けて、口座の最新記録を見せてくれた。私がATMから引き出した二十ユーロや、カード払いしたコーヒーの代金。この一ヶ月の入金はゼロだった。顔から血の気が引いてきて、銀行で働いているこの子供から物知らずだと思われているに違いないと考えたのをはっきりと覚えている。

すみませんでした、私は言った。

口座に入金があるはずだと思っていたんですね？

そうです。すみません。

振込手続きから入金まで、休日を除いても三日から五日間かかることがあるとダレンは親切に言ってくれた。預金額にもよりますが。

ガラスに映った自分の輪郭を見ると、青白くて気味の悪い形相をしていた。

ありがとうございますと私は言った。これで何があったか分かりました。どうも。

銀行から出ると、私は入口の近くで父の番号に電話をかけた。彼は出なかった。そこに立ち尽くしたまま母に電話をかけると、今度はつかまった。私はことの次第を説明した。

父さんは生活費を振り込んだって言ってたんだよ、私は母に言った。

じゃあ、あの人はただ忘れているだけなんでしょう、大丈夫。

でも電話してきて振り込んだって言ったの。

あの人に電話はかけてみたの？　母は聞いた。

出てくれないの。

だったら、援助してあげるからと母は言う。今日の午後、口座に五十ユーロ入金しておくから、あの人からの連絡を待っていて。それでいい？

当座貸越が出てしまったから、それだと十四ユーロにしかならないと言おうとしてやめた。

ありがとう、私は言った。

心配しないの。

通話はそれで終わった。

家に戻るとヴァレリーからメールが来ていた。私の書いたものに興味があると言っていたのを覚えているかという内容で、メールのアドレスはメリッサから教えてもらったという。少なくともヴァレリーの記憶に残るだけのことをしたのだと知ると、痛快な気持ちが胸に広がった。ディナーの席では無視したくせに、今になって私を興味深い相手だと見なしてその正体を知りたがっている。私は勝利と復讐の味に酔い、誤字脱字のチェックもせずに書いたばかりの短篇を彼女に送信した。この世界は私が蹴ってまわるための、クシャクシャに丸めた新聞紙のようだ。

その夜、また具合が悪くなってきた。二日前に二列目の薬の服用を終えたはずが、テーブルについて夕飯を取っていたら、食べ物が口の中でネバネバして嫌な感じがした。皿の中身はゴミ箱に捨てたが、臭いが胃の方に下りてきて汗が出てきた。背中が痛くなって、口に唾が溜まってくるのが分かる。手の甲を額に当てると、じっとりと濡れていて焼けるように熱かった。また身体が変になっている、それは分かっていたが、なす術《すべ》がなかった。

午前四時頃、吐き気がしてバスルームに行った。胃の中のものは全部吐いたが、みぞおちで痛みが獣のようにのたうちまわっていて、私は震えてバスルームの床に横になった。死ぬかもしれないけど、だからどうしたっていうの？　そんな気持ちがよぎった。血がどくどくと流れていくのを感じた。どうにか這っていけるまでに回復すると、私はベッドに向かった。すると、深夜にニックがこんなメッセージを送ってきていたのに気がついた。電話しようとしたんだけど、話せるかな？　彼が私に二度と会いたくないのは分かっている。ニックの忍耐強さに、私は疲れ果てていた。自分が彼にひどいことを言ったのが許せなかったし、それで判明した自分の本性を憎んでいた。今は彼に無慈悲でいて欲しい、私は罰を受けるに値する。考えつく限りもっとも残酷な言葉でなぶっていいし、息ができなくなるまで揺さぶってもいい。

朝になっても痛みはおさまらなかったが、私はそれでも授業に出ようと決めた。アセトアンフェタミンを過剰なほど摂取して、コートに身を包んで家を出る。大学までの道のりはずっと雨が降っていた。私は教室の後ろの席につくと、次に薬が飲めるタイミングを知るために、震えながらノートパソコンのストップウォッチをセットした。一緒に受講している学生たちの何人かが私に大丈夫かと声をかけてきて、授業が終わると講師にも同じことを聞かれた。いい人そうだったので、講義を何度も病欠したせいでもう後がないのだと説明した。相手は私を見つめると同情したように声を漏らした。震えながらも愛想良く微笑むと、私はアセトアンフェタミン摂取の時間を告げるアラームを切った。

授業が終わると図書館に行って、二週間後が締切のレポートに取りかかった。服はまだ雨のせいで湿っていたし、かすかな耳鳴りを右側に感じたが、どうにか気にしないようにした。論理的な判断力の低下の方が気がかりだった。「認識論」という単語の正確な意味を自分が覚えているか定かではなく、文章を読解する力が残っているのかさえも分からない。数分間、図書館の机の上に突っ伏していたら右の耳鳴りがどんどん大きくなって、まるで友だちに話しかけられているみたいになってきた。死ぬかもしれないと思ったが、そう考えたら気分がよくなってほっとした。それを切れば痛みや騒音から解放されてすべてを打ち切りにできる、そんなスイッチのような死を思い浮かべた。

図書館を出るとまだ雨が降っていて、信じられないほど寒かった。歯の根も合わなかったし、英語の言葉さえ浮かばなかった。雨が歩道の上を流れて特殊効果のような小さな波を立てている。傘を持っていなかったせいで、気がついたら顔や髪が濡れていて、まともだとは思えないほど水浸しになっていた。芸術学科の棟の前でボビーが雨宿りをしているのを見つけて、私は人と人が会ったら何と言い合うのか思い出そうとしながらそちらに向かって歩いていった。こんなに努力を強いられた経験は今までない。手を挙げて振ろうとする私に気がついてボビーがこちらにやってきたので、とっさに考えて、自分でも理解できないことを何か口にした。

不意に気を失った。意識を取り戻した時には軒下で人々に取り囲まれていて、何？　と私は言っていた。私が言葉を発したので、みんな安心したようだった。警備員がトランシーバーに向かって何か話しているようだが、私には聞き取れなかった。下腹部をつかまれたような痛みを感じながら私はどうにか起き上がって、ボビーを探した。ボビーは携帯で電話をしていて、相手の声が聞き取れないのか空いている方の手で片耳を押さえていた。チューニングの合っていないラジオのような激しい雨の音がしている。

ああ、彼女が意識を取り戻しました、ボビーは電話に向かって言った。ちょっと待って下さい。それからボビーは私を見つめた。大丈夫？　彼女は言う。清潔でどこも濡れていなくて、まるでカタログのモデルみたいだ。私の髪から顔へと水がしたたり落ちた。大丈夫、と私は答えた。ボビーは電話に戻っていったが、何を言っているのかは聞こえなかった。私は袖で顔を拭おうとしたが、袖は顔よりもずぶ濡れだった。雨宿りの場所の外ではミルクのように白い雨が降りそそいでいる。ボビーは携帯から耳を離すと、私が起き上がるのを手伝ってくれた。

ごめんね、私は言った。本当にごめん。

これって前にあったのと同じやつ？　ボビーに聞かれた。

私はうなずいた。ボビーは袖を引っぱって、それで手を包むと私の顔を拭いた。彼女のセーターは乾いていてとても柔らかかった。ありがとう、私は言った。人々は散り始め、警備員も曲がり角の向こうをチェックしに行ってしまった。

病院に戻らなくちゃいけないかな？　ボビーに聞かれた。

超音波の検査を待てって言われるだけだと思う。

じゃあ家に戻ろう。いいね？

彼女は私の脇の下に腕を回すと、タクシーの通っているナッソー・ストリートへと歩いていった。後ろの車列がホーンを鳴らしているのにもかかわらず、タクシーの運転手は歩道に寄せて、私たちを後部座席に乗せてくれた。ボビーが住所を告げると、私は頭をシートに預けて二人が喋っているのを聞きながら窓の外を見ていた。街灯に照らされた人影が天使のようだ。ウィンドウの数々や、バスの窓の中の人々が見えた。それから私は目を閉じた。

私たちの家がある通りに戻ってくると、ボビーはタクシー代を払うと言って聞かなかった。アパートの表で私は鉄の柵をつかみながら、彼女がドアを開けるのを待った。中に入るとボビーにお風呂に入りたいか聞かれた。私はうんとうなずいた。私は通路の壁に寄りかかっていた。ボビーがお風呂にお湯を溜めにいくと、私はゆっくりとコートを脱いだ。激しい痛みが身体の中で脈打っている。ボビーが私の目の前に戻ってくると、掛けるためにコートを受け取った。

服を脱ぐのに手伝いが要りそうな感じ？　彼女に聞かれた。

私は今朝ヴァレリーに送った短篇について考えていた、今になって思えばあれは間違いなくボビーについての物語だった、私がどうにもできない完璧な謎として、自分の意志では制御できないパワーとして、運命の恋人として彼女を描いた作品だった。そう思い至って私は青ざめた。どういう訳か私はそれに気がつかなかった、それともあえて意識しないようにしていたのかもしれないが、こんな時になって分かったのだ。

ドギマギしないでよね、と彼女は言う。あんたの裸なら何百回と見ているんだから。

私は微笑もうとしたが、激しく息をしていたせいでくちびるが歪んだようにしかならなかった。

思い出させないでよ、私は言った。

え、いいじゃん。そんな悪いものでもなかったでしょ。うちらは楽しんだじゃない。

何だか誘っているみたいに言うんだもの。

ボビーは笑った。あの短篇には、大学入試試験の後に知り合いの家で開かれたパーティで、私がウォッカをボトルで飲んで一晩中吐いていたことが書いてある。誰かが介抱しようとするたびに、私は相手を押しのけてこう言った。ボビーじゃなきゃ嫌。ボビーはそのパーティに来てもいなかったのに。

全然エロくない感じで脱がすから、彼女は言う。心配しないで。

お風呂はまだお湯を出したままだった。バスルームに入ると、ボビーが袖をまくって湯加減を確かめている間、私はトイレのふたの上に座っていた。お湯は熱い、と彼女は言った。私はその日着ていた白いブラウスのボタンを外そうとしたが、手が震えていた。ボビーは蛇口を締めると膝で歩いてきて手伝ってくれた。彼女の濡れた指がボタンホールに小さな水の跡を残していく。ボビーはジャガイモの皮を剝くように、いともたやすく私の腕からブラウスを引き抜いた。

これでそこらじゅう血だらけになるよね、私は言った。

ここにいるのがあんたの彼氏じゃなくて、私だけで良かったね。

いや、そんなことない。私たちは喧嘩してるの。何ていうか、うん。そんなにうまくいってないんだ。

彼女は立ち上がって、バスタブに戻っていった。急に別のことに気を取られたかのようだ。白いバスルームの明かりでボビーの髪や爪がきらめいた。

あんたが病気だって、あいつ知ってる？　ボビーに聞かれた。

私は首をふった。彼女はタオルを取ってくるとか言ってバスルームから出ていった。私はどうにか立ち上がり、服を脱ぎ終えてバスタブに入ろうとした。

短篇には私自身が出てこないエピソードが含まれている。私たちが十六歳の時、ボビーはベルリンに六週間の留学に行って、私たちと同い歳のリーゼという娘がいる家族のもとでホームステイした。そしてある夜、ボビーはリーゼと言葉を交わすこともなくベッドを共にした。リーゼの両親に聞かれないように二人は静かに愛を交わし、終わった後はそのことについて一切触れなかった。ボビーがこの出来事の感情的な面に目を向けることはなく、自分がその前からリーゼに欲望を募らせていたのか、彼女の気持ちを悟っていたのか、その行為がどんなものであったのかさえ気にとめていなかった。学校で他の誰かが同じ話をしても私は信じなかったと思うが、言ったのが他ならぬボビーだったので、すぐに本当だと分かった。私はボビーに欲望を抱いていたので、リーゼのように、彼女を自分のものにするためなら何でもしただろう。ボビーは自分が誰かと寝るのは初めてではないと私に説明する時に、この話をしてくれた。まるでただの昔の知人みたいに、特に愛情や憎しみを込めることもなく彼女がリースの名前を口にするのを見て、それから何ヶ月も、そしてきっとこれからもずっと、いつかボビーが自分の名前を同じように口にするのだと思って私はおびえていた。

石鹸の入ったお湯は少し熱すぎるくらいだった。浸かったところから足がピンクに染まっていった。無理矢理バスタブに身を沈めると、お風呂の湯は私の身体をいやらしく舐めまわした。私は痛みが自分の身体から溶け出して、お湯の中に消えていくのを想像しようとした。ボビーはドアをノックすると、自分の実家から持ってきた新品の大きなピンクのタオルを持って現れた。彼女がそれをタオル掛けにさげている間、私は目を閉じていた。ボビーがまたバスルームを出て、別の部屋へと急ぐ足音と寝室のドアが開いて閉まる音がした。電話をしているらしい彼女の話し声も聞こえた。

数分後、ボビーは戻ってくると携帯を私に差し出した。

ニックからだよ、彼女は言った。

何ですって？

ニックがあんたと喋りたいって。

私の両手は濡れていた。片手をバスタブから出してバスタオルで慌てて拭くとボビーの手から携帯を受け取った。彼女はまたバスルームから出ていった。

やあ、大丈夫か？　ニックの声がした。

私は目を閉じた。彼の声ににじむ優しさの中に潜っていきたかった、まるで私がそこでじっとしていられる窪みのように。

もうだいぶいいの、私は言った。ありがとう。

何があったかボビーが話してくれた。きっとすごく恐かっただろうね。

しばらく二人とも黙ってから、同時に話し出した。

お先にどうぞと私は言った。

彼は私に会いに来たいと言う。待っているね、私は答えた。何か必要なものはあるかと聞かれたので、ないと言った。

分かったとニックは言った。車に乗るよ。さっき言いかけたことは何だったの？

会ってから話すよ。

私は通話を切ると、携帯電話をバスマットの乾いているところにそっと置いた。それからまた目を閉じると、身体に染み込んでくるお湯の温かさや、シャンプーの人工的な果物の匂い、固いプラスティックのバスタブ、顔を濡らしていく蒸気を感じた。私は瞑想状態にあった。呼吸を数えていた。

それから十五分か三十分か分からないが、長い時間が過ぎたように思えた後、ボビーが戻ってきた。目を開けるとバスルームは輝いていて、本当にまばゆいほどで、不思議に美しかった。問題ない？　ボビーに聞かれた。ニックがこっちに来ると告げると彼女は言った。よかったね。ボビーがバスタブの縁に腰かけて、煙草を一箱とライターをカーディガンのポケットから取り出すのを私は見ていた。

煙草に火をつけるとボビーは私にこんなことを言った。あんた、本を書いているの？　私はそこで気がついた、どうして二人でパフォーマンスをやらないのかとフィリップに聞かれた時にボビーが答えなかったのは、何かが変わって、私が新しいものに取り組んでいると彼女がどこかで察していたからだ。私はそれで自信のようなものも感じたが、ボビーが私のことを全部見通しているのも知った。彼女はつまらないことやどうでもいいことに気がつくのには時間がかかるが、私の内部で起こっている本当の変化についてはボビーに隠しようがないのだ。

どうかなと私は答えた。君は書いてるの？

嫌なことを聞かれたかのようにボビーはぎゅっと片目を閉じて、また開けた。

何で本を書くんだよ？　彼女は言う。私は作家じゃないのに。

君は何をするつもりなの？　大学を卒業したら。

分かんない。大学で働くよ、できればの話だけど。

「できればの話」という言葉でボビーが私に何か大事なことを、言葉にできない、私たちの関係性が変わっていくという形でしか説明できないようなことを伝えようとしているのが分かった。裕福な家庭に育ち、熱心に読書をして、優秀な成績を収めてきたボビーが「できればの話」なんて言葉を最後に入れるのはナンセンスというばかりではなく、私たちの関わり合いの文脈において考えてもありえないようなことだった。ボビーは「できればの話」なんて言葉で私をあしらおうとするような人じゃない。ボビーにとって私はいつも、環境も人々もねじ伏せる彼女の獰猛《どうもう》で恐るべきパワーについて理解している唯一の人間であるはずだった。欲しいものは何でも手にする、それが彼女のはずだった。

その「できればの話」っていうのは何なの？　私は聞いた。

私の反応があまりにあからさまだったので、ボビーはしばらくの間は何も言わずにカーディガンの袖についた抜け毛をつまんでいた。

資本主義社会を覆《くつがえ》す予定じゃなかったの、私は言った。

まあね、でも私一人でってことじゃないよ。それに誰かが細《こま》い仕事を請け負わなくちゃいけない。

君が細《こま》い仕事向きの人間だとは思わない。

私は向いてるんだよ、ボビーは言った。

どんなつもりで「細《こま》い仕事向きの人間」という言葉を使ったのか、自分でも分からなかった。私は子育てや果物の収穫、清掃といった評価されていない仕事の価値は分かっている。思うにそれらは非常に重要な仕事だし、何よりも尊敬されるべき仕事として心に浮かぶ。大学の仕事なんてボビーには役不足だととっさに自分が言おうとしたことにも、彼女がスリルのない一般的な職に就くなんてと考えたことにも困惑させられた。皮膚がお湯と同じ温度になってきたので、私は片膝を出して冷気に当て、またお湯の中に引っ込めた。

そうだね、君は世界的に有名な教授になるんだろうね、私は言った。ソルボンヌで講義をするような。

ないね。

ボビーはいらだって何かを言いたそうにしていたが、ふと落ち着いて遠い目になった。

あんたは自分が好きな人間はみんな特別だと思ってるんだね、彼女は言った。

私は立ち上がろうとしたが、固いバスタブが骨に当たった。

私は本当に普通の人間なんだよ、ボビーは言う。あんたは誰かを好きになると、他の人間とは違うんだとその相手に信じ込ませる。ニックにもそうしているし、その前は私にもそれをやった。

違うよ。

冷酷さも怒りもにじませずにこちらを見ると、ボビーは言った。あんたを動揺させるつもりじゃなかった。

でもそうしているじゃない、私は言った。

そうだね、ごめん。

私はちょっと顔をしかめてみせた。バスマットの上でボビーの携帯電話が鳴り出した。彼女は携帯を手に取った。もしもし？　うん、ちょっと待って。そう言ってボビーは通話を切った。彼女は電話をかけてきたニックを迎えに廊下に出て行った。

私は何も考えず、何もせず、ただバスタブの中に横たわっていた。すぐにボビーがドアを開ける音がして、こう言うのが聞こえた。あの子、今日は散々だったの。だから優しくしてあげて。ニックの声がした。分かってる、そうするつもりだ。その瞬間、二人への愛があふれてきて、善《ぜん》霊《りょう》のように彼らの前に現れて人生に祝福をもたらしたくなった。ありがとう、そう言いたい。二人ともありがとう。あなたたちはもう私の家族です。

ニックはバスルームに入ってくるとドアを閉めた。あの美しいコートだね、私は言った。彼はそれを着てきた。ニックは微笑んで、片目をこすった。心配していたんだ、彼は言う。君が物に対するフェティッシュな欲望を取り戻すまでに回復して嬉しいよ。まだ痛むのかい？　私は肩をすくめた。もうそんなにはひどくないと彼に言った。彼は私をずっと見つめていた。それから足下に視線を落とした。ニックは息を呑んだ。大丈夫？　私は聞いた。彼はうなずき、袖で鼻をぬぐった。顔が見られて嬉しい、と彼は言った。その声には深みがあった。心配しないで、私は言った。私は大丈夫。天井を見上げた彼は、まるで自分を笑っているみたいで、瞳がうるんでいた。

それを聞いてほっとしたと彼は言った。

お風呂から出たいと言うと、ニックはタオル掛けからタオルを持ってきて私に渡した。バスタブから立ち上がると、彼は下品な目ではなく、特別な関係にある人の何度も見慣れた裸に対するような眼差しを私に向けた。私は彼から視線をそらさなかったし、羞恥心も感じなかった。自分の姿が彼の目にどんな風に映っているか思い浮かべようとしていた。全身が濡れていて、熱気で火照《ほて》っていて、髪の毛から肩にかけて小川のように水がしたたっている。まばたきもせず、穏やかで海のような深い表情で、彼がそこに立っているのを私は見ていた。言葉を交わす必要はなかった。彼がタオルで包んでくれると、私はバスタブから出た。

24

私が部屋で清潔なパジャマに着替えて、髪をタオルで乾かしている間、ニックはベッドに座っていた。ボビーが自分の部屋でウクレレを弾くのが聞こえてきた。安らぎが自分の中からあふれ出ていくようだ。私は疲れ切って衰弱していたが、その状態にすらどこかで穏やかなものを感じていた。ようやくニックの隣に座ると、彼は私に腕をまわした。彼のシャツの襟から煙草の匂いがした。身体のことについて聞かれたので、私は八月に入院したと打ち明けて、超音波検査を待っているところだと言った。彼は私の髪に触れて、教えてくれないなんてひどいじゃないかと言った。同情して欲しくなかったのだと言うと、彼はしばらく黙り込んでいた。

この前の夜は本当にごめん、彼は言った。君が俺を傷つけようとしているんじゃないかと思って、過剰に反応してしまった、すまなかった。

どうしてか分からないけど、私はこう言うことしかできなかった。もういいから、心配しないで。それだけだったけど、彼をなぐさめようと精一杯言った。

分かったよ、彼は言う。じゃあ、俺の話を聞いてくれるか？

私はうなずいた。

メリッサに話したんだ、彼は言う。君と付き合ってるって。そう言ってよかったのかな？

私は目を閉じた。どうなったの？　静かに言った。

かなり話し合った。彼女は大丈夫だと思う。君と別れるつもりはないと言ったら理解してくれた、だから。

言わなくてもよかったのに。

最初からこうするべきだった、彼は言う。君にこんな辛い思いをさせずに済んだ、俺が意気地なしだったんだ。

私たちはふと黙り込んだ。私は身体中の細胞のひとつひとつがそれぞれの眠りに落ちていくような、幸福な脱力感を覚えた。

自分が立派な人間じゃないのは分かっている、彼は言う。でも君を愛している、分かってるよね。もちろん愛してるさ。今まで君に言わなくてごめん、君がその言葉が欲しいか分からなかったんだ、すまない。

私は微笑みを浮かべた。まだ両目を閉じていた。何もかも自分の間違いだったと分かってよかった。いつから私を愛してたの？　私は聞いた。

初めて会った時から、じゃないかな。もっと哲学的に考えて言うなら、会う前から君を愛していた。

そう言ってもらって、すごく幸せ。

本当？　彼は聞いた。じゃあ、よかった。君をすごく幸せにしたいんだ。

私も愛している。

ニックは私の額にキスした。私に話しかける彼の言葉は明るかったけど、声に気持ちがこもっていて胸がいっぱいになった。さあ、と彼は言う。ねえ、君はもう充分に苦しんだんだ。これからはうんと幸せになろう。


翌日、メリッサからメールがやってきた。それが届いた時、私は図書館で自分のメモをパソコンに打ち込んでいる最中だった。そのメールを見る前に、図書館のデスクの狭間をひとまわりして来ようと決めた。私はゆっくりと椅子から立ち上がって、歩きはじめた。図書館の中は、何もかもが褐色だった。窓の外では木々の間を風が激しく吹き抜けている。クリケット場では、短パン姿の女子たちが小さなピストンみたいに腕を上下させながらランニングしていた。私は自分の席をちらっと見て、ノートパソコンがまだそこにあるのを確認した。虚空に向かって不吉な光を放っている。自分の肉体に課した忍耐力のテストのように、私は図書館のデスクの間を徘徊していたが、道半ばで席に戻った。それからメールを開いた。

　こんにちはフランシス。私はあなたに怒っているわけじゃないって、知っておいて下さい。連絡をしたのは、この件について私たちの認識を同じにしておくのが重大と考えたからです。

ニックは私と別れる気はないし、私も彼とは別れたくありません。私たちはこのまま一緒に暮らし、夫婦のままでいます。私がこう書くのは、ニックが正直にあなたに話すと思えないからです。彼は人間として弱いところがあるし、とっさに相手が求めていることを言ってしまう傾向があります。つまり、あなたが心の底で、彼と将来的に結婚するのを夢見て私の夫と寝ているのなら、深刻な間違いを犯しているということです。彼は私とは離婚しないし、したとしてもあなたとは結婚しません。それと、もし彼の愛情によって、自分が素晴らしい人間だとか、知的だとか、魅力的な人間であることが証明されると思って彼と寝ているのなら、そもそも彼はルックスのいい人間や高潔な人間に惹かれるタイプではないと釘を刺しておきます。彼が好きなのは、彼自身の選択について相手に全責任を負ってもらえること、ただそれだけです。現在の関係性のままあなたが自尊心を維持するのは不可能です。彼の何にでも大人しく従うところが今は魅力として映っているのかもしれませんが、結婚生活を送っているとそれに本当にうんざりさせられます。彼が病的なまでに従順なせいで喧嘩するのも不可能だし、彼に怒鳴っていると自分を憎むようになってくるのです。今日、彼にずっと怒鳴っていて思い知りました。彼が私に隠れて二十一歳と寝ていても、私自身の過去のあやまちと呼ばれるもののせいで本当の意味で感情に酔う訳にもいかず、その点についても腹が立っています。こんな目に遭った人が誰しも感じるようなことを、私も感じているのです。しょっちゅう泣きわめいていますし、泣き出すと一時間以上はずっと泣いています。でも文芸フェスティバルで女性と一度寝たし、その何年か後にニックが精神病院にいた時期に彼の親友と浮気を始めて、彼が気づいてからもやめなかったというせいで、私の気持ちはどうでもいいと思われているのです。自分がモンスターだと分かっているし、彼も私についてひどいことをあなたに言っているのでしょう。時折、こんなことを考えている自分に気がつきます。そんなに私がひどい人間だっていうのなら、どうして彼は私と別れないの？　だけど自分の連れ合いに対してそんな考えを抱くのがどういう類の人間かっていうことは、私にも分かっています。そう思って連れ合いを殺してしまうようなタイプの人間なのでしょう、きっと。私はニックを殺そうとしたりはしませんが、あなたは知っておくべきです、私に殺されそうになっても、ニックは無抵抗で受け入れるでしょう。私が殺そうとしているのに気がついたとしても、それを指摘したら私が腹を立てるのではないかと恐れて彼は口に出すのもためらうはずです。この人はみじめで、卑屈ですらあると思ってばかりいたので、彼を愛せる自分以外の誰かがいるという可能性についてもすっかり忘れていました。他の女たちは彼の本性を知ると興味をなくすのです。でも、あなたは違いますよね。彼を愛しているのですよね？あなたのお父さんがアルコール依存症だと彼から聞きましたが、私の父もそうです。私たち二人がニックに惹かれるのは、子供時代には持てなかった、物事をコントロールできるという安心感を彼が与えてくれるからなのかもしれません。あなたとは何でもないし、単にちょっといいなと思っただけだと彼に言われて、本当に信じてしまっていました。私が安心したのは、そんなにいけないことだったのでしょうか？　そう、彼はあなたとは夏にしか会っていないし、あの時点の彼はまだ自分を取り戻していなかったけど、今はあの頃よりも回復しているとも思ったのです。でも、今はあなたが彼の回復に作用していた、あるいはあなたの作用によって彼が回復したのだと分かっています。あなたは私の夫を癒してくれましたね？　何の権利があってそんなことをしたのですか？　彼が昼間に起きていられるようになったのに、私は気づいていました。彼はまたメールに返事をするようになったし、電話に出るようにもなりました。私の仕事中に、ギリシャの左翼活動家についての面白い記事を送ってくれたりもします。あなたにも同じ記事が送られてきたのでしょうか、それとも個々に違うのでしょうか？　あなたがとても若いということについて、自分が脅威に感じているのは認めます。自分よりも若い女に夫が入れ上げていると思うと、驚くほどに打ちのめされます。彼と一緒になるまでは気づきませんでした。二十一歳は若いですよね？　でも、もしあなたが十九歳だったら、それでも彼は同じことをしたのでしょうか？　彼は密かに十五歳の少女に魅力を感じる三十男のような変態なのだと思いますか？　「ティーン」という単語でネット検索したことがあるのでしょうか？　私たちの人生にあなたが現れる前は考える必要もありませんでした。彼は今、私を憎んでいるのでしょうか。他の人と付き合っているのが自分だった時、私は彼を憎んでいませんでした。本当のところ、彼への愛が深まったくらいでしたが、もし彼が同じことを言ってきたら、唾を吐きかけたくなるでしょうね。私が何よりもショックだったのは、彼が楽な道を取ろうとしないし、あなたと別れようとしないことです。それで自分の立場が乗っ取られたと知りました。彼はまだ私を愛していると言いますが、私の懇願にも聞く耳を持たないというのなら、どうやってその言葉を信用すればいいのでしょう？

もちろん私には彼はこんな大げさな反応をしなかったし、私はずっとその件についてはラッキーだったと感じていました。今は、そもそも彼が私を愛したことなんてあるのか疑問だと考えています。自分が愛してもいない相手との結婚生活など想像もできませんが、ニックがやろうとしているのはまさにそういうことで、それも忠誠心を示し罰を切望する気持ちからなのです。あなたも彼のそういう面を知っているのでしょうか、それとも私だけなのでしょうか？　私にはあなたと友だちになりたいと望んでいるところもあります。あなたはひどく冷淡だし、打ち解けない子だと思っていましたが、それはボビーについて、私が妬ましいと思っているせいだと最初は考えていました。でも今は、自分が感じていたのは嫉妬だったし、恐怖だったと理解しているので、違う目であなたを見ています。でもあなたは嫉妬する必要はありません、フランシス。ニックにとってあなたはきっと、幸福そのもののような存在なのでしょう。彼があなたについて、大人になってから巡り合った素晴らしい恋愛の相手として考えているのは間違いないと思います。誰かに隠れてそんな激しい関係に陥るなんて経験は彼にはなかったし、私にもありませんでした。彼にあなたと会わないでくれと言えないのは分かっています、たとえそうしたくても。彼と会わないでくれとあなたに頼むこともできますが、どうしてそうしなくてはいけないのでしょう!?　現在、物事はいい方向に向かっています、私から見ても。以前の私は夕方に帰宅し、目にするのは彼がすでに寝ている姿でした。寝てなければ、彼は起きてからチャンネルも変えずにずっとテレビを見ていました。一度など私が帰宅すると、彼がチアリーダー同士がキスをしているソフトコアポルノみたいな映画を観ているのに出くわしたことがありますが、彼はこちらに目を向けると肩をすくめるようにし、「見ているって訳じゃないけど、リモコンが見つからなくて」と言ったのです。当時は彼を信じないふりをしたのですが、それは彼が本当にチアリーダーの映画を観ているならまだしも、彼がリモコンも探せないほどひどいうつ状態で、仕方がなく座ったまま観たくもない映画を眺めていたと考えるよりもマシだろうと思ったからです。こうしながらずっと、今月、私が夕方に帰宅した時のことを思い出していますが、彼はいつも料理をしていたし、ラジオで何かを聞いていました。それにきれいにひげを剃っていたし、私にその日どうだったか聞いてくれたし、洗濯機にはいつも彼のジムウェアが入っていました。たまに彼が自分に見入るように鏡の前にいるところに遭遇することもあります。そう、私が分かっていないはずがないじゃないですか？　だけど私は彼に幸せでいてほしいとずっと言ってきたし、その言葉に偽りはなかったのだとようやく理解しました。それこそが私の願いなのです。たとえそれがこんな形であっても、私はまだそう願っています。

それで。とにかく。どこかでみんなでディナーを食べられたらと考えているのですが（ボビーも招待しますね）。

私は何度かメールを読み直した。段落が入っていないのはメリッサの当てつけみたいで、まるでこう言わんばかりだ。私に感情の高波が押し寄せる様を見てちょうだい。このメールは効果を狙って丹念に編集されているようだが、要するに彼女が言いたいのはこういうことだ。どちらが作家なのか覚えておくことね、フランシス。それは私であって、あなたではないの。そんな意地悪な考えが、私の中で跳ねまわっていた。だけど彼女は私を悪人呼ばわりはせず、こんな状況なら言われても仕方がないようなひどい言葉も一切使わなかった。もしかしたら本当に感情の高波に押し流されていたのかもしれない。私の若さについて触れた部分にとりわけズキンときて、このメールが演出されたものかどうかなんて関係ないのだと気がついた。私は若くて彼女は歳上だ。自動販売機に余計に小銭を入れたみたいなもので、それだけで気が咎《とが》めてくる。二度目は、その部分は飛ばして読んだ。

　このメールで私が本当に知りたかった唯一の情報は、ニックに関するものだった。彼が精神病院にいたなんて、初耳だ。それ自体には抵抗はなかった。私は文献も読んでいたし、資本主義社会がどうにも狂ったものだという思想にも慣れ親しんでいた。でも精神的な問題で入院するような人は、私の身近にいる人たちとは違うと考えていた。深刻な精神病というものがもはや洒落にならない意味合いを持つ、今まで知らなかった社会的な環境に足を踏み入れてしまったと私は実感した。これからもう一度子供からやり直して、新たな条件を学習し、本当はきちんと理解していない物事について、さも分かっているかのようなふりをするのだ。この理屈でいうと、私を新しい世界へと導いたニックとメリッサは、本当の両親以上に私が愛して憎んでいる両親のようなものなのかもしれない。だとすると、私はボビーの邪悪な双子の片割れで、もうこうなってくるとこれも極端な比喩だとは言えない。

　通り過ぎる車の軌道を目で追うように、私はこんな思考のパターンを追っていた。そして図書館の椅子に座って丸まったバネのように身体をねじり、脚をからませあって、左足の土踏まずで椅子の脚の先端をぎゅっと踏んでいた。私に内緒にしていたかったはずなのに、ニックがずっとひどい病気だったのを知ってしまって罪悪感を覚えていた。自分の手に余るような話だ。メリッサはこの件についてメールでは冷淡で、彼女の情事の背景にあるダークなものとして冗談っぽくニックの病気を扱っていたが、彼女は実際にそう考えているのだろうか、それともそうやって本当の感情を隠しているのだろうか。私は書店でイヴリンが彼に元気そうだとくり返し言っていたのを思い出していた。

一時間後、以下のような返事を書いた。

考えることが色々とあります。ディナーの件については喜んで。

25

十月の半ばになった。私は誕生日やクリスマスの預金し忘れていたお小遣いなどの現金を部屋から探し出して、とにかくかき集めた。合計すると四十三ユーロになったので、その内の四ユーロ五十セントを使って、ドイツ系のスーパーでパンとパスタとトマト缶を買った。朝、ボビーに牛乳を分けてもらえるかと頼むと、何でも好きなものを取っていってと、彼女は手をひらひらさせた。彼女にはジェリーから毎週生活費が振り込まれていて、気がつくとべっ甲のボタンがついた黒いウールのコートを新調していた。口座の件を彼女に打ち明ける気にはならなかったので、冗談を装って今の自分は「一文なし」なのと言ってあった。朝も夜も私は父に電話したが、朝も夜も応答なしだった。

私たちは何とメリッサとニックの家のディナーに二人で行った。それも一度ではない。ボビーがメリッサや私よりも、ニックと一緒にいるのを楽しみにするようになってきたのに、私は気がついた。四人で一緒にいると、彼女とニックはしょっちゅう喧嘩のふりをしたり、何かで競争したりして二人で楽しみ、メリッサと私を置いてきぼりにした。ディナーの後、二人がビデオゲームに興じ、旅行用のマグネット・チェスを出して勝負しているかたわらで、メリッサと私は印象派について語り合っていた。一度などは酔っ払って、ボビーとニックはどちらの足が速いか裏庭で競走をした。勝ったのはニックだったが、終わって疲れ果てていたところを、ボビーに「年寄り」と呼ばれて落ち葉をかけられた。ボビーはメリッサに聞いた。ニックと私、どっちが可愛い？　メリッサは私を見ると、ふざけるように答えた。私は自分の子供たちを平等に愛しているの。ボビーとニックの関係には不思議と魅了されるものがあった。彼らが一緒にいて、お互いだけに集中しているのを見ると、奇妙なことにその美しさにゾクゾクしてくる。外見的にも二人は完璧で、双子のようだった。二人にもっと親密になって欲しい、どうせなら触れ合って欲しいと願っているのにはたと気がついて、私は自分の中にある不完全な何かがそれで完成すると思っているのを知った。

四人とも政治については似たようなスタンスを持っていたが、それぞれの主張の仕方は異なっていたので、私たちはよく意見を戦わせた。例えば、ボビーは反乱無政府主義者だったが、メリッサは冷徹なまでの悲観主義から、法治国家を支持する傾向にあった。ニックと私は二人の中間くらいだったので、自分たちで主張をするよりも批評する側にまわった。ある夜、刑事司法制度におけるアメリカ特有の人種差別について話が及び、わざわざ見なくても目に飛び込んでくる警察の暴力行為に関する動画や、白人である私たちがそれについて「見るに耐えない」などと発言する意義について議論し、この難しさが正確に意味するものをひとつに絞るのは私たちの手に余るというところで意見が一致した。白人の警官にあおむけにさせられている母親の横で十代の水着の黒人の少女が泣いている動画があって、ニックは気分が悪くなって最後までは見ていられなかったという。

自分がしているのは黙認行為だと気がついていたとニックは言う。でも、これを最後まで見て何の利益がある？　そうも考えた。考えること自体に気が滅入ったけどね。

こういう動画によって、欧州の人間が自分たちの国の警察権力とアメリカの人種差別は関係ないかのように優越感を覚えているところもあるのではないかと私たちは引き続き議論した。

でもそんなの事実ではない、ボビーは言う。

そう、だから俺は「アメリカの警官は最低だ」というのは正しい表現ではないと思う、ニックは言った。

自分たちもこの問題の当事者であるのは間違いないけれど、具体的にどう関わっているかを知るのは困難なので、まずは問題をきちんと理解しないことには何も始まらない、メリッサは言う。私はこうこぼした。自分の人種について否定したくなる時があって、確かに白人だけど、他の白人と違って、本当の意味で白い訳じゃないって言いたくなる。

あんたを貶すつもりはないけど、ボビーは言う。でもそれって正直、何の役にも立たないよ。

貶されていないと私は言った。自分でもそう思うもの。

ニックがメリッサに私たちの付き合いについて打ち明けて以来、二人の関係性は確実に変わった。私は昼間にセンチメンタルなメールを彼に送り、彼は酔っ払うと電話してきて、私の内面に関していいことばかりを言う。セックスそのものには変わりがなかったが、行為の後は前とは違っていた。穏やかな気持ちになる代わりに、まるで死んだふりをしている動物みたいに、妙に無防備な気分になった。ニックが柔らかな雲のような私の肌に手を差し入れて、中の肺や臓器を奪っていくのを無抵抗に受け入れているみたいだ。ニックにそう話すと、自分も同じだと言っていたが、眠そうだったので本当には聞いていなかったのかもしれない。

大学ではあちこちに落ち葉の山ができていて、私は講義や、ジェイムズ・ウッシャー図書館（トリニティ大学の施設）での資料の探索に明け暮れていた。よく晴れた日には、ボビーと落ち葉を蹴りながら人の来ない道を歩き、風景画の概念などについて話し合った。「手つかずの自然」がフェティッシュなまでに尊ばれるようになった背景には、家父長制と国粋主義的なものが潜んでいるとボビーは考えていた。私は草原よりも馬の絵画を好む自分に気がついた。馬は詩的だ、彼らには人間が内在しているから。それからバタリー食堂で腰かけて、窓の外に降る雨を二人で眺めた。彼女との間で何かが変化したが、それが何なのか私は分からずにいた。昔と変わらず、私たちは直感で相手の気持ちを瞬時に理解し合い、二人して何かを企むような顔をして、知的な話題について膝を突き合わせて話し合った。

ボビーが私をお風呂に入れてくれたのを境に何かが変わって、私たち自身は何も変わらないのに、彼女との関係が新たな段階に入ったのだ。

その月末の午後、手持ちの現金がいよいよ六ユーロまで来たところで、私はダブリンの文芸誌の編集者だというルイス氏からメールを受け取った。ヴァレリーから掲載を視野に入れて欲しいと言って私の短篇が送られてきたので、もし私さえ良かったら、是非とも次号に載せたい。この小説の可能性に「熱いもの」を感じていて、私が興味を持つのならば、修正案についても色々と考えがあるという。

私はヴァレリーに送ったファイルを開けて、自分は何をしているのだろうとずっと考えながら一気に読んだ。短篇の主人公はどう考えてもボビーだし、彼女の両親もどう考えても彼女の両親だし、私も私だった。私たちを知っている人ならば誰だって、これがボビーだと気づくはずだ。でも本当にありのままの姿かというと、それは違う。これは人を支配することについての物語なので、登場人物もボビーと私自身の支配的な面を強調して作られている。だけど、と私は思った。物事を選別し強調する、それこそが執筆ではないか。ボビーはそれについて誰よりも理解しているはずだ。

ルイス氏はまた原稿料の支払いについても触れて、初寄稿者の原稿料の具体的な額も明記していた。現在の枚数のままで掲載されると、私の原稿料は八百ユーロ以上になる見込みだった。私はルイス氏にメールを送って目をかけてくれたことに感謝し、彼が適切だと考えるどんな修正案にも喜んで応じて、一緒に作業すると返事をした。

その夕方、モンクスタウンに行くため、ニックが私をアパートまで迎えに来た。メリッサは家族と一緒に数日間、キルデアに行っていた。車中で私は自分の短篇について説明し、お風呂の中で私とボビーが交わした会話や、自分は特別な人間ではないと彼女が言ったことを話した。落ち着けよとニックは言う。一体、いくらで短篇が売れたんだって？　君が詩ではないものを書いているのも知らなかったよ。私は笑った、私のことで彼が得意になっているのが嬉しかったから。短篇を書いたのは初めてだと告げると、恐るべしだなと彼は言った。ボビーが出てくると話していると、自分はメリッサの書くものにしょっちゅう出てくる、と彼は言った。

でもそれって軽く触れる程度だよね、私は言った。「私の夫がそこにいて」とかそういうの。ボビーは話の主人公なんだよ。

そうだ、君がメリッサの本を読んでいるのを忘れてた。確かに、彼女は俺についてそこまで掘り下げている訳じゃない。とにかく、ボビーは気にしないと思うよ。

黙っていようかと思ってる。彼女はその文芸誌を読んでるって訳でもないし。

そりゃ、よくない、彼は言う。言わないといろんな人たちを巻き込む羽目になるよ。君がよく一緒にいるフィリップとか。俺の妻とか。でもこの件のボスは君だから。

彼の意見は正しいのに、そう思いたくない自分がいて、私は唸り声を上げた。でもボスって呼ばれるのは気に入った。彼は楽しそうに両手でハンドルを軽く叩いている。俺と物書きたちの関係っていうのは何なのかな？

あなたはただ知性の面で自分を粉砕してくれる女が好きなんだよ、私は言った。間違いなく、学校で先生を好きになった口でしょ。

実際、そんな感じで評判が悪かったんだよ。大学時代に講師と寝てたんだけど、この話はしたことがあったかな？

私が知りたいと言うと、彼は教えてくれた。相手は助手ではなく、本当の教授だった。彼女はいくつだったのと聞くと、ニックは恥ずかしそうに微笑んだ。四十五歳とか？　もしかしたら五十だったかも。とにかく彼女はそれで仕事を失うかもしれなかったんだから、ありえない話だよ。

彼女の態度は理解できると私は言った。あなたの連れ合いの誕生日パーティで、キスしたのは私じゃなかった？

頻繁ではないにしろ、彼の方では何かしたという自覚もないのに、どうしてそんな風に相手が駆り立てられるのか、暴力的なまでに熱烈な想いを寄せる人間が彼の人生に現れるのは何故なのか分からなくて悩んできたとニックは言った。十五歳の彼に対して、やはりそういう想いを募らせた兄の友人がいた。彼女は二十代に近かったんだけど、ニックは言う。俺に夢中で。その人が初体験の相手だったんだ。

あなたはその人に夢中だったの？　私は聞いた。

いや、でも恐くて断れなかったんだ。彼女の気持ちを傷つけたくなくて。

寒々とした話で、聞いていて悲しくなってきた、と私は言った。すると即座に彼は答えた。いや、同情して寝たんじゃないんだ。俺が彼女にそうさせたのは……そうだな、本当は法律的にアウトなんだろうけど、でも同意の上だったから。

だって恐くて拒否できなかったんでしょう、私は言う。同じことが私に起きたら、それは同意だって言える？

いや、そうは言わない。でも身体的に脅かされたって訳ではなかった。つまり、彼女のやっていることは普通ではなかったけど、どっちも十代だったし。相手が卑劣だとは思わない。

川の北側の道で渋滞にはまっていて、私たちは市内を抜けられずにいた。まだ夕方の早い時間だったが、もう辺りは暗くなっていた。車の窓の外では人々が行き交い、雨のヴェールが街灯のもとでうごめいている。ニックが恋愛のターゲットになりやすい理由は、彼が不思議なほど受け身なところにもあるのではないか、と私は彼に言った。何がなんでも私の方からキスしなくちゃと思っていた、そう私は言った。だけどあなたがキスを返してくれないので、気持ちが挫《くじ》かれたの。でも、ものすごいパワーも湧いてきて、キスをさせてくれてるくらいなんだから、この人は他に何をさせてくれんだろう？　って感じになって。中毒になったみたいだった。あなたを完璧に手中に収めたのか、全然そうでないのか分からなかった。

それで今はどちらの気持ちなんだ？　彼は聞いた。

どちらかというと手中に収めた感じかな。そう思うのは、いけないこと？

いけないとは思わないと彼は言った。彼の考えによれば不均等な力関係のバランスを正そうとするのは普通だし、それでもまだ二人の関係を完璧に平等にするのは不可能だ。メリッサがニックについて「病的なまでに従順」だと言っていると教えると、その言葉を女性関係で彼が何の力もないという意味だと解釈するのは間違いだとニックは言った。無力のままでいることで権力を発揮することもあると彼は考えていた。ボビーみたいなことを言っていると私が言うと、ニックは笑った。それって君からもらえる最大の賛辞だよな、フランシス、そう彼は言った。

その夜はベッドでニックの姪っ子である赤ちゃんについて語り合い、彼は姪への深い想いについて話し、気分が落ち込むと、ただ彼女のそばにいて顔を見るためだけにローラの家に寄るんだと言った。メリッサと彼に子供を持つ予定はあるのか、それほどまでに彼が子供を好きならば、どうしてまだ作っていないのか、私には分からなかった。彼らにその計画があるのかを知るのは恐かったので聞きたくなかったが、代わりに私は皮肉めいた調子でこう言った。私と子供を持つのはどうかな。多重恋愛のコミューンで育てて、子供たちに自分で名前を選ばせるの。その手の危ない願望は、俺にもある、とニックは言った。

私が妊娠しても魅力的だと思ってくれる？　私は聞いた。

それは、もちろんだよ。

フェチ的な意味で？

さあ、どうかな、彼は言う。十年前よりも今の方が妊婦を意識するようになったという気がしてる。彼女たちに何か親切をしたいと想像してしまうんだ。

それってフェチっぽくない？

君にかかると何でもフェチだな。料理をしてあげたいとかそういう意味だよ。でも君が妊婦になってもファックしたくなる、きっとね。安心してくれたまえ。

それを聞くと私は振り返って、彼の耳の横にくちびるを押しつけた。目を閉じていると何かのゲームをして遊んでいるみたいで、これが現実だとはとても思えなかった。ねえ、私は言った。あなたがすごく欲しいの。ニックが甘くせがむように、うなずくのが分かった。ありがとう、彼は言った。本当にそう言った。私たちはキスをした。私がベッドに仰向けになると、頭を押しつけてくる鹿のように彼はそっと触れてきた。ニック、あなたはこんなにも特別なのという言葉が私の口から漏れた。コートの中に財布を置いてきてしまったと、彼はそれに対して答えた。ちょっと待ってて。それを聞いて、私は言った。このましようよ、どうせピルを飲んでいるし。彼が私の枕元に片手をついて一瞬じっとしていると、とても熱い息が私にかかった。そうか、なしでしたい？　彼に聞かれた。したい、と言うと、彼の息は荒くなった。君は俺に大きな自信をくれる。

私がニックの首に腕を回すと、彼は私の中に入るために両脚の間に手を差し入れた。コンドームを使ういつものセックスとは違うと思ったけど、違っていたのは彼の方だったのかもしれない。肌を濡らしてニックは激しく喘《あえ》いだ。ビデオの中でスローモーションで花びらを開閉する花のように、私の身体は開いたり閉じたりして、その感覚があまりにリアルで幻覚を起こしているようだった。ニックの口からファックという言葉が漏れて、そして言った。フランシス、こんなにいいと思わなくて、ごめん。彼の信じられないほど柔らかなくちびるは閉じていた。私がもういきたいかと聞くと、彼はとっさに息を吸い込み、それから言った。ごめん、本当にごめん。私を妊娠させたいという彼の危ない願望について思い、パンパンに膨れた私を、彼が自慢そうに愛を込めて触れているのが目に浮かんで、自分がこう言っているのに気がついた。ううん、よかった、こうして欲しかったの。彼がとても奇妙な幸せを感じていると、私に愛してると言ったのを覚えている。私の耳元でつぶやいたのだ。君を愛してる。

論文の締め切りがいくつか近づいてきたので、私はざっくりとしたスケジュール表を作ってみた。朝、図書館がまだ開いていない時間は、ベッドに座ってルイス氏が送ってきた修正原稿に取りかかる。自分が書いたものが整理されて拡張し、字数が増えて内容が充実したのが見て取れた。それからシャワーを浴びてブカっとしたセーターに着替えて図書館に行き、一日中作業に当たる。夕方遅くまで何も食べずに済ますのもしばしばで、家に帰るとベッドに行く前にパスタをふたつかみほど茹でてオリーブオイルと酢をかけて食べ、着替えもしないで寝てしまうこともあった。

ニックは「ハムレット」の舞台稽古に入ったところで、火曜と金曜は仕事終わりに私のアパートに来て、そのまま泊まっていった。キッチンに何の食料もないと彼は不満そうだったが、私が皮肉めいた口調で全然お金がないからと言うと、驚いていた。え、そうなんだ？　知らなくて、ごめん。それから彼は来るたびに食料を持ってくるようになった。テンプル・ベーカリーの焼きたてのパンや、瓶詰めのラズベリージャム、フムスの入った容器、生クリームチーズがやってきた。私がガツガツと食べるのを見て、どれだけお金がないのか、と彼は聞いた。私は肩をすくめた。すると彼はチキンの胸肉や牛挽肉のパックなどを持ってきて、冷蔵庫に入れていくようになった。これじゃ囲われている愛人みたい、私は言った。それに対して彼はこう言うだけだった。面白いなあ、いいか、明日食べないのなら冷凍しておけばいいから。こうした食料について、私は面白がって軽口を叩かなければいけない、もし本当にお金がなくて、彼のくれるパンとジャムで私が食いつないでいると知ったら、ニックもいたたまれないだろう。

ボビーはニックがいるのを喜んでいるようだったが、彼が役に立つところを見せたのがその理由のひとつだった。ニックはキッチンの蛇口の水漏れを直してくれた。一家の主人《マン・オブ・ザ・ハウス》だねとボビーは茶化すように言った。一度、彼が私たちに夕食を作っている最中、メリッサと電話をしていて、二人が彼女の仕事の編集上の諍いについて話し、ニックが相手の主張は「まったく理不尽だ」と言ってメリッサを安心させるのを耳にした。たいていは彼女の電話に彼はただうなずいて、ソースパンをガス台の上で揺すりながら、うんうん、その通りだよ、と言うだけだった。相手の言い分を聞いて、ちゃんと理解している証拠に知的な質問で返す、こういう役割が彼のお気に入りなのだろう。そうしていると必要とされているように感じるのだ。そんな時の彼の受け答えは見事だった。電話をかけてきたのはメリッサの方で間違いないと私は考えていた。

彼はうちに来ると私と夜遅くまで語り合い、気がつくとブラインドの外で空が明るくなっていることもあった。ある夜、私は国の経済的援助によって学費を賄っている、と彼に明かした。ニックは驚いた顔をしたと思うと、こう言った。びっくりして見えたらごめん、俺が無知だった。誰もが学費を出せる両親を持っている訳じゃないって考えるべきだった。

あの、うちは貧乏ではないのと私は言った。言い訳してるんじゃないけど。すごく不自由して育ったとか思って欲しくなくて。

分かっているよ。

うん、でもあなたやボビーとは自分は違うって考えてる。大きな差ではないのかもしれないけど。私は高級な物を持つと後ろめたさを感じるの。たとえば私のノートパソコンは中古で、いとこのお下がり。でも、やっぱり後ろめたいと思っちゃう。

君は高級な物を手にする資格がある、彼は言った。

私は掛け布団のカバーを指でつまんだ。固くてザラッとした生地で、ニックの家にあるエジプト綿のものとは似ても似つかない。

父さんの生活費の支払いが当てにならない感じなんだ、私は言った。

え、そうなのかい？

うん。今のところ全然お金がないって言っていい。

それは本当か？　ニックは言った。どうやって暮らしているんだ？

掛け布団のカバーを指で巻くと、ザラザラした感触だった。うん、ボビーが自分のものは分けてくれるし、私は言った。それにあなたがいつも食料を持ってきてくれるから。

フランシス、そんなのどうかしてるよ、と彼は言う。どうして言ってくれなかったんだ？　経済的に援助してあげられるのに。

だめ、だめ。そうしたら変なことになるって自分でも言ってたじゃない。倫理的にも問題があるって。

それよりも君が飢えたままでいようとしている方が問題だろ。いいか、君が好きな時に返せるように、ローンってことにしようじゃないか。

うつむくと、掛け布団の醜い花柄が目に入った。短篇の原稿料が入る予定だから、と私は言った。そしたらあなたに返す。翌朝、ボビーと私が朝食をとっている時に、彼はＡＴＭに行ってきた。帰ってきても、ボビーのいるところでお金を渡すのをためらう彼を見て、私はほっとした。自分の懐具合は彼女には知られたくなかった。ニックの見送りに廊下に出ると、彼は財布を取り出して、五十ユーロ札四枚を数えた。彼がそんな風にお金を扱うのを見ると落ち着かなかった。そんなにいらないと私は言った。彼は傷ついた顔をしてみせた。今度返してくれればいいから、心配するな。私が口を開こうとすると、彼は遮った。フランシス、何でもないことだ。きっと、彼には何でもないのだろう。彼は私の額にキスをして去っていった。

十月の最終日、論文のひとつを提出すると、ボビーと私は友だちとコーヒーを飲みにいった。その頃の私は幸せで、人生でこんなに幸福だった時期を他に思い出せなかった。ルイス氏は私の修正原稿を喜んでくれて、一月号に掲載する準備に入った。ニックからのローンがあったし、入ってくる雑誌の原稿料から彼に返す分を引いてもまだお金が残るはずで、大富豪にでもなった気分だった。ようやく、子供時代と他人への依存から脱出できたのだ。父親のせいでこれ以上ひどい目に遭わずに済むと思うと、生まれ変わったみたいで、父についても他人事《ひとごと》として一歩引いて考えられるようになり、まるで善良な傍観者みたいな同情のまなざしで父を見られるようになった。

その午後、私たちはマリアンヌと、その彼氏でみんなから嫌われているアンドリューと会った。フィリップと、彼が付き合いはじめたカミールも来ていた。フィリップは私といるのが気まずいのか、できるだけ目が合うのを避けるようにして、私の冗談に笑う時も、同情というか、哀れだと思っているように微笑むので、本当の友人じゃないみたいだった。こっちが怒るのも馬鹿馬鹿しいような態度だと思ったが、後でこの件について話し合いたかったので、ボビーも気がついてくれるといいと考えていた。

カレッジ・グリーン広場の近くにある小さなカフェの上階を陣取ってお喋りしていると、どこかで話が一夫一妻制に及んだ。私が何の口出しもできない話題だ。同性愛のような指向の問題で、ある種の人たちは「生まれつき」一夫一妻制に当てはまらないということはあるだろうかとマリアンヌが口火を切ると、ボビーが性的指向に「生まれつき」なんてあり得ないと指摘した。私はボビーがおごってくれたコーヒーを黙って飲んで、彼女の言葉に耳を傾けていた。一夫一妻制は父系社会の男性の必要に応えるコミットメントモデルに基づいていて、これによって直系の子孫に財産が譲渡されるようになり、伝統的に妻に対する性的な権利によって維持促進されてきたとボビーは語った。非一夫一妻制はまったく違うモデルを基盤にできると彼女は言う。もっと自発的な同意に基づいたものに。

ボビーが理論を展開していくのを見ると、ゾクゾクしてくる。才気溢れる言葉で迷わずに話す様は、ガラスや水で宙に絵を描いているかのようだ。彼女は決して言いよどんだり、論をくり返したりしない。時折目が合うと、私は彼女にうなずいた。まさしく、その通り。その反応に励まされたのか、私の目の中に欲しかった承認を見て取ったように、彼女はまた別の方向に顔を向けて話を続けた。つまり、私が言いたいのは……。

喋っているボビーはテーブルにいた他の人の反応を意識していなかったが、私はフィリップとカミールが目配せし合っているのに気がついた。フィリップがここにいる唯一の男子仲間であるアンドリューに目を向けると、ボビーが何か戯言《たわごと》や反ユダヤ主義について喋っているとでもいうようにアンドリューが眉を上げるという一幕もあった。アンドリューが好きでもないくせに、彼とそんな視線を交わす卑怯なフィリップを見て、私は不愉快になった。いつの間にかボビー一人が喋っていて、マリアンヌが見ていられないのかうつむくようになったのに、私はようやく気がついた。ボビーがこうやって喋っているのを聞くのが好きな私でさえ、やめてくれればいいのにと思い始めていた。

私は単純に、一人以上の人間を愛するのは不可能だと思う、カミールが言った。つまり、全身全霊で、本気で愛するっていう意味で。

あんたの両親は子供たちをひいきしたんだ？　ボビーは言った。そりゃ、さぞ辛かっただろうね。ボビーが冗談を言っているのか、これが彼女の普通の受け答えなのか判断できるほど相手を知らなかったせいで、カミールはひきつるように笑った。

でも子供に対する愛とは違うでしょう、カミールは言った。そうじゃない？

まあ、それは多様な文化に存在する、ある種のロマンティック・ラブの超歴史的な概念を信じるかによるね、ボビーは言った。でも私たちはみんなくだらないものを信じたりするよね？

マリアンヌがちらっと私の方を見たが、彼女と私が言いたいことを同じくしているのが分かった。ボビーはいつもよりも攻撃的になっているが、こんな風にカミールの気分を害していたら、フィリップの気に障るはずだ。私はフィリップを見たが、もう手遅れだった。鼻の穴が微《かす》かにふくらんでいるのは怒っている証拠で、彼は勝てるはずがない議論をボビーにふっかけようとしている。

多くの人類学者が、人類は元来一夫一妻的な種族だということに賛同している、フィリップは言った。

あんたの理論的な根拠はそこなの？　ボビーは言い返した。

すべてが文化理論に帰結するって訳じゃないだろう、フィリップは言う。

ボビーは声を上げて笑い、それがこれ見よがしであまりに美しかったので、マリアンヌはたじろいだ。

マジかよ、そんな調子であんた本当に卒業させてもらえる訳？　ボビーは言った。

キリストはどうかな？　私は口を挟んだ。彼は博愛主義者でしょう。

それに禁欲主義だった、フィリップは言った。

その点に関しては歴史的な論争になっているよね、ボビーは答えた。

バートルビーについての論文のこと、私たちに教えてくれないの、フィリップ？　私は言った。今日が提出日だったんでしょう？

ボビーは私のぎこちないお節介にニヤッとして、椅子に深く座った。フィリップは私ではなくカミールを見て、彼らだけに通じる面白いことでもあるかのように微笑んだ。これには私もムカついた。彼を屈辱から救ったのは私なのに、その親切を無視するなんて恩知らずにも程がある。彼は私をからかっただけだとでも言うように、今度はこちらを見て論文について話し始めたが、私は聞いていないふりをした。ボビーは鞄を漁って煙草を探していたかと思うと、顔を上げてこう言った。あんたはジル・ドゥルーズを読んでおくべきだったよ。フィリップはまたカミールに目をやった。

もちろん、彼の著作なら読んだよ、フィリップは言った。

じゃあ、彼の核心を理解していないんだね、ボビーは言う。フランシス？　一緒に煙草を吸いに外に出ない？

私は彼女について行った。まだ夕方の早い時間で、濃紺に染まった空気が爽やかだった。彼女が笑い出すと、私もつられて笑い、二人きりでいられる喜びが湧き上がった。ボビーは私たちの煙草に火をつけ、白い煙を吐き出すと、笑いながらむせた。

人間の本性ってやつは、まったくもう、彼女は言う。あんたって本当にやられやすいんだから。なるべく黙っていた方が、自分を賢く見せられると思っただけだよ。

それを聞いて彼女は面白がった。ボビーは私の耳の後ろのところの髪を優しく直した。

それって何か嫌味なの？

まさか。私が君みたいに喋れるなら、四六時中喋ってるよ。

私たちはお互いに微笑み合った。外は寒かった。ボビーの煙草の先は怪しげなオレンジに輝いて、小さな火の粉を散らしていた。彼女は完璧な横顔の輪郭を見せつけるように通りに顔を向けた。

ここのところ最悪の気分でね、彼女は言う。実家のこととか、何とも言えないけど。自分が問題に上手に対処できる人間だと思ってても、実際にその問題が起こると全然駄目だって気がつく。

彼女は下くちびるを動かしてタバコを口の端に寄せると、後ろに手を回して髪をお団子にまとめた。ハロウィーンで、通りは人に満ち溢れ、マントや偽メガネや虎の衣装を身につけた子供たちが行き交っていた。

一体どうしたの？　私は聞いた。何があったの？

ジェリーの気性に荒いところがあるのは知ってるよね？　まあどうでもいいんだけど。家族間のいざこざだよ、何を気にしてるの？

君については何もかもが気になるよ。

彼女は煙草を口から離すと、袖で鼻をぬぐった。オレンジの光が目の中に反射して炎のようだった。

あいつはちゃんと離婚に応じる気がないんだ、ボビーは言った。

そんなの知らなかった。

うん、これに関してはあいつ、本当に意地悪なの。エレノアが自分の金を狙ってるとか、彼女についてあらゆる陰謀論を持ち出してる。何よりも嫌なのは、私があいつの側につくのを期待してるってこと。

私はボビーがカミールに言った言葉を思い出していた。あんたの両親は子供たちをひいきしたんだ？　ジェリーはいつだってボビーをひいきしていて、彼女の妹は甘ったれで、自分の妻はヒステリーだと考えているのは知っていた。彼女は特別なんだと思わせるために、ジェリーがボビーにそう吹き込んでいるのも知っていた。ジェリーのお気に入りの娘だから、ボビーは自分を特別だと思えるのだとずっと考えてきたけど、彼の愛は重苦しいだけではなく、有害でもあるのだと私はやっと気がついた。

君がそんな苦労をしてるなんて知らなかったよ。

でも、みんな何かしら苦労してるよね？　基本、人生っていうのはそういうものだから。次から次へと問題が押し寄せてくる。あんただって話さないけど、親父さんのせいでひどい目に遭ってる。現実は何もかも上手くいくって訳にはいかないの。

私は黙っていた。彼女は細い煙を口から吐き出すと、頭をふった。

ごめんね、彼女は言う。こんなこと言うつもりじゃなかった。

ううん、君が正しい。

しばらく私たちは煙のバリアに守られて密着したまま、動かずにいた。お互いの腕が触れたと思ったら、ボビーが私にキスしてきた。私はキスを返して、彼女の手を握ろうと腕を伸ばした。押しつけられた彼女のくちびるは柔らかく、開いていて、スキンケア用品の人工的な甘い匂いがした。私の腰に腕を回してくるかと思ったが、ボビーは身を引いた。火照《ほて》った顔が特別にきれいだ。彼女は煙草の火を揉み消した。

みんなのところに戻らなくちゃダメかな？

私の身体の中で機械の部品みたいな振動音がした。たった今、何が起こったのか彼女の顔から探ろうとしたが、そこには何もなかった。彼女は私に気持ちが残っていないのを確認しただけで、このキスも壁にするのと同じなのだろうか？　それとも何かの実験だったのだろうか？　上階でコートを取って来ると、私たちは大学のことや、メリッサの新しい本のことなど、特に気にもしていないような事柄について喋りながら、家路についた。

26

次の日の夕方、ニックと私はイランのヴァンパイア映画を観にいった。映画館に向かう途中で私がボビーにキスされた話をすると、彼はしばらく考え込んでから言った。メリッサも俺にキスしたりするよ。自分が何を感じているのかも分からず、私は冗談を飛ばし始めた。私に隠れて他の女にキスしたなんて！　どっちにしろ、映画館はもうすぐそこだった。彼女にただ幸せな気持ちでいて欲しいんだ、彼は言う。こんなことは君は話したくないかもしれないけど。私はコートのポケットに手を入れて、映画館の入口で立ち止まった。話すって何を？　私は言った。あなたが自分の連れ合いにキスしていることについて？

今のところ、俺たちは上手くいっているんだと彼は言う。以前よりもずっと。でも、やっぱり、君にそのことを話すのは間違いじゃないかと思って。

二人が上手くいっていて嬉しいよ。

俺は一緒に生活するのが耐えがたいような人間から脱することができたんだ、君には感謝しなくてはいけないみたいな感じだな。

私たちの息が、互いの間に霧のようにとどまっていた。映画館の扉を開けると、暖気とポップコーンの油っぽい匂いが押し寄せてきた。

上映に遅れちゃうよ、私は言った。

話はここまでにしよう。

映画の後、私たちはデイム・ストリートにファラフェルを食べにいった。ボックス席に座ると、明日、母がおばを訪ねにダブリンに来るので、帰り際に私を車で拾って超音波検査に連れていってくれる予定なのと彼に話した。検査の日程を聞かれたので、十一月三日の午後だと答えた。彼はうなずき、この話についてそれ以上は触れなかった。私は話題を変えようとしてこう言った。うちの母は、あなたが怪しいとにらんでいるんだよね。

それってよくないことなのか？　ニックは言った。

そこでウェイトレスが食事を運んできたので、私たちはお喋りをやめた。ニックは自分の両親とは、「昨年に色々とあった後では」あまり顔を合わせていないんだと言った。

昨年って、話によく出てくるよね。

そうか？

断片的に。いい年じゃなかったんだろうって察しはつくけど。

ニックは肩をすくめた。彼は食事を続けた。私が彼の入院のことを知っているとは、思ってもいないのだろう。私はコーラを飲んで黙っていた。すると彼はナプキンで口を拭いて話し出した。

彼が打ち明けてくれるなんて、本当に思いもしなかった。両隣のボックス席は空いていて、聞き耳を立てる人もいなかったので、彼は正直に、ありのままに話してくれて、冗談も交えなかったし、同情を買うような真似もしなかった。

ニックは昨年の夏、仕事でカリフォルニアに行った。殺人的なスケジュールに疲れ果てて、煙草ばかり吸っていたせいで、片方の肺をダメにしたのだと言う。彼は撮影を降板して、近くに知り合いもいないアメリカの病院に入院する羽目になった。その頃、メリッサは移民のコミュニティについてのエッセイを書くためにヨーロッパ中を巡っていて、あまり連絡を取り合っていなかった。

二人でダブリンに戻ってきた頃には、自分はもう憔悴しきっていたと彼は言った。メリッサとどこかに出かける気にはなれなかったし、彼女が友だちを連れてきても、二階にずっと引っ込んだまま寝ようと努力するだけだった。二人はお互いに対して腹を立て、喧嘩ばかりするようになった。結婚した当初は二人とも子供が欲しいと思っていたそうだが、やがてその話を持ちかけてもメリッサは話したがらなくなっていった、とニックは言った。彼女は三十六歳になっていた。十月のある夜、メリッサは彼に子供はやっぱり持ちたくないと言い放った。二人は争った。理不尽な言葉の数々を口にした、と彼は言った。二人ともひどかったけど、と彼は言う。でも自分が彼女に言ったことは後悔している。

とうとう彼は寝室を別にした。昼間は寝てばかりいて、ひどく痩せてしまった。最初は、と彼は言う。ニックが彼女を罰しているか、彼女に何か無理を強要していると思って、メリッサは怒っていた。でも、それから彼が本当に病気なのだと気がついた。彼女は助けようとして、医師やカウンセラーの予約を取ったが、ニックは行かなかった。今になるとどうして行かなかったのか分からないけど、と彼は言う。どうして自分があんな真似をしたのか、振り返って考えても理解できないんだ。

十二月になってようやく彼は精神科に入院した。六週間そこにいる間に、メリッサが彼らの共通の友人と浮気を始めた。他の男の存在を匂わせるような彼女のメールで、彼はそれに気がついた。自尊心にいいとは言えなかったね、ニックは言う。でも大げさには言いたくない。そもそもあの時点で残っている自尊心があったかも謎だったし。退院すると、メリッサが離婚したいと言ってきたので、彼は承諾した。彼女が自分を助けるためにしてくれたことにニックが感謝の言葉を連ねていると、メリッサが突然泣き出した。彼女はずっとどんなに恐ろしい思いをしてきたか、朝に家を出ただけでどんなに罪悪感に苛《さいな》まれたかについて彼に話した。あなたが死んでしまうと思ったのと彼女は言った。二人は長時間話し合い、お互いに謝罪した。何か別の手はずが整うまでは一緒の生活を続けると、最後には合意に至った。

春になってニックはまた働き始めた。彼は更にトレーニングに励むようになって、友人が演出を務めるアーサー・ミラーの劇に小さな役で出演した。メリッサは浮気していたクリスと別れ、二人の生活は何となく続いていったとニックは言う。二人は彼の言うところの「仮面夫婦」について取り決めをしようとしていた。お互いの友人たちに会い、二人で夕食を共にした。ニックはジムの会員権を更新し、午後には犬の散歩でビーチに行って、また長篇小説を読み始めた。プロテイン・シェイクを飲んで、体重を戻した。そんなに悪い生活でもなかった。

ここで君に理解して欲しいんだけど、と彼は言う。みんなに重荷として見られるのに、俺は慣れきっていたんだ。家族やメリッサ、みんなが回復を望んでくれたけど、自分はもう一緒にいて楽しい人間ではなかった。また動けるようにはなったけど、自分は本当に価値のない、惨めな男のままだと思っていて、何というか、みんなの時間を無駄にしていると思っていた。君と出会った頃、俺はそんな状態だったんだ。

私はテーブル越しに彼を見つめた。

だから君が俺に興味を持っているなんて、とても思えなかった、と彼は言う。だけど、君があいうメールを送ってきて、気がつくとこんな風に考えているんだ、これって本気なのか？　って。でもそんな考えがよぎった瞬間に、妄想している自分が恥ずかしくなってくる。だって、歳下の美しい女性が自分と寝たがっていると思い込む哀れな既婚者の男ほど、惨めなものはないだろう？　そうだよな。

何と答えていいのか分からなかった。首を振ったのか、肩をすくめたか。あなたがそんな風に思っているなんて知らなかった、私は言った。

いや、まあ、知って欲しくなかったんだ。君が考える通りのクールな男でいたかったから。君が時折、俺の愛情表現に物足りなさを感じているのは知っていた。俺には難しいんだ。言い訳に聞こえるかもしれないけど。

私は微笑み返そうとしたが、また首を振ってしまった。そんな、と口にした。私たちはしばらく黙っていた。

私は残酷になっちゃうことがあるの、私は言った。そういう自分が、もう本当に嫌になってるんだけどね。

ああ、いや、自分に辛く当たるのはやめてくれ。

私はテーブルの表面をじっと見ていた。二人でまた黙り込んだ。私はコーラを飲んだ。彼はナプキンをたたんで皿の上に置いた。

しばらくしてから、去年の自分の身の上について喋ったのは初めてだと彼は打ち明けた。メリッサが話すのばかりを聞いてきたので、今までのことを自分の視点で考えてみたのは初めてだったが、やっぱり彼と彼女では捉え方が違う。奇妙な感じだよと彼は言う。まるで自分が主人公みたいにこの話をしてるなんて。嘘をついているような気分だけど、言ったことは全部本当だと思う。当然、メリッサに聞けば別の話になるだろうけど。

そういう風に話してくれて良かった、私は言った。今も子供が欲しいと思ってる？

うん、だけどもうそれは済んだ話だと考えている。

分からないよ。あなたは若いもの。

彼は咳ばらいをした。何かを言おうとしたみたいだったが、口には出さなかった。彼はコーラを飲んでいる私を見つめ、私は彼を見つめ返した。

きっとあなたは素晴らしい親になるよ、私は言った。そう生まれついているもの。とても愛情深いし。

彼は面白がるような、驚いたような顔をして、大きく息を吐き出した。

それってびっくりだなと彼は言った。言ってくれてありがとう。もう、泣き出しそうだから笑わないと。

私たちは食事を終えてレストランを後にした。デイム・ストリートを渡って川沿いに出ると、ニックは言った。一緒に旅行しようよ。週末とかに、どうだろう？　行き先を聞くと彼はこう言った。ヴェニスはどう？　私は笑った。一緒の旅行のことを考えて嬉しかったのか、私が笑顔になったせいか、彼は両手をポケットに突っ込んで、笑っていた。

母の声がしたのは、その時だった。彼女がこう言うのが聞こえた。あら、こんにちは、お嬢さん。見ると通りに母がいて、私たちの目の前に立っていた。黒い上着で着膨れして、アディダスのロゴの入ったニット帽を被っている。ニックは、あの美しいグレイのコートを着ていたはずだ。彼と私の母は、作風のまるで違う監督による別々の映画の登場人物みたいだった。

今夜来るなんて知らなかった、私は言った。

ちょうど今、車を停めたところなの、彼女は言う。一緒に夕食を取りにバーニーおばさんに会いにいくの。

あ、こちらは友だちのニック、私は紹介した。ニック、こちらが私の母。

チラッと見ると、彼は微笑んで手を差し出していた。

あの有名なニックね、母は言った。お噂はかねがね。

ああ、こちらも同じです、彼は言った。

ハンサムだってしょっちゅう聞かされています。

ママ、いい加減にしてよ、私は言った。

だけど、もっと大人のひとを思い描いていました、母は言う。でもまだ、お若いのね。

彼は笑って、恐縮ですと言った。母は彼とまた握手をすると、私に明日の朝に会いましょうと言って去っていった。十一月一日だった。川面では光が弾けて、バスの群れが車窓からのぞく人々を乗せて、輝く箱のように通り過ぎていった。

振り向いてニックを見ると、彼は両手をポケットに引っ込めていた。いい人だね、彼は言った。おまけに、俺が結婚していることに何も触れなかった。

私は微笑んだ。あの人はクールなのと言った。


その夜、家に帰るとリビングにボビーがいた。テーブルに座って、片隅をホチキスで留めたプリントアウトの束を見つめている。ニックはモンクスタウンに戻っていて、後でヴェニスについて私にメールを送ると言っていた。ボビーの歯がかすかな音を立てている。私が入っていっても彼女がこちらを見ようとしなかったので、まるで自分が既に死んでいるかのような、消滅したかのような感覚を味わった。

ボビー？　私は呼びかけた。

メリッサがこれを送ってきた。

彼女はプリントアウトの紙をかざした。一行おきの行間にプリントされている、エッセイのような長い段落が目に入った。

送ってきたって、何を？

ボビーが一瞬ハッと笑ったのか、ずっと凝らしていた息を急に吐き出したのかよく分からなかったが、彼女は私に紙束を放ってきた。私はぎこちなく胸でキャッチした。見ると、ライト・サンセリフの書体でプリントされた文章がそこにあった。自分の書いたものだ。私の短篇小説だった。

ボビー、私は言った。

私に言ってくれるつもりはあったの？

私はそこに立ち尽くした。最初の行を目でなぞると、私がまだ十代だった頃、友人の家で開かれたボビーのいないパーティで、酔っ払っている様子を描いているページだった。

ごめん、私は口にした。

ごめんって何に対して？　ボビーに聞かれた。本気で知りたいね。書いてごめん？　そんなことを思っているのか疑問だけど。

ううん。分からない。

おかしいよね。この二十分で、これまでの四年間よりもずっとあんたの気持ちを学んだみたいだ。

頭がくらっとしてきて、文字が虫のようにのたくってくるまで、私はじっと原稿を見ていた。それは初校で、私がヴァレリーに送ったのと同じものだった。彼女がメリッサに読ませたに違いない。

これは創作なの、私は言った。

ボビーは椅子から立ち上がると、非難するように私の身体を上から下まで視線でなぞった。奇妙な力が私の胸で渦巻いてきて、彼女との喧嘩に備えているみたいだった。

あんたはこれで相当な金をもらったらしいね、彼女は言った。

うん。

馬鹿野郎。

本当にお金が必要だったの、私は言った。それがどんな状況か君には皆目《かいもく》見当がつかないだろうけど、ボビー。

それを聞いて彼女が私の手から原稿を引ったくると、私の人差し指にホチキスの針が引っかかって皮膚を裂いた。彼女は私の目の前に原稿を突きつけた。

そうだね、彼女は言った。これは実際、よく書けてるよ。

ありがとう。

ボビーは原稿を半分に引き裂くと、ゴミ箱に放り込んでこう言った。あんたとはもう一緒に暮らしたくない。その夜、彼女は荷物をまとめた。私は部屋に座ってその音を聞いていた。彼女がスーツケースを転がして廊下に出るのが聞こえた。ドアが閉まる音が聞こえた。

翌朝、アパートの外まで母が私を迎えに来た。私は車に乗り込むと、シートベルトを締めた。

カーラジオはクラシック専門局にチャンネルを合わせてあったが、私がドアを閉めると母はそれを消した。朝の八時で、私は早起きしなくてはいけなかったと不平をこぼした。

あら、ごめんなさい、母は言う。病院に電話して、寝坊させてもらえるように手配すれば良かったのかな？

検査は明日だと思ってた。

今日の午後よ。

くっそ、私は穏便に聞こえるように言った。

母は私の膝に水の一リットルボトルを置いた。いつでも好きな時に飲み始めていいから。私はキャップを開けた。水を大量に摂取する以外に、大した準備はいらない検査だったが、それでも何もかもが思わぬ形で自分にのしかかっている感じがした。二人ともしばらく無言のままでいると、母が私を横目でちらりと見た。

昨日、あんな形であなたに会うなんてばつが悪かった、母は言った。あなたは本物の若いレディみたいだった。

本当のところの何と違って？

母は最初それに答えず、車をぐるりと一周させた。私はフロントグラスから通り過ぎる車を見ていた。

あなたたちは二人でいるとエレガントだった、母は言う。まるで映画スターみたいに。

ああ、それはニックのおかげだよ。彼は華やかなの。

突然、母は手を伸ばしてきて、私の手を握った。車は渋滞にはまっていた。母は思ったよりも強く握ってきて、痛いくらいだった。母さん、私は声を上げた。すると母は手を離した。指で自分の髪を後ろにすくと、母はハンドルに手を戻した。

あなたって大胆なのね、母は言った。

いいお手本がいるからね。

彼女は声を上げて笑った。ああ、私なんかあなたについていけないわよ、フランシス。あなたは全部自分で何とかしていかなくちゃいけないの。

27

病院で更に水を飲むように言われたせいで、待合室で座っていたら余計に具合が悪くなってきた。待合室は混んでいた。母が自動販売機でチョコレート・バーを買ってきてくれて、私は座ったまま、『ミドルマーチ』の表紙を指で弾いていた、英文学の授業の課題書だ。表紙では、悲しげな目をしたヴィクトリア朝時代の女性が花を手に何かをしている。絵画で見るこの時代の女性は花を触ってばかりいるが、実際にもそうだったのだろうか。

診察を待っていると、二人の小さな娘を連れた男性が、片方を乳母車に乗せてやってきた。歳上の方の少女がソファで私の隣に上ってきて、父親の肩に寄りかかって何かを話そうとしていたが、彼は知らないふりをしていた。父親にかまってもらおうと少女が身をよじったので、彼女の光るスニーカーが私のハンドバッグに当たり、それから腕にも当たった。父親はようやく振り向くと言った。レベッカ、自分が何をしているか見てみろ！　その人の腕を蹴っているじゃないか！　私は彼と目を合わせようとした。大丈夫です、問題ありません。でも彼はこちらを見ようとしなかった。この人は私の腕なんか本当はどうでも良くて、自分に恥をかかせた娘のお仕置きしか考えていないのだ。ニックが心から可愛がっている犬を相手にする様子が思い浮かんだが、私はその光景を頭から追いやった。

受付に名前を呼ばれて小さな診察室に通されると、超音波検査の装置と白い薄紙で覆われた検診台があった。促されて検診台に座って横たわり、私が天井を見ている間、技師の女性はプラスティックの器具にジェルを塗っていた。診察室は薄暗く、懐かしいようなこの薄闇のどこかに、秘密の水溜まりがある気配がした。技師とは少し喋ったが、内容は覚えていない。自分の声がどこか別の場所から来ていて、口の中に小さなラジオでもあるみたいだった。

技師がプラスティックの器具で私の下腹部を圧迫したので、私は上を向いて声を出さないようにした。目が潤んできた。今にも技師が粒子の粗い胎児の画像を見せて、心音について話すような気がして、それに賢《さか》しげにうなずく自分を想像した。何も入っていない子宮の画像を撮るなんて、廃屋の撮影と同じくらい悲しいと思った。

検査が終わると、私は技師に礼を言った。トイレに行って、病院の水道の熱いお湯で手を何度も洗った。軽度の火傷を負ったのか、手がピンク色になって指の腹にも少しシワが寄っている。それから戻って医長に呼ばれるのを待った。レベッカと彼女の家族はいなくなっていた。

医長は六十代の男性だった。彼は私にがっかりしたかのように目を細めると、座りなさいと言った。フォルダーの中の紙に書かれたものを見ている。私は固いプラスティックの椅子に座って、自分の爪を眺めていた。やっぱり手は火傷している。医長は八月の入院についていくつか尋ね、私の症状や、婦人科医に何を言われたかを聞くと、生理の周期や性行為について一般的な質問をした。医長は聞きながら、無関心な様子でフォルダーをひっくり返していた。ようやく彼は私に顔を向けた。

まあ、超音波検査は異常なしです。筋腫や嚢胞《のうほう》といったものは認められませんでした。これがいいお知らせです。

そうじゃない知らせは何なのですか？

医長が奇妙な微笑みを浮かべるのを見て、私の勇気には感服したと言われているような気がした。私は息を呑み、きっと何か間違いを犯したに違いないと思った。

医長の話によると、問題があるのは私の子宮の内膜で、そこの細胞が体内の子宮以外の場所で増殖しているのだという。この細胞は良性で癌にはならないが、治療法はなく、場合によっては症状が悪化するケースもある。今まで聞いたこともない長い名前の病気だった。子宮内膜症《エンドウミートウリオウスイス》。大変に「厄介」な上、「予測不可能」だと彼が言うこの病気は、腹腔鏡手術による検査でないと確定できない。しかし、私の症状の全部が当てはまる。十人に一人の割合の女性がこの病気にかかっている。私は火傷した親指をしゃぶるようにして、ふうむと声を漏らした。外科的な処置をする場合もあるが、特に重症でない場合はお勧めできない、医長は言う。ということは、私は重症ではないのだろうか、それとも病院がまだ決めかねているのだろうか。

この症状を抱える人にとって一番の問題は、「痛みへの対策」だと医長は言う。患者の多くが排卵時の痛みや生理痛、性交時の不快感を体験する。かじったせいでさかむけがめくれたので、私はそれを指からはがそうとした。セックスが害を及ぼすなんて、黙示録的な残酷さではないか。医長が「我々」は痛みによる極度の疲労や、「障害と呼べるレベル」にまで苦痛が達するのを回避したいと言った。あごが痛くなってきて、私は無意識に鼻をこすった。

更には「不妊の問題」もある。そう言われたのをはっきりと覚えている。え、そうなんですか？　と私は口にした。残念ながら、この病気で不妊症になる女性は多く、それが我々の懸念のひとつです、医長は言う。それから体外受精の話になり、その分野は驚くほどのスピードで進化を遂げていると教えられた。私は親指をくわえたまま うなずいた。まばたきで頭の中から考えを追い出そう、病院ごと消し去ってしまおうとするように、私は目をパチパチさせた。

診察はそれで終わりだった。待合室に戻ると母が私の『ミドルマーチ』を読んでいた。まだ十ページほどしか進んでいない。横に立つと母は期待するような顔で私を見上げた。

あら、彼女は言った。戻ってきたのね。先生は何だって？

何者かに迫られて、口や目を手でふさがれているような気がした。医長の所見には様々な要素があって、長くて、色んな単語や文章が絡み合っていて、言葉にして説明できなかった。色んなことを言わなくてはいけないと思うと、比喩的な意味ではなくて具合が悪くなってきた。そして自分がはっきりと口にしているのに気がついた。ああ、超音波検査は異常なしだって。

じゃあ何なのか分からないのね？　母が言った。

車に戻ろうよ。

外に出て車に乗ると、私はシートベルトを締めた。家に帰ったらもっときちんと説明しようと考えていた。家に戻れば、もっと考える時間が持てる。母がエンジンをかけた後、髪の結び目を指で引っぱって離すと、手の中に抜けた黒髪の束が落ちてきた。母にまた質問されると、私の口からどうにかひねり出した答えが出てきた。

ただのひどい生理痛だった、私は言う。ピルを飲んでいるからよくなっていくだろうって医者が言ってた。

ああ、そうと母は答えた。じゃあもう、安心なのね？　ほっとしたでしょう。私は固くてつるつるとしたものに姿を変えたいと思った。リラックスした表情をこちらが作ると、母の車は左折を示して駐車場を出た。

家に戻ると、列車の時間が来るまで私は二階の自分の部屋で過ごし、母は一階に残って片づけをした。彼女がキッチンの棚にヤカンや鍋を入れる音が聞こえてくる。ベッドに入ってしばらくインターネットを探っていると、女性向けサイトで私が抱えるこの難病についてのヘルス記事をいくつか見つけた。大抵は、苦痛によって人生を台無しにされた人々へのインタビューの体裁を取っていた。白人女性が物思いに耽《ふけ》るように窓の外を見ているストック写真が多用されていて、更には下腹部に手を置いて痛みを表現しているものもあった。オンライン・コミュニティもいくつかあったが、手術後の陰惨な写真を共有して「ステント（体内の管状の部分を内側から拡げるための医療器具）を入れた後、水腎症から回復するまでにはどれくらい時間がかかるのでしょうか？」という質問をするような人々ばかりで、私はなるべく距離を置いて見ようとした。

この手の記事を見尽くしてしまうと、私はノートパソコンを閉じて、小型の福音書を鞄から取り出した。ページをめくってマルコ伝でキリストがこう語っている箇所を開いた。娘よ、あなたの信仰があなたを救ったのだ。安心して行きなさい。もうその疫病にはかからず、元気に暮らすのです。聖書の中では病人はみんな善良で、良き人々によって癒される。でもキリストが何もかも知っているはずもなく、私もそうだ。たとえ信仰を持っていたとしても、それで救われる訳ではない。考えても無駄だ。

携帯が鳴ったので、見るとニックからの電話だった。私は携帯を手に取って、もしもしと言った。すると彼が話し始めた。ねえ、君に言わなくちゃいけないことがあるんだ。それは何なのと私が尋ねると、一瞬の沈黙の後、ニックは話を続けた。

つまり、メリッサと俺はまた一緒に寝るようになったんだ、彼は言う。こんな話を電話で君にするなんておかしいけれど、言わないのもやっぱり変だと思って。何だかね。

これを聞くと私はゆっくりと顔から携帯を離して、それをじっと見つめた。こんなのはただの物体だ、何の意味もない。ニックの声が耳に入った。フランシス？　でも他の物音と同じで、かすかにしか聞こえてこない。通話を切らないまま、そっとベッドサイドテーブルに携帯を置いた。ニックの声はザーザーという雑音に変わって、言葉として意味を為さなくなった。私はベッドに座ってゆっくりと息を吸って吐いたが、ゆっくり過ぎて呼吸していないのも同然だった。

それからまた携帯を手に取った。もしもし？

もしもしとニックの声がする。そこにいる？　今、通話がおかしくなっていたと思うんだけど。

ううん、私はここにいるよ。ちゃんと聞こえてる。

そうか。大丈夫かい？　動揺してたみたいだったけど。

私は目を閉じた。口を開いて出てきた声は細くて固く、氷のようだった。

あなたとメリッサについて？　現実的になってよ、ニック。

でも、俺から聞いた方が良かっただろう？

そうだね。

ただ俺たちの関係を変えたくはないんだ、ニックは言った。

それについては心配しないで。

彼がためらいがちに息をするのが聞こえた。私を安心させようとしているのだろうけど、そうはさせない。人はいつも私に弱みを見せたがる、そうすれば私が安心すると思っているから。そうすれば自分が価値ある人間だと思えるからだ、そんなの分かっている。

それで、君はどうなの？　彼は言った。検査は明日なんだろう？

それでようやく彼に間違った日程を教えたのを思い出した。これは私のミスで、彼は言われたことを覚えていただけだ。きっと携帯のリマインダーに入れていたのだろう。「フランシスに検査がどうだったか聞くこと」

そうだよと私は言った。どうだったかは連絡する。別の電話が入ってきてるからもう切るけど、終わったら電話するね。

ああ、そうしてくれ。何もないといいね。でも、心配はしてないだろう？　君は心配するようなタイプじゃないだろうし。

私は静かに手の甲を顔に当てた。身体は生命のない物体のように冷たかった。

ううん、心配性なのはあなただよ、私は言った。また話そう、ね？

分かった。連絡を取り合おう。

私は通話を切った。それから冷たい水で顔を洗って、前と変わらない、ずっと私のものである
その顔、死ぬまで持ち続ける自分の顔を拭いた。


その夕方、母は私の態度が気に入らなかったのか、叱りたいのに何を叱ればいいのか分からない様子で、駅に着くまでずっと私をにらんでいた。ようやく彼女がダッシュボードから足をどけなさいと言ったので、私はそうした。

これでもう安心ねと母は言った。

だね、嬉しいことに。

お金はどうしているの？

ああと私は言った。大丈夫だよ。

母はサイドミラーを見た。

先生は他に何か言ってなかったの？　母は聞いた。

ううん、あれだけ。

私は車窓越しに駅を眺めた。私の人生の何かが終わる予感がしたが、それは健康でノーマルな人間としての自分のイメージだったのかもしれない。自分のこれからの人生はくだらない肉体的

な苦痛に満ちていて、だからと言ってそこに何も特別なことはないのだと気がついた。苦痛によって特別な存在にはなれない、ないふりを装ってもやはり同じだ。それについて話しても、たとえ書いたとしても、苦痛を有用なものにはできない。何も変えられないのだ。母に駅まで送ってくれてありがとうと言うと、私は車を降りた。

28

その週は毎日授業に出席し、夕方は図書館で履歴書を書いてプリンターで出力するのに費やした。仕事を見つけてニックにお金を返さなくては。私は借金の返済に取り憑かれていて、それさえできれば他はすべてなんとかなると考えていた。彼から電話がかかってくると、着信拒否にして、忙しいとメッセージで伝えた。超音波検査では異常は見つからなかったので心配しないでと書いた。彼から了解の返事があった。じゃあ安心だね？　私は返信しなかった。顔が見られたら嬉しいというメッセージが来た。とうとう、こんなメールが送られてきた。ボビーが君のアパートから出ていったってメリッサから聞いたけど、君は大丈夫なのか？　私はやっぱり返信しなかった。水曜日、ニックからまたメールが送られてきた。

元気かい。君が俺に怒る気持ちは分かるし、申し訳ないと思っている。君が何を悩んでいるか聞かせて欲しい。大方メリッサのことなのだろうと分かってはいるけれど、それだって俺の勘違いかもしれないし。こうなるのは君にも見当がついていたはずで、そういうことが本当に起こってしまったら、俺から聞きたいはずだと思い込んでいた。でも、そんなのは俺の勝手で能天気な考えで、君は本当はそうならないで欲しいと願っていたはずだ。君の望みを叶えてあげたいが、教えてくれなかったらそれもできない。それとも、君は不機嫌なのか、別の件で腹を立てているのかもしれない。君が大丈夫なのか分からないのはとても辛い。連絡をくれると本当に嬉しい。

私は返信しなかった。

ある日、授業の前に灰色の安いノートを買って、そこに自分の症状を全部記録することにした。私は冒頭に日付が入っているノートに几帳面に症状を書き出した。疲れや骨盤の痛みといった症状は、今までは気がついたら消えている漠然とした不快感でしかなかったが、この記録によって自分にとってお馴染みのものになった。今では、様々な方法で私を苦しめる身近な宿敵なのだとはっきりした。灰色のノートのおかげで「中程度」「重度」といった言葉の輪郭はもはや曖昧ではなく、はっきりと細分化されて感じ取れるようになった。病気の症状じゃないかと思われる異変を感じると、私は神経を尖らせた。ベッドから起き上がるときにクラッとするのは、病気のせいだろうか？　悲しい気持ちになるのもそうだろうか？　私はこの取り組みにおいて完璧主義者になろうと決めた。きちんとした手書き文字による「情緒不安定（悲壮感）」という言葉が、数日にわたって灰色のノートに登場した。

その週末はモンクスタウンで、ニックの三十三歳の誕生日パーティが予定されていた。私は出席しようか迷っていた。どうしようと何度も何度も彼のメールを読み返した。読み返すたびに印象が違って、私を心配してどうにか折り合いをつけようとしているように見えたり、曖昧で優柔不断を決め込んでいると思えたりした。彼に何を求めているのか分からなかった。自分がそんなものを求めている人間だとは信じたくないけど、他の何もかもを捨て去って、私だけのものになると彼に約束して欲しいのだろうか。私の方は彼と付き合っているのに別の相手と寝たし、最近は他の人について頭が一杯になってばかりで、特にボビーについてばかり考えていて、彼女が恋しくて仕方がないのに、こんなのはとんでもない望みだ。ボビーへの思慕はニックと無関係だったが、彼が同じようにメリッサを想っていると考えると、自分が辱められているように感じる。

金曜日に私はニックに電話した。今週は何だかおかしかったのと言うと、彼は私の声が聞けて嬉しいと言った。私は舌で歯を舐めていた。

先週もらった電話でぶっ飛ばされたみたいな気持ちになったの、私は言った。過剰反応だったらごめん。

いや、そうじゃない。俺の反応の方が薄過ぎた。ショックを受けたのかい？

私はためらってから言った。ううん。

もしそうなら、俺たちは話し合わないと、彼は言った。

大丈夫だよ。

彼が一瞬、おかしな間を作ったので、私はまだ何か悪い知らせがあるのかと身構えた。ようやく彼が口を開いた。君は動揺させられるのを嫌う。でも感情を持つのは弱さの証ではないんだ。ひきつったような微笑みが私の顔に浮かんで、憎しみのエネルギーが放射状に広がり身体に満ちてきた。

そうだね、私にも感情がある、私は言った。

そうだ。

あなたが妻とファックしているかなんて思い悩むような感情がないってだけ。そんなのは私の感情に訴えるような話じゃないの。

そうか、彼は言った。

あなたは私に感情的になって欲しいんだよね。私が別の人間と寝た際に自分が嫉妬したから、こっちが嫉妬しなかったら面目が立たないんでしょう。

彼が電話に向かってため息をつくのが聞こえた。かもな、彼は言った。うん、もしかして、それは考えなくてはいけないことかもしれない。俺はただ……うん、君が冷静で嬉しいよ。

これを聞いて、私は本当の笑顔になった。きっと彼にも私が笑顔なのは伝わったはずだ。あなた、嬉しそうじゃないよね。今度は、弱々しいため息が聞こえた。私が微笑みながら、床に横たわった彼の身体を歯でズタズタに切り裂いているみたいだった。ごめん、彼は言う。君から敵意みたいなものを感じているんだけど。

自分が私を傷つけるのに失敗したのを、私の敵意のせいだと考えているんだね、私は言った。面白いね。パーティは明日の夜だっけ？

彼がずっと沈黙していたので、さすがにやり過ぎたと思って、君はひどい人間だ、愛するのはとても無理だったと言われるのかと不安になった。でも彼はこう言っただけだった。そうだよ、会場は家だ。来られるかい？

もちろん、行かない訳がないでしょう？　私は答えた。

よかった、また君の顔が見られて嬉しい、本当に。来るのはいつでもいいから。

三十三歳はもう年寄りだよね。

ああ、そうだろうなと彼は言った。思い知っているところだ。


パーティに着くと、家は騒がしくて私の知らない人たちでいっぱいだった。テレビの裏に犬が隠れているのを見つけた。私の顔にキスをしたメリッサは、どう見てもしたたかに酔っ払っていた。彼女は赤ワインを私に注ぐと、きれいよと言った。ニックが絶頂に達して彼女の身体の中で震える姿を思い浮かべた。情熱的に愛するように激しく、私は二人を憎んだ。口いっぱいにワインを頬張って飲み込むと、胸の前で腕を組んだ。

あなたとボビーはどうなっちゃっているの？　メリッサが聞いた。

私は彼女を見つめた。くちびるにも、歯にもワインの染みがついている。左の目の下には少しマスカラがにじんだ跡がはっきり見えた。

さあ、私は答えた。彼女は来ています？

まだ来ていない。ちゃんとかたをつけた方がいいよ。あの子、それについてずっと私にメールをしてくるの。

メリッサを見ていたら身体に悪寒が走った。ボビーが彼女にメールをしているのが許せなかった。メリッサの足を強く踏みつけて、彼女の目を見て自分のせいではないと言ってやろうか。違いますよとしらばっくれてやる。一体、何の話ですか。彼女は私を見て、頭のおかしい邪悪な人間を相手にしたと思い知るだろう。ニックに誕生日おめでとうと言ってこなくちゃと私が言うと、メリッサは温室につながる両開きのドアを指さした。

彼と険悪なんだって？　とメリッサに聞かれた。本当？

私は歯を食いしばった。ありったけの力をかけたら、どれだけ彼女を強く踏みつけられるだろうか。

私のせいじゃないといいのだけど、彼女は言った。

いいえ、私は誰とも険悪なんかじゃありません。挨拶してこなくちゃ。

温室ではサム・クックが流れていて、ニックがうなずきながら私の知らない人たちと立ち話をしていた。明かりは薄暗くて、すべてがブルーだった。ここから出ていきたくなった。ニックがこちらを見て、私たちの目が合った。いつものように、自分の中の鍵が強引に開けられるような衝撃を感じたが、今の私はそれが嫌だったし、何だろうとこじ開けられるのはごめんだった。彼がこちらに向かってくると、私は腕を組んで立ち尽くして、顔をしかめようとしたが、もしかしたらおびえた表情になっていたかもしれない。

彼も酔っ払っていて、耳障りな声で不明瞭なことを言っていた。君は大丈夫かと聞かれたので、私は肩をすくめた。何が悪いのか、君が教えてくれさえしたら謝れるんだけど、彼は言った。

メリッサは私たちが喧嘩してると思ってるみたい、私は言った。

そうか、俺たちそうだったっけ？

だとしても、彼女には関係ないことだよね？

さあね、彼は言う。君がどんな意味で言っているのか分からないけど。

全身がこわばって、あごがぎゅっと締まって痛くなってきた。彼から腕を取られて、私はまるでひっぱたかれたかのようにふりほどいた。当たり前ながら、彼は傷ついた顔をした。私がどうかしているのは、自分でも分かっている。

すると、見知らぬ二人連れが、ニックに誕生日おめでとうと言いに来た。背の高い男性と、赤ちゃんを抱いた黒い髪の女性だ。ニックは二人に会えてすごく嬉しそうだった。長くはいられないの、長くはいられないの、ちょっと寄っただけだからと女性は言い続けている。ニックは私を彼の妹のローラと夫のジム、そして愛する姪である赤ちゃんに紹介してくれた。ローラが私について知っているかは分からなかった。赤ちゃんは金髪で、大きくて澄んだ瞳の持ち主だった。ローラに初めましてと挨拶されて、私は言った。あなたの赤ちゃん、美人さんですね、うわあ。ニックは笑っていた。そうだろ？　赤ちゃんモデルみたいだよな。ベビーフードの広告ができる。ローラに抱いてみたいかと聞かれて、私は彼女の顔を見て答えた。はい、いいですか？

ローラは私に赤ちゃんを手渡すと、ソーダを取ってくると言った。ジムとニックが何か話していたが、私は内容を覚えていない。赤ちゃんは私を見て、口を開けたり閉じたりしていた。ぱくぱくとしている口の中に、彼女は自分の片手を丸ごと入れてそのままにしていた。こんな完璧な存在が、ソーダを飲んで、パーティで見知らぬ人間に彼女を渡すような気まぐれな大人の手にかかっているとは、とても信じられない。赤ちゃんは濡れた手を口に入れたまま、私を見上げてまばたきをしている。私は彼女の身体を胸に抱き、その小ささを噛みしめていた。誰にも聞かれないように彼女に話しかけたかったけど、周囲の目があってできなかった。

ふと顔を上げると、ニックが私を見つめていた。彼に微笑みかけなくちゃと必死に考えながら、私は見つめ返した。そうだよ、私は言った。私はこの子が大好き。十点満点の、素晴らしい赤ちゃんだよ。するとジムが言った。ああ、レイチェルは我が家でニックのお気に入りのメンバーなんだ。彼は俺たち以上に彼女を愛している。ニックはそれを聞いて微笑むと、バランスを取ろうと腕を振り回している赤ちゃんに手を伸ばして、その手に触れた。すると、赤ちゃんはニックの親指の関節をギュッとつかんだ。もう、泣いちゃう、私は言った。完璧な赤ちゃんだね。

ローラが戻ってきて、その子をこっちに寄こしてと言った。この子、重いでしょ？　彼女は言った。私は馬鹿みたいにうなずいた。すごく可愛いです。赤ちゃんがいなくなって、私の腕は薄っぺらで空っぽになったみたいだ。ちっちゃな誘惑者ちゃんなのよね、ローラは言った。そうよね？　そう言って彼女は赤ちゃんの鼻に愛おしげに触れた。自分の子を持つのが楽しみねとローラは言った。私は彼女を見つめてまばたきをして、ええ、とか、まあ、とか不明瞭なことを口にした。そこで帰る時間が来て、彼らはメリッサにさよならをしに行った。

ローラたちが去るとニックが私の背中に触れたので、彼の姪にすっかり夢中になってしまったと彼に話した。美しい子だね、と私は言った。美しいって言うなんて馬鹿げているけど、そうでしょう。ニックは馬鹿げているとは思わないと言った。彼は酔っ払っていたけど、私に優しくしようとしているのは分かった。だけど私は言った。実のところ、あまり具合が良くないの。大丈夫かと聞かれたけれど、私は彼を見なかった。私が抜けてもかまわないでしょう？　お客さんなら沢山来ているし、あなたを独り占めしていても悪いもの。ニックは私と目を合わせようとしたが、私には彼の顔を見るのは無理だった。どうしたのと聞かれたので、言った。明日、話すね。

彼は玄関まで私を送ってくれなかった。身体に寒けを感じ、下くちびるが震えだした。お金を払ってタクシーで市内まで戻った。

その夜の遅く、父から電話がかかってきた。着信音で起こされて、私は携帯を取ろうとしてベッドサイドの棚に手首をぶつけた。もしもし？　相手に呼びかけてみる。真夜中の三時を過ぎていた。私は胸のところで腕をさすりながら、暗闇に向かって目を細め、彼の返事を待った。天気のせいなのか、電話の向こう側から風か雨のような音が聞こえる。

お前か、フランシス？　父の声がした。

ずっと連絡を取ろうとしてたんだよ。

分かってる、それは分かってるから。聞いてくれ。

父はそこで電話に向かってため息をついた。私も父も黙っていた。隠しようもないほど疲れのにじんだ声で、父はどうにか話し出した。

お前には悪いことをした、父が言った。

悪いって何が？

あれだよ、あれ。分かっているだろう。悪かったよ。

何の話をしているのか不明だよと私は言った。

生活費の振り込みについて何週間も彼に電話し続けていたが、今はその話をする時ではないと分かっていたので、彼がお金について持ち出したとしても白《しら》を切る気でいた。

あのな、父は言った。この一年は大変だったんだ。もう俺の手には負えなくて。

何かあったの？

父はまた、ため息をついた。私は彼に呼びかけた。父さん？

そうだな、こんな時には俺はいない方がいいんだと父は言う。そうだよな？

そんなことないよ。そんなこと言わないで。一体何の話をしているの？

いや、何でもないんだ。ただの戯言だ。

私は震えていた。自分が安全でまともだと思わせてくれるものを思い浮かべようとした。私の所有物の数々。バスルームで乾かしてある白いブラウスや、本棚にアルファベット順で並べてある長篇小説、緑の陶器のカップのセット。

父さん？　私は言った。

お前は大した娘だよ、フランシス。俺たちにちっとも迷惑をかけなかった。

無事でいるの？

そっちで彼氏ができたって母さんが言っていたと父は言う。いい男なんだってな、そう聞いているぞ。

父さん、どこにいるの？　どこか外なの？

父は黙ったかと思うと、またため息をついたが、言葉にできない身体の不調をうめいて訴えているみたいだった。

あのな、彼は言った。悪かった、それでいいな？　悪かったよ。

父さん、待って。

父は電話を切った。目を閉じると、上昇しては消えていくテトリスの背景のように、自分の部屋の家具が消滅していくような感覚がして、次に消えるのは自分だと思った。父の番号に何度も何度もかけたけど、彼はやっぱり出なかった。とうとう呼び出し音もしなくなってしまったので、向こうの電話のバッテリーが切れたのかもしれない。私は暗闇に横たわり、明るくなるまでじっとしていた。

翌日、まだベッドにいると、ニックから電話がかかってきた。朝の十時にようやく眠りについて、起きた時には正午を過ぎていた。窓のブラインドが天井に汚らしい灰色の影を落としている。電話に出て、起こしてしまったかと聞く彼に大丈夫と答えた。あまり眠れなかったの。こっちに来てもいいかと聞かれた。私はブラインドを開けようと手を伸ばして、うん、いいよと答えた。彼が車で来るまで私はベッドで待っていた。起きてシャワーを浴びようとさえしなかった。黒いTシャツを着てニックをアパートに迎え入れると、彼はヒゲを剃ったばかりのさっぱりとした様子で、煙草の匂いを漂わせながら入ってきた。彼を見ると私は自分の喉に手を当てて、あれ、あっという間にこっちに着いたんだね、みたいなことを口走った。部屋に招き入れると、うん、道がすごく空いていたから、と彼は答えた。

一瞬、立ち尽くしたままで見つめ合っていたかと思うと、ニックは私の口にキスしてきた。いいかな？　彼は言った。私はうなずき、よく分からない返事をした。彼は言った。昨夜はまた悪いことをした。ずっと君について考えていたよ。いなくて寂しかった。そう言わなかったと後から怒られないように、事前に用意してきた台詞のようだった。泣き出しそうに喉が痛んだ。Tシャツの下に彼が手を入れてくると、どういう訳か涙がこぼれた。あれ、そんな、どうしたの？　ねえ。彼が言った。私は肩をすくめると、自分でもよく分からない身振りをした。私は激しく泣いた。彼はそこに立ち尽くして、困った顔で見ていた。その日の彼は、白いボタンのついた淡いブルーのボタンダウンシャツを着ていた。

話してくれる？　彼は言った。

話すことなんか何にもないよと私は言って、そのままセックスをした。私が膝をついてバックでした。今回は特に話し合うこともなくコンドームを使った。彼が何か言おうとしても、私はほとんど聞こえないふりをしていた。ただ激しく泣き続けた。胸に触られたり、大丈夫かと聞かれたりすると、更に泣いた。それで彼がやめようと言い出したので、私たちはやめた。私はシーツを身体に巻きつけ、彼を見ないで済むように両手を目に押し当てた。

良くなかった？　私は聞いた。

話せるかな？

前は好きだったでしょ、違うの？

聞いてもいいかな？　彼は言った。俺に彼女と別れて欲しい？

そう言われて、私は彼を見た。疲れた顔で、私が彼にしたことの何もかもが気に入らなかったのは、一目瞭然だった。私は自分の身体が、価値のない廃棄可能な代替品みたいに思えてきた。本物の方を解体して、自分の手足と並べて比較するところが頭に浮かんだ。

ううん、私は言った。別れて欲しくない。

どうしたらいいのか分からないんだ。ずっと最低な気分だ。君は俺に腹を立てているみたいだし、どうやって幸せにしていいのか分からない。

そうだね、もう会うべきじゃないのかも。

そうか、彼は言った。分かった。きっと君が正しいんだろう。

それを聞いて、私は泣きやんだ。私は彼を見なかった。顔にかかっていた髪を後ろに束ねると、手首に巻いていたゴムでまとめた。両手が震えて、視線の先の照明もないところにかすかな光が見え始めた。彼はごめんねと言い、愛していたとも言った。他にも何か、自分は私に似つかわしくないとか、そんなようなことを言っていた。私は考えていた。もしも今朝、私が電話を取らなかったら、ニックはまだ私の恋人で、何の変わりもなかった。喉がつまって、私は咳き込んだ。彼がアパートからいなくなると、私は小さな爪切りを取り出して、左の太ももの内側に傷をつけた。辛い気持ちを忘れたくて、何かドラマティックなことをしなくてはと考えたのだが、私の心は傷でも癒えなかった。血がドバッと出て、むしろ気分が悪くなった。私は床に座り込んで、トイレットペーパーを血まみれにしながら、自らの死について考えていた。私はニックが空っぽにしてしまったグラスのようだったが、何がこぼれ落ちたのだろうか。それは自分の価値についての幻想や、実像とは違う偽りの姿だった。そんなもので自分がいっぱいになっているなんて、見えていなかった。今は何者でもない、ただの空っぽなグラスになって、自分のすべてがはっきりした。

私は片付けをして、傷口に貼る絆創膏を見つけた。それからブラインドを開けて『ミドルマーチ』のページを開いた。メリッサにまた求められるようになって、すぐさま私と別れられる最初のチャンスにニックが飛びついたのか、それとも私の顔と身体があまりに醜いので嫌気がさしたのか、途中でやめたくなるほど私のセックスがひどかったのか、結局はどうでもいいことだ。将来の私の伝記作家は、気にもしないはずだ。ニックに打ち明けなかった自分自身の話を全部思い返したら、気持ちが明るくなってきて、プライバシーが私の周りに広がって自分をバリアみたいに守っている気がした。私は自律し、独立した人間で、何者も私の内部に触れたり、支配したりできない。

血が止まってからも、傷口がズキズキとした。それで自分が恐ろしく愚かなことをしたのかもしれないと不安になってきたが、自分の行動を誰かに打ち明けようとも思わなかったし、くり返したりしないのも分かっていた。ボビーと別れた時は身体に傷をつけはしなかったが、熱いお湯の出なくなったシャワーの下に、指が青くなるまで居座ったことはあった。そうした行動を、私は密かに「ドラマ化」と名づけていた。腕を切って傷をつけるのは「ドラマ化」だし、うっかり低体温症になって、電話で救急隊員に説明しなくてはいけない羽目になってしまったのもそうだ。

その日の夕方、前夜の父の電話について考えていて、ニックにその話をしたかったと思い、一瞬、こんな考えが頭をよぎった。ニックに電話をすれば、彼は戻ってきてくれる。きっと、やり直しが利くはずだ。でも彼は戻ってこないだろう、もう二度と。彼はもう私だけのものではなく、その時期は過ぎ去ったのだ。私には分からないことも、メリッサは分かっている。あれほどのことが起こった後でも、二人はまだお互いを欲しているのだから。メリッサの送ってきたあのメールについて考え、そして自分は結局不妊症かもしれないのだから、ニックが何よりも求めているものをあげられないのだと考えた。

それから数日間、私はただ携帯を凝視して何時間も過ごし、他は何もしなかった。画面上の光る時計で時間が駆け足で過ぎていくのは目に見えたが、それでも時の流れに気がつかなかった。ニックはその夕方も、その夜も、電話をかけてこなかった。翌日も、その次の日もかけてこなかった。誰からも電話はなかった。待ち続けていると、だんだんと何か待っているような気がしなくなり、ただ人生そのものが、何かを待っている間の暇つぶし作業のように思えてきた。私はアルバイトに応募して、ゼミに出席するようになった。日常は続いていった。

29

私はサンドイッチの店で、平日の夕方と週末にコーヒーを出す仕事に就いた。初日にリンダという女性から黒いエプロンを渡されて、コーヒーの淹れ方を教わった。小さなレバーをシングルショットなら一回、ダブルの場合は二回引いてポルタフィルターに粉コーヒーを入れる。それからコーヒーメーカーにフィルターをぴったりと装着して、湯を入れるボタンを押す。小型のスチームノズルとミルク用の水差しは別にあった。ラテとカプチーノの違いなど、リンダはコーヒーに関する様々なことを私に教えてくれた。モカもメニューにあったが、モカを作るのは「難関」なので、他の人に任せたらいいと言われた。モカを頼む人なんていないけどね、リンダは言った。

きっと会えるはずだと思っていたのに、私はボビーを大学で見かけなかった。芸術科の棟や、彼女がいつも煙草を吸っていた傾斜路や、『ニューヨーカー』が無料で読めてキッチンで紅茶を淹れられるディベート部の部室のそばを私は長いことうろついていた。彼女は現れなかった。もともと私たちは時間割からして違っていた。私がキャメルのコートを着ている時や、腕いっぱいに本を抱えているような時に彼女にばったり会えたらいいのに、そしたら彼女に向かってためらいがちに、喧嘩したのを忘れて欲しいという微笑みを浮かべるのに。サンドイッチ店に来た彼女に働いているところを見られるというのが、最悪のシナリオだった。ほっそりした黒髪の女性がドアから入ってくるたびに、私は反射的にコーヒーメーカーの方を向いて、ミルクをスチームしているふりをした。この数ヶ月、執筆と講演と何かに好奇心を持つことだけで生計が成り立つ、そんな人生の可能性を垣間見たような気になっていた。小説の出版が決まった時は、実際にその世界に足を踏み入れた気になって、今までの生活は折りたたんで捨てていこうとまで思っていた。ボビーがサンドイッチ店にやってきて、私の姿を見てこれまで騙されていたような気持ちになるなんて、そんな風に考えた自分が恥ずかしい。

私は母に父からの電話の話をした。それどころか、電話口でその件について喧嘩になり、終わった後は疲れ果てて、一時間は喋ったり動いたりできなかった。私は、母が人を甘やかしてダメにしていると責めた。母は言った。ああ、そう、私のせいなのね？　何もかも私が悪いの。母が父のきょうだいに話を聞いたところ、先日、様子を見に彼の住んでいるところまで行ったが、父は何ともなかったという。父が私の顔に向かって靴を投げつけた子供時代の話を、私は何度も蒸し返した。私は悪い母親でした、母は言う。あなたが言いたいのはそういうことでしょう。それがお母さんがこの事実から導き出した答えなら、もう勝手にして、私は言った。どうせあなたはお父さんを愛してもないんでしょう、と母は言ってきた。

相手が自分をクソ扱いするのを許すのが、誰かを愛する唯一の方法だってお母さんは言うのね、私は言い返した。

母は電話を切った。その後、私はスイッチが切れたような状態でベッドに横になっていた。

十一月も終わりに近くなったある日、メリッサのFacebookのタイムラインに、イヴリンがこんなコメント付きで動画のリンクを投稿した。またこれを偶然見つけて、もう死んじゃったよ！サムネイルでメリッサの家のキッチンで撮影された動画だと分かった。私はクリックして、ダウンロードが完了するのを待った。こってりしたバター色の照明のもと、バックにフェアリーライトを吊るして、キッチンカウンターのところで隣り合わせに立つニックとメリッサが映っていた。音声が入った。カメラの背後にいる誰かが、いいよ、いいよ、そのままでいてと言うのが聞こえた。撮影はブレブレだったが、メリッサがニックの方を振り向き、二人が笑い合っているのは分かった。彼は黒いセーターを着ていた。彼女から何か合図をされたのか、彼はうなずくと、歌い始めた。もう帰らなくちゃいけないんだ。今度はメリッサが歌った。でもベイビー、外は寒いよ。二人のデュエットは楽しかった。部屋にいるみんなが笑って拍手をすると、シーッ！　シーッ！というイヴリンの声が入った。ニックが歌うのを聞くのは初めてだったけど、いい声をしている。メリッサも上手だ。ためらうニックをメリッサが引き止めようとする、二人の演技がよかった。彼らにぴったりだ。友人たちのために、二人は練習を重ねたのだろう。この動画を見れば、ニックとメリッサがどんなに愛し合っているのか分かる。もしも私がこれを先に見ていたら、そうしたら何にも起こらなかったかもしれない。わきまえていたかもしれないのに。

平日は午後五時から八時までしか働かなかったが、家に帰る頃には疲れ果て、食べる気も起きなかった。大学の勉強は遅れを取った。サンドイッチ店に時間を取られたせいで課題書を読む時間も不足していたが、本当の問題は集中力だった。もう全然駄目だった。考えは形としてまとまるのを拒否していたし、ボキャブラリーは減って精度が落ちてきた気がする。二度目のバイト代が入ると、私は銀行口座から二百ユーロを下ろして封筒に入れた。ノートの切れ端に私はこう書いた。ローンをどうもありがとう。それからモンクスタウンのニックの住所に送った。受け取ったという連絡は来なかったが、その頃になるともう期待もしていなかった。

十二月がもうそこまで来ていた。三錠残っていた生理周期のための薬が二錠になり、一錠になった。全部飲み終えた途端に、以前の症状が戻ってきた。不調は数日続いた。私は歯を食いしばって、いつも通りに授業に出席した。痛みが押し寄せてきては引いて、私は汗だくになって消耗した。『ミドルマーチ』を読み終えたばかりだったのに、教授の助手からウィル・ラディスローについて発言するように指名されて、魚みたいに口をパクパクさせることしかできなかった。ようやく私は言葉をひねり出した。分かりません、すみません。

その夕方、私は家に帰るためにトマス・ストリートを歩いていた。何日もパンを食べていなかったし、足はガクガクしていた。下腹部が張ってきて、私は自転車スタンドに一瞬寄りかかった。視界がバラバラになり始めていた。自転車スタンドを握る手が、明かりの前にかざした写真のネガのように透きとおって見える。トマス・ストリートの教会がすぐ目の前だったので、私は胸郭を片腕で押さえて、身体を傾げながら足を引きずり、入口へと歩いていった。

教会は古びたお香と乾いた空気の匂いがした。祭壇の後ろにはピアノを弾く長い指のようなステンドグラスの列がそびえ立ち、天井は白とミントグリーンでお菓子の色みたいだった。教会に来たのは子供の時以来だ。二人の老女がロザリオを手に、私の横に座っていた。私は後ろの座席に座ってステンドグラスを見上げて、目を凝らし永遠なるものを見て自分が消えるのを免れようとした。こんなしょうもない病気で死んだ人なんかいない、そう思った。顔に汗をかいていたが、外で濡れたのに気がつかなかったのかもしれない。私はコートのボタンを外すと、スカーフの内側の乾いているところで額をぬぐった。

私は鼻で息をしていたが、肺を空気で満たそうとして自然に口が開いた。膝の上で両手を握り合わせた。痛みが脊椎を直撃し、放射線状に広がって頭蓋骨まで上がってきて、目が潤んだ。自分は祈っているのだと考えた。事実、ここに座って神に助けを求めている。本当に。お願い、助けてくださいと心で訴えた。お願いですから。まず基本として、神の秩序を信じなければ助けを求めてはいけないという原則は知っていたが、私はそれを信じていなかった。でも努力はしている。私は同胞である人類を愛している。でもそれは本当か？　あんな風に原稿を破いて、私を置き去りにしたボビーを愛しているだろうか？　もう私とファックしたいと思わなくても、ニックを愛しているだろうか？　メリッサを愛しているだろうか？　愛したことなんかあっただろうか？　母と父を愛しているだろうか？　悪人も含めた全人類を愛せるだろうか？　私は気が遠くなりながら、うつむいて握り合わせた両手に額をつけた。

広大なことを考える代わりに、私はもっと、自分が思いつく限りの小さなものに意識を集中しようとした。私が座っているこの信者席を作った人について思いを馳せた。板を磨いてワックスをかけた人について。それを教会に運んだ人について。床にタイルを貼った人や、窓をはめた人。人の手によって並べられたレンガ、ドアにはめられたネジ、あらゆる街灯の中のすべての電球。機械によって作られたものにさえ、元々その機械を作った人の手が入っている。そして人も、幸せな子供たちや家族を作ろうと努力している人によって作られている。私も、私が着ている服のすべても、私が知っている言語のすべても。私を教会に呼び寄せて、こんな風に考えさせるのは何者なのか？　私をよく知る人々や見知らぬ人々といった他者なのか。私は自分自身なのか、それとも私は他者なのか？　この私は、フランシスなのか？　いや、私ではない。他者である。私は自分を傷つけて危害を加えることがあるだろうか、労せずして手に入れた白人としての文化的な特権を濫用しているだろうか、人の手を借りるのが当たり前だと思っているだろうか、道徳的な誓約を避けるためにジェンダー理論の還元的な反復を悪用しているか、自分の身体との関係に問題はあるだろうか、その通りだ。私は自分の痛みから解放されたいばかりに、他者の痛みからの解放を要求しているのか、痛みは私のものであるゆえに他者のものなのか、そうだ、その通りだ。

目を開けた瞬間、何かがひらめき、自分の身体の細胞が何百万個もの光の接点となって輝くのを感じて、深遠なものに到達した。そして立ち上がった途端、席にくずおれた。

気絶は私にとって日常茶飯事になっていた。起き上がるのを助けてくれた女性に、よくあることなのでと言うと、女性は少しイラッとしたように、だったら自分で対処してという顔をした。

口の中に嫌な味がしたが、助けを借りずに自分で歩けるくらいには回復していた。スピリチュアルな覚醒を体験したせいで、ひどくお腹が空いていた。私はコンビニでインスタントヌードルを二袋とチョコレートケーキを一箱買うと、一歩一歩ゆっくりと着実に歩いていった。

家に戻ると、ケーキの箱のふたを開けてスプーンを取り出し、メリッサの携帯に電話をかけた。満足げに喉を鳴らすような音で、呼び出し音が鳴った。そして彼女の息の音が聞こえた。

もしもし？　メリッサの声がした。

ちょっと話せますか？　それとも、都合が悪いですか？

彼女は笑った、というか、笑ったような声が聞こえた。

単に都合が悪いかってこと、それともたった今ってこと？　彼女は言った。普通の意味だと都合がいいとは思えないけど、たった今なら大丈夫だよ。

どうしてボビーに私の原稿を送ったんですか？

さあね、フランシス。どうしてあなたは私の夫とファックしたの？

私にショックを受けて欲しいんですか？　私は聞いた。あなたが言葉遣いの悪いショッキングな人だっていうのは分かりました。で、それが分かったところで、どうしてボビーにあの原稿を送ったんですか？

彼女は黙り込んだ。私はスプーンの先でケーキのアイシングを削り取って、なめた。砂糖の味しかしなくて、何の風味もなかった。

あなたって唐突に攻撃性を発揮するよね？　彼女は言った。ヴァレリーの時もそうだったけど。

他の女性に脅威でも感じているの？

私はあなたに質問しているのであって、もし答えてくれないのなら、この話は終わりです。

どんな権利があって、私のやったことを説明しろって言ってるの？

あなたは私が嫌いですよね、私は言った。そうでしょう？

メリッサはため息をついた。何が言いたいんだかさっぱり分からない、彼女は言った。私はケーキのスポンジのところまでスプーンを入れると、一口食べた。

あなたのせいで私は屈辱を味わっている、彼女は言った。ニックについて言っているんじゃないの。初めて私のところに来た時、あなたは家を見渡して「こんなブルジョア的で恥さらしなもの、私がぶち壊してやる」って顔をしていた。そして本当に、楽しみながらぶち壊してくれたよね。私は急に自分のアホくさい家をふり返って、こんな風に考えたの。このソファって趣味が悪いかな？　ワインを飲むなんてダサいかな？　今まで居心地が良かったものが、急にみじめに感じられるようになった。他人の夫と寝るんじゃなくて、夫がいるってことが。知り合いの話を汚らしい短篇に書いて、それをあなたみたいに有名誌に売りつけるんじゃなくて、きちんとした本の出版契約があるってことが。どうせこの女は支配階級なんだから、喜び勇んで骨組みから全部崩してやるって勢いで、あんたはクソみたいな鼻ピアスをして我が家に乗り込んで来たの。

私はスプーンをケーキに刺して、突き立てた。それから両手で自分の顔をこねくり回した。

私は鼻ピアスをしていません、とメリッサに言った。それはボビーの方です。

あら、そう、心の底から謝るよ。

あなたが私をそんなに破壊的だと思っていたなんて、知らなかった。本当のところ、ちっともあなたの家を見下してなんていません。私の家にしたかったくらい。あなたの生活のすべてが欲しかった。それを手に入れようとしてひどいことをしたかもしれないけど、私は貧乏であなたはお金持ちです。私はあなたの人生をぶち壊そうとしたんじゃなくて、盗もうとしたの。

彼女が鼻を鳴らすような音が聞こえたが、私の話に聞く耳を持たないというポーズに過ぎないのだろう。本当の反応というよりも、むしろお芝居だった。

あなたは私を好きなあまり私の夫と浮気したっていうのね、メリッサは言った。

いいえ、好きだとは言っていません。

いいよ。私もあなたが好きじゃなかったから。あなたは私に対していつも感じが悪かったしね。

私たちは黙り込んだ。まるで階段を駆け上がる競走をして息を切らし、お互いに軽率な真似をしたと思っているみたいだった。

後悔してます、私は言った。もっと感じよくすればよかった。あなたと友だちになるために、もっと努力をするべきでした。ごめんなさい。

何ですって?

ごめんなさい、メリッサ。こんな攻撃的な電話をして、馬鹿でした。自分でも何をやっているんだか、よく分かりません。単に辛かっただけなのかもしれない。電話してごめんなさい。それと、全部について謝ります。

まったく、彼女は言った。どうしちゃったのよ、あなた大丈夫なの?

私は平気です。ここのところ本来あるべき自分じゃなかった気がします。自分でも何を言ってるのか分からないけど。あなたをもっとよく知って、親切にすればよかった、それについては謝罪します。ではもう切ります。

彼女が何かを言う前に、私は電話を切った。私はケーキを何切れかガツガツと食べて、口を拭うと、ノートパソコンを開いてメールを書いた。

親愛なるボビー

今日、私が教会で気絶したと知ったら、君はめちゃめちゃ笑うかもしれないね。私の書いた話で、君を傷つけたのは悪かったと思っている。君には本心を打ち明けられないのに、私が他の人には正直になれるって示されたら傷つくよね。それが理由だと思いたい。今日、私はメリッサに電話して、どうして君にあの原稿を送ったのか問いただした。だけど少ししてから、本当に聞きたいのは、どうして自分があの話を書いたのか？　ってことだって気がついた。あの電話は本当に気まずくって、不発もいいところだった。私は彼女を自分の母親だとでも思ってたみたい。私は君を愛している、今までもずっと愛してきたっていうのが本当のところ。プラトニックって意味かって？　君がキスしてきても、私は抵抗しなかった。また君と寝るのを考えるだけで、いつだって心がときめく。君と別れた時は、一緒にプレイしていたゲームで君に完敗したような気持ちになって、またゲームに復帰して君を打ち負かしたいと願っていた。今はただ、メタファーじゃなくって、本当に君と寝たいと思っている。だけど、私が他に欲望を持っていないという訳じゃない。たった今の話でいうと、ティースプーンで箱から直《じか》にチョコレートケーキを食べてるし。資本主義のもとで誰かを愛するならば、人類を丸ごと愛さないといけない。これは理論なのかな、それともただの神学なのかな？　聖書を読みながら、私はキリストの顔に君を思い浮かべていたから、教会で気絶したのも結局はメタファーなのかもしれない。でもインテリぶる気はないよ。小説を書いたことや、それでお金を儲けたことについて謝る気はない。でも、もっと早くに話すべきだった。君にショックを与えてしまったことは謝りたい。君は私にとって単なるネタなんかじゃない。もしそんな風に君を扱っていたのなら、ごめんなさい。君が一夫一妻制について語ったあの夜、私は君の知性にただ夢中だった。あの話で君が私に何を訴えているのか、理解してなかった。もしかして私はお互いが思っている以上に大馬鹿なのかもしれない。私たちが四人でいる時も、カップルという単位でものを考えてばかりで、私を含まない組み合わせの方が可能性として魅力的なので苦しかったの。君とニックや、君とメリッサ、ニックとメリッサの組み合わせさえ、それぞれで収まりがいいと感じていた。でも今は、二人の人間の間だけで成り立つものなんて、それどころか三人の間でも、存在しないんだって気がついた。私と君の関係は、メリッサと君の関係からも来ているし、ニックからも、子供時代の私からも、その他の沢山のものから来ている。私は自分の存在を信じる、だからこそ様々なものを欲する。君はラカンが本当は何を言わんとしていたのか説明するために、返事を書いてくれなくちゃ。

でも君は全然返事をくれないかもしれない。もし私の文章のスタイルが気に入らないとしても、私は本当に気絶した。嘘じゃないし、今もまだ身体がガタガタ言ってる。愛し合うための新しいモデルを私たち二人で開発するのは可能だと思う？　私は酔っ払っているんじゃないよ。お願いだから返事を下さい。愛してる。

フランシスより

いつの間にか、チョコレートケーキはすっかりなくなっていた。箱をのぞいても、ケーキのかけらと、面倒くさくてはがさなかった包装紙と、そこにくっついたアイシングしかない。私はテーブルから立ち上がり、ヤカンを火にかけると、スプーン二杯分のコーヒーをフレンチプレスに入れた。鎮静剤を飲み、コーヒーを飲み、Netflixで殺人ミステリを見た。心に平穏が訪れて、つまりはこれも神のなせる業なのかと考えた。神は物質的に存在しているというだけではなく、言語やジェンダーのように、現実に存在すると思えるほど世界中の文化的慣習として普及している。

その夜の十一時十分、ドアの鍵を回す音が聞こえた。廊下に出ると、彼女が夏にフランスで買ったレインコートのジッパーを開けているところで、袖から雨粒が流れて床にパラパラと音を立てて落ちた。私たちの目が合った。

ありゃ奇妙なメールだったね、ボビーは言った。でも私もあんたを愛してるよ。

30

　その夜、私たちは初めて自分たちの別れについて話し合った。ずっと自分の家の中にあって、毎日行き来していて、わざわざ意識することもないドアを改めて開けるような経験だった。ボビーは私のせいで惨めな思いをしたと言う。私たち二人はベッドに座っていて、ボビーは枕を背中に挟んでヘッドボードにもたれかかり、私は足を組んでマットレスの端で足を組んでいた。私は喧嘩の途中で彼女を馬鹿にするように笑う、とボビーに言われた。私はメリッサにすごく感じが悪いと言われた話をした。それを聞いてボビーは笑った。メリッサがそんなことを言うなんてと彼女は言った。あの人が、誰かに感じが良かったことなんてあるの？

　感じの良さで評価するのは間違いなのかも。

　そうだよ、本当は権力構造の問題なのにとボビーはうなずいて言った。でも誰が力を持っているのか見極めるのが難しいから、代わりに「感じの良さ」なんてものを持ち出すんだよ。これは一般的な言説の問題だね。イスラエルの方がパレスチナよりも「感じがいいか」なんて言い出すの。そうでしょう。

うん。

ジェリーは間違いなくエレノアよりも「感じがいい」とかね。

そうだね、私は言った。

ボビーのために紅茶を淹れると、彼女はマグカップを脚に乗せて太ももではさんだ。話しながら、彼女はマグで両手の裏表を温めていた。

ついでに言うと、あんたがお金のためにものを書くのはかまわない、ボビーは言う。自分が冗談を言う側の仲間でいられたら、私だって面白いと感じるはずだし。

そうだね。君に打ち明ければ良かったのに、私はそうしなかった。どこかでまだ、自分がまともな関係が結べない人間になったのは、君に傷つけられたせいだと考えてた。

あんたは他人を傷つけても自分のせいじゃないと思いたいから、自分の力を見誤るんだよ。自分で思い込もうとしてるの。そう、ボビーは裕福だし、ニックは男だから、あの人たちが私のせいで傷つくはずがない。私を傷つけようとしてるのはあっちだから、私は自分の身を守る、って。

私は肩をすくめた。言うことは何もなかった。ボビーはマグカップを持ち上げてお茶を飲むと、太ももの間に戻した。

あんたはカウンセリングにかかるといいんじゃないかな、彼女は言った。

行くべきだと思う？

それも悪くないんじゃないの。きっと、あんたのためになるよ。教会で倒れるのがまともだとは言えないし。

あの気絶は心理的なものじゃないって、説明しようとしなかったっけ。でも、私はどれだけ自分が分かっているのかな？　君がそう考えるのなら、本当はそうなのかもしれない。

あんたはそんなことをしたら死んじゃうと思ってるんでしょう、ボビーは言う。心理学卒のエモい奴の助けが必要だなんて認めたら。しかもそいつが労働党に投票しそうな奴だったりして。でも、死んじゃうのも悪くないかもしれないよ。

「はっきり言っておく、人は新たに生まれ変わらなければ」（ヨハネによる福音書三章。「神の国を見ることはできない」という言葉に続く）ってやつだね。

そうだよ。「私は平和ではなく、剣をもたらすために来たのだ」（マタイによる福音書十章）。

その翌日から、ボビーと私は夕方に腕を絡ませて大学からサンドイッチ店まで歩くようになった。ボビーはリンダの名前を覚えると、私がエプロンに着替えている間に彼女とお喋りした。彼女はリンダの息子がアイルランド軍にいると聞き出した。夜になって私が家に帰ると一緒にご飯を食べた。彼女はTシャツや清潔な下着など自分の服を何枚か、私の部屋に移した。ベッドで私たちは折り紙のように折り重なって眠った。たとえ夜に眠れなかったとしても、素晴らしい気持ちでいるのは不可能じゃないのだ。

ある日、マリアンヌが大学内で手をつないで歩いている私たちを見つけた。あなたたち、よりを戻したんだね！　私たちは肩をすくめた。そうだとも、そうでないとも言えない。二人の自然な触れ合いが、他人の目にカップルとして映るとしたら、何だか不思議な偶然だ。私たちはこの件について、他の人たちにも、自分たちにも意味が不明の冗談を考え合った。じゃあ「友だち《フレンド》」っていうのは？　私たちはふざける。「交　際《カンバセーション》」っていうのは？

ボビーは一人部屋にいた時と同じようにシャワーのお湯を独り占めしたいばかりに、朝は私よりも早起きをする。そして髪から雫《しずく》をしたたらせながらキッチンのテーブルにあるポットのコーヒーを全部飲む。私が時折ホットプレス（給湯器が格納されたキャビネットやクローゼット）から持ってきたタオルで彼女の髪を包んでも、ボビーは素知らぬ顔をしてネットで低所得者向けの公営住宅の記事を読み続けた。彼女がオレンジをむいたそばから甘い香りの柔らかな皮を捨てていくので、テーブルの上やソファのアームで乾いて縮んだものが見つかる。夕方、私たちは傘をさしてフェニックス公園に向かい、ウェリントン記念碑の足元で腕を絡ませたまま煙草を吸った。

ベッドで何時間も喋り続けていると、私たちの話題は個人的な意見から壮大で抽象的な理論へと発展し、また小さなレベルに戻っていった。ボビーはロナルド・レーガンと国際通貨基金の関係について語った。彼女は陰謀論に並々ならぬ敬意を抱いていた。物事の本質に興味があるのと同時に、寛大でもあった。他の多くの人たちと違って、ボビーは私が話している時に次の言葉を準備しているようには見えなかった。彼女は素晴らしい聞き手で、私の言葉にちゃんと反応した。話していると、ボビーは素早く声をあげて、彼女がどんなに夢中になって聞いているか見せてくれたりもした。ああ！　とか、まさしく、それ！　とか。

十二月のある夜、私たちはマリアンヌの誕生日パーティに出かけた。表にはクリスマスの照明がたくさん灯っていて、みんないい気分になって、マリアンヌが酔っ払っている時や眠たい時の言動についての面白い逸話を披露し合った。ボビーはマリアンヌの物真似をして首を傾げてうつむき、まつ毛のすきまから甘えるような目で見上げて肩を少しすくめてみせた。私は笑って、あんまりおかしかったので「もう一回！」とリクエストした。マリアンヌは涙を拭った。やめてよと彼女は言った。まったく、もう。ボビーと私は片手ずつ青いレザーの素敵な手袋を買って、マリアンヌに贈った。安上がりだな、とアンドリューが言うと、想像力がないのね、とマリアンヌは言った。彼女は私たちの目の前に手袋を掲げると、こっちがフランシスの手袋で、こっちがボビーの手袋と言った。そしてパペットみたいに手袋がお互いに話し合っているように見せた。ぺちゃくちゃ、ぺちゃくちゃ、ぺちゃくちゃ。

その夜、私たちはシリア内戦とイラク侵攻について話し合った。アンドリューが、ボビーは歴史を理解していないから何でも西洋のせいにすると言い出した。テーブルにいる私たちは、ゲーム番組に参加しているみたいに「おおっ」と声を上げた。それから始まった議論において、ボビーは冷酷なまでの知性を見せつけて、アンドリューが取り上げた全問題について文献を読んでいることを示し、自分の主張に必要な場合にのみ彼の間違いを正して、彼女が歴史の学位を取得寸前だという事実にはまったく触れなかった。私が誰かに侮辱されたら、真っ先に言いそうなことだ。でもボビーは違う。彼女はやたらと上を向いて天井のライトや遠くの窓に目を向け、両手で身振りを交えながら喋った。私は他の人たちをちゃんと観察していて、賛同や苛立ちの反応を見つけたら、黙り込む彼らを議論に参加するように促した。

ボビーとメリッサはその頃もまだ連絡を取り合っていたが、二人が疎遠になりつつあるのは明らかだった。ボビーはメリッサの人格や、彼女が当初話していたのと違ってお世辞にも素敵とは言えない私生活について新しい理論を構築していた。私は皆を愛するように努めていたところだったので、あえて口を挟まなかった。

あいつらを信じちゃいけなかったんだよ、ボビーは言った。

私たちはソファに座って、グレタ・ガーウィグの映画を観ながらペイパーボックスから中華料理を食べていた。

あいつらがあんな共依存の関係だなんて知らなかった、ボビーは言う。要するに、あいつらはお互いのためだけに存在してるの。時々ドラマティックに浮気でもした方があいつらにはいいのかもね、そうやってお互いへの興味をつないでいるんだよ。

かもね。

ニックが意図的にあんたをひどい目に遭わせようとしたとは言わないよ。だってニックのことは私も好きだし。でも結局は、あいつらはあのめちゃくちゃな関係に戻っていくんだよ、それに慣れてるから。でしょ？　あいつらには本当に腹が立つ。私たちをダシみたいに使いやがって。

あの夫婦の生活を破滅させられなくて、君はがっかりしてるんだね、私は言った。

彼女はヌードルで口をいっぱいにしたまま笑った。テレビの画面では、グレタ・ガーウィグがふざけてるつもりで友人を茂みに押し込んでいた。

どうして結婚なんてするんだろう？　ボビーは言う。縁起でもないよ。どうして自分たちの関係を維持するのに国家機関を頼ったりするんだろう？

さあね。私たちの関係は何で維持していくの？

それだよ！　まさしくそれが言いたいの。そんなものはないんだよ。私があんたの彼女を名乗るかって？　ないね。彼女だなんて言い出したら、自分たちではコントロールできない、プレハブ式の文化的な潮流を自分たちに押しつけることになる。そうでしょ？

私は映画が終わるまで考えていた。そして言った。待ってよ、じゃあ君は私の彼女じゃないって言うの？　ボビーは笑った。マジで言ってるの？　彼女は言った。そうだよ。私はあんたの彼女ではない。


でもボビーは私の彼女なのだ、とフィリップは言った。その週、私たちはコーヒーを飲みに行って、彼がサニーからきちんとした給料が出るパートタイムの仕事をもらったと聞かされた。嫉妬はしないと言うとフィリップはがっかりしていたが、私は自分が嘘をついているのではないかと不安になった。私はサニーが好きだった。本というものも、読書も好きだった。どうして自分が他の人のように好きなことをして楽しめないのか、自分でも理解できない。

ボビーが私の彼女かなんて君には聞いていないよ、私は言った。違うって言ってるだけ。

でも完璧にそうだよ。つまり、君たちはラディカルなレズビアン的実験みたいなことをしてるのかもしれないけど、基本的な語義で言うとボビーは君の彼女なんだよ。

違うって。言ったでしょ、これは質問じゃなくて、宣言なの。

彼は砂糖の袋を指でこねくり回していた。私たちはしばらく彼の新しい仕事について話していたが、会話はソフトドリンクみたいに味気のないものになった。

まあ、彼女は君の彼女だって僕は思うけどね、彼は言った。いい意味で、だよ。本当に君のために良かったよ。メリッサとあんな不快なことがあった後では特にね。

不快なことって？

ほら、何やらよく分からないセックスについてだよ。彼女の夫絡みの。

私は彼をにらみつけたが言葉が出てこなかった。彼の手の中で砂糖の袋のインクがこすれて、指紋を青く彩るのを見ていた。ようやく「私は」と何度か口にしたが、彼は気がつかなかったようだ。夫って何よ？　私は思った。フィリップ、彼の名前は知っているでしょう。

おかしなことって何？

夫婦の両方と寝ていたんじゃないの？　もっぱらの噂だよ。

まさか、ないよ。そうだったとしても責められるいわれはないけど、そうじゃない。

あ、そうなんだ、彼は言う。色々と怪しげなことが行われてるって聞いたものだから。

何で私にそんなことを言うのか分からないよ。

私がそう言うと、フィリップはショックを受けたようにこちらを見て、真っ赤な顔になった。砂糖の袋が手から落ちると、彼は急いでそれを指で弾いた。

ごめん、と彼は言う。怒らせるつもりはなかったんだ。

じゃあ、私が笑うとでも思って、そんな噂を口にしたの？　陰口を叩かれてると知って、私が面白がると思ったの？

ごめん、君はもう知ってると思ってた。

私は鼻から深く息を吸い込んだ。このままテーブルから立ち去っても良かったけど、どこに歩いて行けばいいのか分からなかった。行きたいところも思い浮かばない。それでも立ち上がって、椅子の背にかけていたコートを手に取った。気まずい顔をしているフィリップを見て、彼が私を傷つけて後悔しているのは分かったが、ここにはもういたくなかった。私がコートのボタンを留めていると、彼は弱々しい声で、どこに行くの？　と聞いた。

気にしないで、私は言った。忘れるから。ちょっと外の空気を吸ってくる。


私はボビーに超音波検査のことや、担当医と話した内容については言わなかった。認めさえしなければ、病気をこの時空間から締め出して、自分の妄想の産物にしてしまえる。もし他の人に知られてしまったら病気は現実のものとなり、私は病人として人生を過ごさなくてはならない。そうなると、スピリチュアルに覚醒して楽しい人間になるという私の野望に支障をきたす。私はインターネットのフォーラムで、これが果たして自分だけの悩みなのか調べてみた。「人には言えないけど私は」で検索すると、グーグルの予測で「ゲイ」と「妊娠」という単語が出てきた。

夜、ボビーと私がベッドで過ごしていると、ときどき父が電話をかけてきた。私はバスルームで電話を取り、静かに応対した。父の言うことはどんどん支離滅裂になっていった。近頃は、自分が何者かに追われていると信じているようだった。父は言っていた。こんなことばかり、恐ろしい考えばかり頭に浮かぶんだよ、なあ？　母によると、おじやおばにも似たような電話をかけているらしいが、何をしてあげられるというのだろう？　誰かが訪ねて行っても、父は家にいなかった。電話の向こうから車の通り過ぎる音がしょっちゅう聞こえてきたから、父はどこか外にいるのだろう。父が思い出したように、私の安全を気遣うこともあった。あいつらには決して見つかるんじゃないぞ、父は言う。だから言ってあげた。大丈夫だよ、父さん。絶対に見つかりっこない。私は安全なところにいるから。

いつ痛みが再発してもおかしくなかったので、私は念のため、毎日イブプロフェンを用量ギリギリまで飲むようになった。灰色のノートは鎮痛剤のパックと一緒にデスクの一番上の引き出しに隠して、ボビーがシャワーを浴びていたり授業でいなかったりする時だけ取り出した。この引き出しが私の弱点の全部や嫌いなところの全部を象徴しているように思えて、目に留まるとそれだけで気分が悪くなってきた。ボビーは何も聞かなかった。超音波検査についても、夜中にかかってくる電話の相手についても。このままでは良くないのは知っていたが、どうしたらいいのか分からなかった。自分がまともな状態に戻ったと思うまでは無理だった。

その週末、母がダブリンまで出てきた。二人で買い物に行って、新しいワンピースを買ってもらうと、ウィックロウ・ストリートのカフェにランチを食べにいった。母は疲れているようだったが、私もくたびれていた。私はスモークサーモンのベーグルを注文し、魚のぬるぬるした薄切りをフォークで突《つつ》いた。テーブルの下に置いたワンピースの入った買い物袋を、うっかり蹴ってばかりいた。母はランチにこのカフェを選んだ私に遠慮していたが、サンドイッチの値段はあり得ないし、添えられたサラダは食べられたものではないと思っているのは見れば分かった。ポットで頼んだ紅茶が、扱いづらそうな薄いカップとソーサで来たのを見て、母は勇敢にも微笑んだ。この店が好きなの？　彼女は言った。

気にしないで、私は答えた。自分もここが好きじゃないって分かったから。

この前、あなたのお父さんを見かけた。

サーモンをフォークで突き刺し、口に運んだ。レモンと塩の味がした。私は飲み込むと口にナプキンを当てて、そう、と答えた。

良くないようだった、母は言った。見て分かった。

あの人が良かった時期なんてないじゃない。

彼に声をかけようとしたの。

私は母の方を見た。母はぼんやりサンドイッチを見下ろしていたが、うつろな表情の中に何かを隠しているのかもしれない。

分かってあげて、母は言った。お父さんはあなたと違う。あなたは強いし、物事に対処できる。お父さんにとって、人生は苦難なの。

私は母が言っていることについて考えてみた。これは本当だろうか？　でも本当かどうかなんて、どうでもいいのではないだろうか？　私はフォークを置いた。

あなたは幸運よと母は言う。自分ではそう思っていないのかもしれないけど。お父さんをずっと憎んでいたいのなら、それでもかまわないけど。

憎んでないよ。

ウェイターが危なげに三つのスープの皿を持って通り過ぎた。母は私を見つめた。

父さんを愛している、私は言った。

そんなの、初耳。

そうだね、私は母さんとは違うの。

それで母が笑ったので、私は気が楽になった。母がテーブル越しに私の手を握っても、そのままにしていた。

31

電話が鳴ったのは、その翌週のことだった。その瞬間に自分がどこにいたのか覚えている。ホッジス・フィギス書店の新刊小説コーナーで、時間は五時十三分だった。ボビーのクリスマスプレゼントを探していて、コートのポケットから携帯を出して画面を見ると、ニックの名前があった。首と肩がこわばり、突然にそこがむき出しになった感じがした。私は画面をスワイプすると、頬に電話を当てて応答した。もしもし？

やあ、ニックの声がした。あのさ、赤いパプリカは品切れだって言われたんだけど、黄色のものでもかまわないかな？

彼の声が膝の裏を直撃し、熱を帯びて溢れるように上昇してくるのを感じて、私の顔は赤くなった。

もうやだ、私は言った。番号を間違えているみたいですよ。

一瞬、彼は黙り込んだ。切らないで、と私は祈った。お願い、切らないで。私はまだ何かを探しているふりをして、背表紙を指で撫でながら新刊コーナーをめぐり始めた。

こんなのってあるか、ニックはゆっくり言った。フランシスなのか？

うん。そうだよ。

声を聞いて彼が笑い出したと勘違いしたが、咳き込んでいるのだと気がついた。逆に私の方が笑ってしまったが、泣いていると間違えられるといけないので、顔から携帯を離した。落ち着いて話そうとはしていたが、彼は本当に混乱していた。

一体どうしちゃったのか分からないよと彼は言う。俺が君にかけたんだよな？

そうだよ。パプリカについて聞いてた。

ああ、まったく。ごめんね。どうして君の番号にかかったのか分からない。嘘じゃなくて、本当に純粋な間違いなんだ、ごめん。

私は様々なジャンルの新刊が飾ってある、入口近くの陳列棚の方に移動した。そしてSF小説を手に取ると、裏表紙を読んでいるふりをした。

メリッサにかけようとしてたの？　私は言った。

うん、そうだった。

気にしないで。スーパーの中にいるみたいだね。

この不条理な状況を笑い飛ばそうとするように、今度こそ彼は本当に笑った。私はSFを棚に戻して、歴史ロマンス小説のページを開いた。文字がページに平たく並んでいたが、私の目はそれを読もうとはしなかった。

俺はスーパーにいるんだ、彼が言った。

私は本屋にいるの。

ああ、そうなんだ。クリスマスの買い物？

そうだよ、私は答えた。ボビーにプレゼントを探しているの。

彼は笑ってはいなかったが、楽しんでいるような、喜んでいるような声で「ふーん」と言った。

私は本を閉じた。切らないでと祈っていた。

クリス・クラウスの小説が最近、復刊になったんだ、彼は言う。書評を読んだけど、君が楽しめそうなやつだ。俺のアドバイスなんて求められていないのは分かってるけど。

あなたのアドバイスは歓迎するよ、ニック。声も魅惑的だしね。

彼は何も言わなかった。熱を帯びてちょっと脂っぽくなった携帯を顔に押しつけたまま、私は書店を後にした。外は寒かった。私はフェイクファーの帽子をかぶっていた。

こうやって話してるのが楽しいからって、私、何だか言っちゃいけないようなことまで言った？　私は聞いた。

いや、そうじゃないんだ、ごめん。君に優しいことを言おうとしたんだけど、思いつく言葉がみんな……。

心がこもってない感じ？

その逆だよ、と彼は言う。重くなっちゃって。どうすれば適切な距離を取りながら、昔の彼女を喜ばせられるかな？　って考えていた。

それを聞いて私が笑うと、彼も笑った。気持ちが落ち着いてほっとすると、少なくともこの瞬間は、彼が電話を切る心配はしなくていいのだと思った。すぐそばをバスが通り過ぎて水溜まりを跳ね飛ばし、私のすねを濡らしていった。私は大学を離れ、セント・スティーヴンス・グリーン公園に向かって歩いていった。

あなたはお世辞を言うタイプじゃなかったけどね、私は言った。

うん、そうだね。後悔していることだ。

でも酔っ払っている時は、優しかった。

そうか、彼は言う。俺が君に優しかったのは酔っている時、それだけか？

今度は、私一人が笑った。電話から奇妙な放射性のエネルギーが私の身体に送信されているみたいに、歩みが速まり、自然と笑みがこぼれた。

あなたはいつだって優しかった、私は言った。そういう意味で言ったんじゃないの。

君は俺をかわいそうな奴だと思ってるんだろう？

ニック、この一ヶ月あなたからは連絡もなかったし、今だって話しているのはあなたがメリッサの番号と私のを間違えたからでしょう。かわいそうだなんて、思わない。

ああ、君に電話しないように俺は必死に自分を抑えていた、彼は言った。

私たちは一瞬黙り込んだが、どちらも電話は切らなかった。

まだスーパーにいるの？　私は聞いた。

うん、君はどこ？　店から出たよね。

外を歩いているところ。

レストランやバーの窓には、ミニチュアのクリスマスツリーや柊《ひいらぎ》のイミテーションが飾られていた。寒いと不平をもらすブロンドの子供の手を引いて、女性が通り過ぎていった。

あなたから電話が来るのを待っていたんだよ、私は言った。

フランシス、二度と会いたくないって言ったのは君じゃないか。そんなことを言われて、君を困らす気にはなれなかった。

私は酒屋の前でとりあえず立ち止まり、コアントローとディサローノのボトルが宝石のように積み重ねられているウィンドウを眺めた。

メリッサはどうしてる？　私は聞いた。

彼女は元気だよ。締切のプレッシャーに苦しめられている。だから、違う野菜を買って怒られないように電話で確認しようとしたんだ。

あの人は、食料品でストレスに対処しようとしているところがあるものね。

そう、それは俺も彼女に言おうとしたんだ、彼は言う。ボビーはどうしている？

私はウィンドウに背を向けると、通りの果てに向かって歩いた。手の中の携帯は冷たくなっていたが、私の耳は熱かった。

ボビーは元気だよと私は言った。

よりを戻したって聞いたんだけど。

ああ、彼女は私の恋人っていうのとは違うの。寝てはいるけど、親友としての限界を試しているってところかな。自分たちが何をしているのか、本当はよく分からない。でも上手くいっているみたいだよ。

君たち二人はえらくアナーキーだな、彼は言った。

ありがとう、彼女が聞いたら喜ぶよ。

私は信号が変わるのを待ってから道を渡って、セント・スティーヴンス・グリーン公園に向かった。車のヘッドライトの光が飛び交い、グラフトン・ストリートではストリート・ミュージシャンたちが「フェアリーテール・オブ・ニューヨーク」を歌っている。電灯に照らされた黄色い看板に「このクリスマス……本当の贅沢を体験しましょう」という文字が見えた。

あなたにアドバイスをお願いしてもいいかな？　私は言った。

ああ、もちろん。自分についての判断はいつも間違えてばかりだけど、君が役に立つと思ってくれるならがんばってみるよ。

あのね、ボビーに内緒にしてることがあるんだけど、どうやって打ち明けていいのか分からないの。別に内気なふりをしている訳じゃないよ、あなたには関係ないことだし。

君が内気だなんて思ったことはないけどね、と彼は言う。それで？

まず先に通りを渡らせて、私は彼に言った。日が落ちて、店のウィンドウや、冷気で赤くなった人々の顔、縁石に沿って並ぶタクシーが光の粒となり、その周辺にあらゆるものが吸い寄せられてきた。手綱《たづな》と蹄の音が通りの反対側から聞こえた。サイドゲートから公園に入ると、街の騒音が、枯れた枝に絡まって空中に消えたように静かになった。吐いた息が私の目の前に白い道を作った。

先月、私が診察のために病院に行ったのは覚えている？　私は言った。問題なかったって言ったよね。

最初、ニックは黙っていた。そして口を開くとこう言った。まだ店内にいるんだ。俺が車に戻ってから話した方がいいんじゃないかな？　ここは何だかうるさいし、ちょっと待っててくれ。

私はいいよと答えた。私の左の耳には、さーっと水が流れる静音と行き交う足音が聞こえた。スーパーの自動レジをニックが通り過ぎる時、案内の声が右の耳に入ってきた。自動ドアが開き、彼は駐車場に移動する。車のキーが解除される音がして、彼が車に乗り込みドアを閉めたのが分かった。静かなせいで彼の息づかいが聞こえた。

それでどういうことなのかな、彼は言った。

うん、私は子宮の細胞が身体の別のところで増幅する病気なの。子宮内膜症っていって、もしかしてあなたは聞いたことがあるかもしれない、でも私は知らない病気だった。命に危険はない、治療法もなくて、慢性の痛みが問題。私はそれでしょっちゅう気絶してるの、恥ずかしいけど。それに子供は持てないかもしれない。というか、妊娠できるかどうかまだ分からないんだって。まだ子供ができないって決まった訳じゃないのに、気にするなんてどうかしているのかもしれないけど。

街灯のそばを通り抜けると、目の前に魔女のような自分の長い影が現れ、どこまでも伸びて遠くで溶けていった。

どうかしているなんてことはないよ、彼は言った。

そうかな？

そうだ。

最後にあなたに会った時だけど、私は言った。ベッドで一緒になって、あなたにやめようって言われて、ああ、あなたは分かってるんだと思ったの。もう私としても気持ちよくないんだって。私におかしなところがあるってばれたと思った。その前からずっとこの病気だったと考えると、そんなのはどうかしてるんだけどね。でも、メリッサとあなたがまた寝るようになってあれが初めてのセックスだったから、過敏になっていたのかもしれない、もしかしたら。

ニックは携帯に向かって息を吸い、そして吐いた。もう彼が何か言ってくれなくても、自分の気持ちを打ち明けてくれなくてもかまわない。私はブロンズの胸像のそばで立ち止まり、濡れている小さなベンチに腰かけた。

それで、その病気について君はまだボビーに言っていないんだね、彼は言った。

誰にもまだ言っていない。あなただけ。話すと人から病人扱いされそうで。

通りすがりの男性が連れているヨークシャーテリアが私に目を留めて、こちらに来ようとリードを引っぱった。テリアはキルトのジャケットを着ていた。男性はすみませんという笑みを一瞬顔に浮かべると、去っていった。ニックは黙ったままだ。

それで、どう思う？　私は聞いた。

ボビーについて？　君は彼女に言うべきだよ。それで彼女がどう思うかなんて、君にはコントロールできないよ。つまり、病気だろうと健康だろうと、そんなのは無理なんだ。君はできると信じて彼女を欺いているけど、無駄だよ。俺のアドバイスなんて自分でも大したことはないって思うけど。

いいアドバイスだよ。

ウールのコートを通してベンチの冷たさが骨身に染みてきた。でも私は立ち上がらず、座ったままでいた。君が病気だと知って悲しいとニックが言ったので、私はその言葉を受け入れてありがとうと言った。彼はこの症状の治療法についていくつか質問してきて、自然に治癒することはあり得るかと聞いた。従兄弟の奥さんがやはり子宮内膜症だったけど、あの夫婦には子供がいたし、何だろうと試してみる価値はある。私が体外受精は恐いと言うと、うん、でも彼らの場合は確か体外受精じゃなかったはずだ、彼は言った。それにそういう治療も身体の負担にならないようになってきているんじゃないのかな？　きっと改善されている。くわしくは知らないけど。

彼は咳払いをした。最後に会った時、俺がやめようと言ったのは、君を傷つけているんじゃないかと思ったからだ。それだけだよ。

分かったと私は答えた。教えてくれてありがとう。あなたは私を傷つけていないよ。

私たちは黙り込んだ。

君に電話をかけるのをどれだけ我慢していたか、分からない。とうとう彼が口を開いた。

もう私のことは忘れてしまったのかと思った。

君について何かを忘れるなんて、考えただけでもゾッとする。

私は微笑んだ。それって本当？　もうブーツの中の足が冷たくなってきていた。

どこにいるの？　彼は言う。もう歩いていないよね、そこは静かだ。

スティーヴンス・グリーン公園にいる。

え、本当かい？　俺も市内で、そこから十分くらいのところにいる。会いに行くなんて言わないから、心配しないでくれ。ただ、君がどんなに近くにいるか考えると面白いと思って。

どこかに停めた車の中で彼が微笑みを浮かべて携帯電話を手にしているのを思い浮かべて、もう超絶にハンサムなのだろうと考えた。私は空いている手をコートのポケットに入れて温めた。

一緒にフランスに行った時の話だけど、私は言った。海で私があなたに私が欲しいって白状すればって言った日を覚えている？　あなたは私の顔に水をかけて、消えちまえって言ったんだけど。

ニックの声を聞いて、彼がまだ微笑んでいるのが私には分かった。君は俺を嫌な奴みたいに言うんだな、彼は言う。からかっただけだよ、本気で言った訳じゃない。

でもあなたは私が欲しいとは言ってくれなかった、私は言った。

ああ、他の連中はそんなことをしょっちゅう言っているんだろうな。でも君の言い分はちょっとばかり不当じゃないかな。

私たちの間ではそういう風には上手くいかないって知っておくべきだった。

お互いにそれは分かってたんじゃないのか？　彼は言った。

私は一瞬黙って、それから言った。私には分かっていなかった。

ああ、でも何をもって関係が「上手くいっている」なんて言うんだ？　彼は言う。決まりきった形にはならないものなんじゃないのか。

私はベンチから立ち上がった。外で座っていられる気温ではない。温まりたかった。地面からのライトで照らされた空っぽの木の枝が、空をひっかくように揺れていた。

決まりきった形じゃないといけないとは思ってない、私は言った。

あのさ、君はそう言うけど、どう見ても俺が他の人間を愛するのを嫌がってるよね。でも、それでいい、だからって君は悪い人間じゃない。

でも私だって他の人間を好きになったんだよ。

ああ、そうだなと彼は言う。でも俺がそうなるのは嫌なんだろう。

私は気にしないよ、もし……。

私は口には出さずに、言葉の続きを考えようとしていた。もし私がもっと違う人間だったら、もし私が自分のなりたいような私だったら。でも何も言えずにただ黙り込んだ。身体は冷たくなっていた。

君が俺からの電話を待っていたって言った時、信じられなかったよ、彼は静かに言った。それを聞いて俺がどんなにショックを受けたか、君にはとうてい分からないだろう。

私がどう感じたかなんて、あなたに分かるの？　あなたはそもそも私と話したかったんじゃなくて、メリッサの番号と間違えたんじゃない。

もちろん君と話したかった。もうどれだけ長いことこの電話で話していると思っているんだ？

入ってきたゲートまで戻ってきたが、鍵がかかっていた。冷たい空気で目が痛くなってきた。柵の向こう側では、一四五番のバスを待つ人々が列をなしていた。私はショッピングセンターの光を頼りに、正門まで歩き始めた。温かいキッチンで友人たちに囲まれながら「外は寒いよ」を歌うニックとメリッサを思い出していた。

でも自分でも言ってたじゃない、私は言った。きっと上手くいかないって。

ああ、じゃあ今は上手くいってるのかな？　もし俺が君を迎えにいって、ドライブしながら、電話しなくてごめん、俺が馬鹿だったたって言えば上手くいくのか？

もし二人の人間がお互いを幸せにできるのなら、それは上手くいってるってことでしょう。道を歩いていて見知らぬ人間に微笑みかけるだけでも、相手を幸せにはできるんじゃないのか、彼は言う。俺たちが話しているのはもっと複雑なことだろう。

正門に近づくにつれ、鐘の音が聞こえてきた。光がどんどん輝きを増すように、街の騒音が戻ってきた。

複雑にしないといけないの？　私は言った。

ああ、俺はそう思う。

ボビーのことは、私にとって大事なの。

君はいつも言うよね、彼は言う。俺は結婚しているって。

結局いつもこんな風にメチャメチャになるって分かってるよね？

でも今度はもっと君に言葉で伝える。

正門にたどり着いた。彼に教会について話したかった。でもそれはまた別の話だ。彼に何もかもを複雑にしてもらいたい、と私は願っていた。

言葉で伝えるって、例えば？　私は聞いた。

伝えるっていうのとは違うのかもしれないけど、聞けばきっと君も気に入る話がひとつある。

そう、教えて。

俺たちが最初にキスした時のことを覚えている？　彼は言う。あのパーティで。家事室はキスにふさわしい場所じゃないって俺が言って、部屋を出ただろう。俺が二階に上がって、自分の部屋で君を待ってたって知っているよね？　何時間もだ。最初は君が本当に来ると思ってたんだ。あんなみじめな気持ちは人生で初めてだったかもしれないけど、どういう訳かそれが心地よくて、楽しんでさえいた。だけど、君が二階に来たとして、それでどうなるっていうんだ？　家は人でいっぱいだったし、どうにもできない。でも一階に戻ろうとするたびに、階段を上ってくる君の足音が聞こえた気がして、俺は動けなくなった。本当に身体が動かなかったんだ。そばに君を感じて完全に麻痺してしまったような感覚だったんだけど、この電話で感じていることもそれにすごく近い。もし君に今、車がどこにあるのか聞かれたら、俺はきっと動けなくなって、君があらゆることに気持ちを変えた場合に備えて、ずっとここにいると思う。だって、君のためになりたいっていう思いはまだ消えてないんだ。俺がスーパーで何も買わなかったのに、君も気がついただろう。

私は目を閉じた。私を取り囲んで様々な人々やものが動き回っていて、曖昧なヒエラルキーの中で自分の立ち位置を探し、私の知らない、知ることもないシステムの中で役割を見つけている。数々の物体と概念からなる複雑なネットワークの中で。経験しなければ、何も理解できない。いつも分析する側でいることなんかできない。

迎えにきて、私は言った。

訳者あとがき

『カンバセーションズ・ウィズ・フレンズ』は現在、世界で最も注目されている新世代作家の一人、サリー・ルーニーの長篇デビュー作である。

二〇一七年にフェイバー&フェイバー社からこの小説が発売された時、彼女はまだ二十六歳だった。タイトルの通り、友人同士のおしゃべりやメールのやり取り、チャットなどの〝会話〟に溢れた独特のスタイルが注目を集め、『カンバセーションズ・ウィズ・フレンズ』はセンセーションを巻き起こした。ルーニーは同時代の映画作家であるグレタ・ガーウィグなどと比較されて「ミレニアル世代の代弁者」とまで謳われるようになったのである。

『カンバセーションズ』の語り手は、ダブリンで名門トリニティ・カレッジに通う大学生のフランシス。彼女は高校時代の恋人ボビーと今も親密な関係にあり、二人でスポークン・ワードのパフォーマンスをしている。フランシスとボビーは歳上のジャーナリストのメリッサと出会い、それがきっかけでフランシスはメリッサの夫で俳優のニックと関係を持つようになる。

物語の中心にあるのは、フランシスとニックのロマンスだ。社会的な地位があり、裕福で、既婚者の歳上の男性に若い女性が恋をして、自分を見出していくというプロット自体は珍しくない。フランソワーズ・サガンの『ある微笑』や、サリー・ルーニーと同じくアイルランドの作家であるエドナ・オブライエンの『みどりの瞳』といった作品が思い浮かぶ。歳の離れた男女の恋愛の向こう側には、常に不均等な力のバランスがあり、若いヒロインはそれに傷つく。しかし、サリー・ルーニーが『カンバセーションズ』で描いたのは、フランシスとニック、二人の男女の不平等な関係ばかりではない。メリッサに惹かれる同性愛者のボビーと、他の男性や女性と浮気しながらもニックと別れられないでいるメリッサがそこに絡むと、関係性もパワー・バランスもより複雑になっていく。裕福ではない出自のフランシスは、富裕層である他の三人のアドヴァンテージを常に意識している。更に自分が憧れているような職業に就き、ニックの正式なパートナーであるメリッサは彼女にとっては強者だ。しかし実態はフランシスが思うほど単純ではない。メリッサにとってフランシスの若さは脅威だし、フランシスの目から見ると申し分のない環境で知性を発揮してきたボビーにも、どこか自分の才能に限界を感じている面がある。二人の女性から愛されているニックは、本来ならば四人のパワー・ゲームの頂点にいてもおかしくないが、彼は人間として脆く、危うさを含んでいる。社会階層、セクシュアリティ、ジェンダーの差。四人の関係性に持ち込まれる要素は多彩で、それによって一筋縄ではいかない展開とダイナミズムが生じる。共に左翼的な思想の持ち主で、理想主義者であるフランシスとボビーは資本主義や男性優位の社会における不平等について語り合っているが、実際の人間関係に同じ構造が持ち込まれると、問題に上手く対処できない。

ロマンスの不条理と格差社会の問題は、サリー・ルーニーにとって大きなテーマだ。長篇第二作の『ノーマル・ピープル』*Normal People* の主人公は、高校で人気者の労働者階級の少年と、学校では最下層にいる裕福な家の少女だった。大人になっていくにつれて変わっていく二人のヒエラルキーは時に彼らを引き離し、時に強く結びつける。フェイバー&フェイバー社のミニブックのための短篇「ミスター・サラリー」では、若い女性と彼女の面倒を見ている歳上の男性との危うい絆を描いていた。

ルーニーは複雑な恋愛模様について、安易な結論を出したりしない。『カンバセーションズ』でも主人公たちはロマンスにおける不平等性を自覚しながらも、惹かれ合う気持ちを信じて、混沌の中に飛び込んでいく。彼女の恋愛小説は結末のない現在進行形の物語で、そこがスリリングであり、もっと言うとセクシーなのである。

サリー・ルーニーは一九九一年、アイルランドのメイヨー県カッスルバー生まれ。早くから執筆を始め、十五歳で初めての小説を完成させたという。『カンバセーションズ』のフランシスとボビーと同じくトリニティ・カレッジ・ダブリンの出身で、大学では英文学を学び、更に政治学で修士号を獲得するために同大学院に進んだが、途中で専攻を変えてアメリカ文学で学位を取得している。『カンバセーションズ・ウィズ・フレンズ』を書いていたのは、この時期のことだ。最初は短篇の予定だったが構想が広がり、初稿を三ヶ月で書き上げた。その頃に文芸誌に発表した短篇が文芸エージェントの目に留まって、それが『カンバセーションズ』の出版につながった。

ルーニー自身が小説に描いたフランシスの作家デビューを思わせるエピソードだ。

トリニティ・カレッジではディベート部でも活躍し、二〇一三年にはヨーロッパ大学ディベート選手権に出場している。ルーニーは「マルクス主義者」と名乗っていて、資本主義社会に批判的だ。雑誌「エル」のインタビューに答えて、誰かを犠牲にして成り立つ社会のシステムは間違っていると発言している。社会主義がポジティブな変化を世の中にもたらすだろう、とも。

『カンバセーションズ・ウィズ・フレンズ』の次に発表した『ノーマル・ピープル』は世界的なベストセラーとなり、イギリスでBBCがドラマ化。ルーニー本人が脚色を手がけ、映画『ルーム』で知られるレニー・アブラハムソンが監督したシリーズは大変に好評で、主演のデイジー・エドガー＝ジョーンズとポール・メスカルをスターダムに押し上げた。『カンバセーションズ』も引き続き、BBCでドラマ化される予定だ。前作と同じくアブラハムソンが監督し、主要キャストの四人も決定している。小説を初めて読む人たちに自分のイメージを大事にして欲しいので、ここでは名前を挙げないが、私の思い浮かべるフランシスたちの姿に近い俳優たちである。

サリー・ルーニーは今年の秋に新作 ***Beautiful World, Where Are You*** が発売予定。七月に冒頭部分の抜粋が Unread Messages というタイトルでニューヨーカー誌に掲載された。今までの彼女の作品の主人公は学生だったが、今回の四人の主役は全員社会人だ。どんな関係性の物語が紡がれるのか、楽しみである。

二〇二一年七月

訳者略歴　コラムニスト・翻訳家　女子文化をキーワードに映画・文学・音楽・その他のカルチャーについて執筆　主な著書に『オリーブ少女ライフ』,『女子とニューヨーク』,『優雅な読書が最高の復讐である』,共著に『ヤング・アダルトU.S.A.』訳書に『愛を返品した男』B・J・ノヴァク（早川書房刊),『ありがちな女じゃない』レナ・ダナム

カンバセーションズ・ウィズ・フレンズ

2021年9月15日　初版発行
2022年6月15日　再版発行

著者　サリー・ルーニー

訳者　山崎《やまさき》まどか

発行者　早川　浩

発行所　株式会社早川書房
東京都千代田区神田多町2－2
電話　03－3252－3111
振替　00160－3－47799
https://www.hayakawa-online.co.jp

印刷所　株式会社精興社
製本所　大口製本印刷株式会社

Printed and bound in Japan
ISBN978-4-15-209994-5 C0097